吞噬地球

当人类成为无家可归的流浪者

刘慈欣 等著

北京理工大学出版社
BEIJING INSTITUTE OF TECHNOLOGY PRESS

版权专有　侵权必究

图书在版编目（CIP）数据

吞噬地球 / 刘慈欣等著. -- 北京：北京理工大学出版社，2016.1
（2023.4 重印）
（虫）
ISBN 978-7-5682-1415-5

Ⅰ. ①吞… Ⅱ. ①刘… Ⅲ. ①科学幻想小说-小说集-中国-当代 Ⅳ. ① I247.7

中国版本图书馆 CIP 数据核字 (2015) 第 274178 号

出版发行 / 北京理工大学出版社有限责任公司
社　　址 / 北京市海淀区中关村南大街5号
邮　　编 / 100081
电　　话 / （010）68914775（总编室）
　　　　　（010）82562903（教材售后服务热线）
　　　　　（010）68944723（其他图书服务热线）
网　　址 / http://www.bitpress.com.cn
经　　销 / 全国各地新华书店
印　　刷 / 天津市天玺印务有限公司
开　　本 / 880毫米×1230毫米　1/32
印　　张 / 10.375　　　　　　　　　　　　　　　　责任编辑 / 高　坤
字　　数 / 203千字　　　　　　　　　　　　　　　　文案编辑 / 高　坤
版　　次 / 2016年1月第1版　2023年4月第9次印刷　责任校对 / 周瑞红
定　　价 / 45.00元　　　　　　　　　　　　　　　　责任印制 / 马振武

图书出现印装质量问题，请拨打售后服务热线，本社负责调换

"虫"微语

针孔里窥视方寸天地

面对浩瀚无际的宇宙、无涯无边的时间,个体的存在实在是太微渺了,微渺得如同一只趴在时空罅隙间的蝼蚁,无声无息,无关紧要。

可是作为一根有思想的芦苇,人类并不甘心在面对时空的联合"剿杀"时毫无招架之力,于是总想借助科技的力量、思想的触角来超越时空,进入到宇宙之心、时间之端。恰如王阳明所言的"上下四方曰宇,古往来今曰宙。宇宙无穷,我心亦无穷。宇宙便是吾心,吾心即是宇宙",将宇宙和时间玩弄于股掌之间:所谓宇宙八荒,浩涯光阴,不过是人心的一个投射,整个世界,凝缩于人心之中，未来则成了我心中的世界原形之一，它的到来，只是为了印证我心所思的准确与否，从而消解了未来的定义，将时空凝固于"我心"上。

借助心的思索能力，想象力的辽阔空间，人类跨越了科技的时代局限性，让自己变成了睥睨宇宙的超人，预言未来的先知，而其中走得最远的，莫过于科幻作者。

理论上，对于时空看得最为透彻的，乃是科学家，因为他们有机会接触到最前沿的科学真理，把握最真实的客观世界。比如，爱因斯坦的相对论，第一次将时间与空间融合在了一起，让逆时光旅行成为可能；比如，霍金的十一维空间说，让人类的视角进入到一百万亿亿亿分之一的超微观世界中。只是科学家基于严谨的科学思维，探索更多的还是世界的本原，纵有一点假设，也是停留在小心论证的阶段。与之相比，科幻作者却可以大胆假设，自由想象，纵意遨游在时空的高纬度上，俯瞰未来。世界在他们面前，不再是枯燥的一幕，而是像从针孔里窥视方寸天地，可以尽情延展开，无始亦无终，广阔无边。这样人类才得以暂时摆脱生命的短暂痛感，而进入永恒的时空观里。

每一位科幻作者都是一名"先知"

从某种意义上讲，每一位科幻作者都是一名"先知"，对未来作出预言，为世人揭开未来世界的面纱，让我们瞥到时光飘然扬起的裙裾一角，为之遐想、陶醉甚至冲动，并在这样的"先知"中完成了对现在的检视。大多数的科幻小说离现实有一定的时空距离，或是科技距离。这种距离可以是扁平的，即将时间从将来的端点上先行延接到现在的时间上，例如许多好莱坞科幻大片中所展示的世界情景；也可以是断层的，即高出我们的现实，成了理想国，寄寓着人类对于未来世界的美好幻想。

在科幻小说中，除了时间与空间这对坐标轴以外，更深远的，还是科技与人性之间的关系。与时空可以相互融合不同的是，科技与人性往往是处于对立的状态。精神分析学派的创始人弗洛伊德指出，文明（科技）的发展是以人性的压抑为代价的。西方另外一名社会学家马克斯·韦伯也说过，人类的个性与理性是相互冲突的。社会分工的细化，物质文明与科技的发展，只会将人变成没有灵魂的机器，陷入社会的"铁笼"中。在好莱坞电影中，创作者往往会放大这种科技与人性之间的冲突性，制造出各种未来人类与机器人争夺地球控制权的场面，甚至人类被迫重返刀耕火种、含血茹毛的原始社会。在这样的混战下，人类的意识和幸福感逐渐被剥夺掉，沦为科技的奴仆。尽管电影的结局总会出现人类挥师反攻、重掌大权的胜利，可是那种科技瓦解与诛杀人性的画面，却让人类陷入了持续的阴影之中。

科幻小说是集想象力、智力乃至道义和思想于一体的

在科学家的眼中，有关科技与人性的"战争"，是一种头疼、一种战栗，会引发各种伦理的探讨，但对于科幻作者来说，这却是一个巨大的创作空间。

通过站立在时空的高点，作者们以一种灵魂出窍的方式，勾勒出各种可能存在的未来之境，并将这种虚幻之境变成一面镜子，用于折射和审视我们生活的世界，在理想与现实的游离之中，获得清醒，以及改造现世的冲动。所以说，科幻小说是集想象力、智力及至道义和思想于一体的。一部伟大的科幻小说，可以成为人类文明发展的指明灯。科幻小说的迷人之处，就像是踏入月球里的人，失去了重力的牵引，可以随心畅享漂浮起来的快感。对于未来充满天马行空的想象与描述，人类的命运、人性的圆满或黑洞都在笔下肆意蜿蜒，从而抛弃了种种现世的羁绊，引导读者进入到灵魂出窍的奇妙体验中。

在本套丛书中，众多的作者经由各自的知识体系以及人文情怀，用恢宏的想象力与自由的文笔，为我们展现了一个个无比辉煌与震撼人心的科学幻景：他们有的偏重于思考地球下一轮的进化；有的开始反思科技会将人类的命运引向何方；有的将视野投向辽阔宇宙，有的将目光凝缩在量子级别；也有的则是重返内心，探寻高科技如何消灭人类的信仰与诗意……他们中，无论是冰冷的"科技派"，抑或是悲悯的"人文主义者"，笔锋所指向的共同归途都是未来人类的命运：在强大的科技面前，人类究竟是变成一只可怜的虫子呢，还是会破茧重生，自由翩跹？科技究竟是将人类带返回光明的伊甸园呢，还是让人类坠入黑暗与绝望的沉沦中？智慧（科技）的禁果带给人类的究竟是幸，还是不幸？不同的作者，对于这个终极追问都给出了各自的解答，答案各有千秋。比如刘慈欣认定科技无法解构与超越诗意，比如刘维佳认为爱情可以在时间的尽头得以延伸，比如在王晋康的眼中，科技造就了神的仁义，可是生命的脆弱性与丑恶性也会毁去神的存在，人类总是在愚昧之后进行反思，然后再一点一点地回归与神性或说理性……

二十世纪弗洛伊德曾指出，在人类进化的过程中，有三个事件打击了人类的自恋情结：第一个事件是哥白尼的日心说，推翻了地球是宇宙中心的论点；第二次是达尔文的进化论，填平了动物与人类之间的鸿沟；第三次便是精神分析学，打破了人是自己主人的迷梦,证明了潜意识和非理性占据着心理过程的主导地位。可以想象,在未来的科技世界里,很快将有第四个事件乃至第 N 个事件打击到人类的自恋情结,因为随着量子力学的发展,我们终将证实我们的"无"——所谓的万物皆是由虚空所组成,所谓的时间不过是物质的现时意念的体现,而时间与空间的存在意义,只是将人类禁锢于三维世界的物质国度里……于是,你会发现,你此刻翻阅此书而产生的一个动念,一个精神共鸣,都是多么巧妙的造物主神作!

——科幻悬疑作家、评论人、广东省网络作家协会副秘书长:无意归

目 录

- 001 **人和吞食者**
  当地球被吞噬　　　刘慈欣

- 047 **田园**
  伤心木　　　　　　何 夕

- 095 **待我迟暮之年**
  永生困境　　　　　凌 晨

- 129 **黑月亮升起来**
  面对死亡　　　　　刘维佳

- 157 **烛光岭**
  为亡灵点上一根蜡烛　刘维佳

- 201 **桦树的眼睛**
  万物有灵　　　　　赵海虹

- 237 **外面的宇宙**
  梦想者　　　　　　谢云宁

- 279 **一掷赌生死**
  上帝的骰子　　　　王晋康

人和吞食者

当地球被吞噬

刘慈欣

波江座晶体

即使距离很近，上校也不可能看到那块透明晶体。它飘浮在漆黑的太空中，如同一块沉在深潭中的玻璃。上校凭借着晶体扭曲的星光确定其位置，但很快在一片星星稀疏的背景上丢失了它。突然，远方的太阳变形扭曲了，那永恒的光芒也变得闪烁不定。他吃了一惊，但以"冷静的东方人"著称的他并没有像飘浮在旁边的十几名同事那样惊叫。他很快明白，那块晶体就在他们和太阳之间，距他们十几米，距太阳一亿公里。以后的三个多世纪里，这诡异的景象时常出现在他的脑海中，他真怀疑这是不是后来人类命运的一个先兆。

作为联合国地球防护部队在太空中的最高指挥官，他率领的这支小小的太空军队装备着人类有史以来当量最大的热核武器，敌人却是太空中没有生命的大石块。在预警系统发现有威胁地球安全的陨石和小行星时，他的部队负责使其改变轨道或摧毁它们。这支部队在太空中巡逻了二十多年，从来没有一次使用这些核弹的机会。那些足够大的太空石块似乎都躲着地球走，故意不给他们创造辉煌的机会。但现在，晶体在两个天文单位外被探测到，它精确地沿着一条绝非自然形成的轨道飞向地球。

上校和同事们谨慎地向晶体靠近,他们太空服上推进器的尾迹像条条蛛丝把晶体缠在正中。就在上校与它的距离缩小至不到十米时,晶体的内部突然出现了迷雾般的白光,使它那规则的长梭状轮廓清晰地显示出来。它大约有三米长,再近一些,还可以看到其内部像是推进系统的错综复杂的透明管道。当上校把戴着太空手套的右手伸向晶体表面,以进行人类与外星文明的首次接触时,晶体再次变得透明,内部浮现出一幅色彩亮丽的影像。那是一个卡通小女孩,眼睛像台球那么大,长发直到脚跟,同漂亮的长裙一起像在水中那样缓缓漂动着。

"警报!呀!警报!吞食者来了!"她惊慌失措地大叫着,大眼睛盯着上校,一只细而柔软的手臂指向与太阳相反的方向,像在指一条追着她的大狼狗。

"那你是从哪里来的呢?"上校问。

"波江座 ε 星——你们好像是这么叫的。按你们的时间,我已经飞行了六万年……吞食者来了!吞食者来了!"

"你有生命吗?"

"当然没有,我只是一封信……吞食者来了!吞食者来了!"

"你怎么会讲英语?"

"路上学的……吞食者来了!吞食者来了!"

"那你这个样子是……"

"路上看到的……吞食者来了!吞食者来了!呀,你们真不怕吞食者吗?"

"吞食者是什么?"

"样子像个大轮胎,呵,这是按你们的比喻。"

"你对我们世界的东西真熟悉。"

"路上熟悉的……吞食者来了!"

波江女孩喊叫着,闪到晶体的一端。在她空出的空间里出现了那个"轮胎"的图像,它确实像轮胎,表面发着磷光。

"它有多大?"另一名军官问。

"总直径为五万公里,'轮胎'宽为一万公里,内圆直径为三万公里。"

"……你说的'公里'是我们的长度单位吗?"

"当然是!它大着呢,可以把一颗行星套进去,就像你们的轮胎套一个足球一样。套住那颗行星后,它就掠夺行星的资源,把它吸干榨尽后吐出去,就像你们吃水果吐核儿一样……"

"我们还是不明白吞食者到底是什么。"

"一艘世代飞船。我们不知道它从哪里来,要到哪里去。事实上,驾驶吞食者的那些大蜥蜴肯定也不知道。这个世界已在银河系中飘行了几千万年,它的拥有者一定早已忘记了它的本源和目的。但可以肯定,它被创造出来时远没有那么大。它是靠吃行星长大的,我们的行星就被它吃了!"

这时,晶体中显示的吞食者在变大,渐渐占满了整个画面,显然正在向摄像者的世界缓缓降下来。现在,在这个世界居民的眼中,大地仿佛处于一口宇宙巨井的井底,太空就是一圈缓缓转动的井壁,可以看清井壁表面的复杂结构。这让上校想到了在显微镜下看到的微处理器的电路,后来他发现那是连绵不断的城市。再向上,井壁的顶端是一圈蓝色光焰,在天空中形成一个围绕着群星的巨大火圈。波江女孩告诉他们,那是吞食者尾部的环形推进发动机。在晶体的一端,女孩手舞足蹈,她那飘飘的长发也像许多只挥动的手臂,极力表达着她的惊恐。

"这就是波江座 ε 星的第三颗行星被吞食时的情形。这时你要是身在我们的世界,第一个感觉是身体在变轻,这是由于吞食者巨大质量产生的引力抵消行星引力所致。这引力的扰动产生了毁灭性的灾难:海洋先是涌向行星朝向吞食者的那一极;当行星被套入'轮胎'后,海洋又涌向赤道,产生的巨浪能够吞没云层;接着,引力异常将大陆像薄纸一样撕成碎片,火山在海底和陆地密密麻麻地出现……当'轮胎'套到行星的赤道时,吞食者便停止推进。以后，它会相对于恒星的轨道运动并始终与行星保持同步，一直把这颗行星含在口里。

"这时，对行星的掠夺开始了。无数条上万公里长的缆索从井壁伸到行星表面，使行星如同一只被蛛网粘住的虫子。巨大的运载舱频繁地往来于行星表面与井壁之间，运走行星上的海水和空气，更有无数大机器深深地钻进行星的地层，狂采吞食者需要的矿藏……由于吞食者的引力与行星引力相互抵消，行星与'轮胎'之间的一圈空间是低重力区，这使行星向吞食者的资源运输变得很容易，大掠夺因此有很高的效率。

"按地球时间，吞食者对被吞入的每颗行星大约要'咀嚼'一个世纪左右。在这段时间里，行星上包括空气在内的资源被掠夺一空。同时，由于'轮胎'长时间的引力作用，行星渐渐被拉得扁平，最后变成……还用你们的比喻吧：铁饼状。当吞食者最后移走，'吐出'这颗已被榨干的行星时，行星的形状会恢复成球形，这又引发了最后一场全球范围的地质灾难。这时，行星的表面呈现出其几十亿年前刚刚形成时的熔岩状态，它早已是一个没有任何生命的地狱了。"

"吞食者距太阳系还有多远？"上校问。

"它紧跟在我后面。按你们的时间，再有一个世纪就到了。警报！吞食者来了！吞食者来了！"

使者大牙

正当人们为波江晶体带来的信息是否可信而争论不休时，吞食者的一艘先遣小型飞船进入了太阳系，最后到达地球。

首先与之接触的，仍是上校率领的太空巡逻队，但这次接触的感觉与上次与波江晶体的接触完全不同。如果说玲珑剔透的波江晶体代表了一种纤细精致的技术文明，那么吞食者飞船则相反，它的外形极其粗陋笨重，如同被遗弃在旷野中一个世纪的大锅炉，令人想起凡尔纳描述的粗放的大机器时代。吞食帝国的使者也同样粗陋笨重，他那蜥蜴状的粗壮身躯披着大块的石板般的鳞甲，直立起来有近十米高。他自我介绍的名字发音为"达雅"，但按他的外形特点和后来的行为方式，人们管他叫"大牙"。

当大牙的小型飞船在联合国大厦前着陆时，发动机把地面撞出一个大坑，飞溅的石块把大厦打得千疮百孔。由于外星使者太高大，无法进入会议大厅，各国首脑就在大厦前的广场上与他见面，他们中的几个人用手帕捂着刚才被玻璃和碎石划破的头。大牙每走一步，地面都颤抖一下。他说话时的声音像十台老式火车头同时鸣笛，让人头皮发炸。挂在他胸前的一个外形粗笨的翻译器把他的话译成英语（也是路上学的），那是一个粗犷的男声，音量虽比大牙低了许多，但仍然让听者心惊肉跳。

"呵呵，白嫩的小虫虫，有趣的小虫虫。"大牙乐呵呵地说。人们捂住耳朵，等他轰鸣着说完，然后稍微放开耳朵，听翻译器里的声音，"我们有一个世纪的时间相处，相信我们会互相喜欢对方的。"

"尊敬的使者，您知道，我们现在最关心的，是您那伟大的母舰到太阳系的目的。"联合国秘书长仰望着大牙说。尽管他在大喊，但声音听起来仍像蚊子叫。

大牙做了一个类似于人类立正的姿势，地面为之一颤，"伟大的吞食帝国将吃掉地球，以便继续它壮丽的航程，这是不可改变的！"

"那么人类的命运呢？"

"这正是我今天要决定的事。"

元首们纷纷交换目光，秘书长点点头，"这确实需要我们进行充分的交流。"

大牙摇摇头，"这是一件十分简单的事情，我只需要品尝一下——"说着，他伸出强壮的大爪，从人群中抓起一个欧洲国家的首脑，从三四米远处优雅地扔进嘴里，细细地嚼了起来。不知是出于尊严还是过度恐惧，那个牺牲品一直没有叫出声，只听到他的骨骼在大牙嘴里碎裂时清脆的咔嚓声。半分钟后,大牙噗的一声吐出那人的衣服和鞋子。衣服虽然浸透了血,但几乎完好无损。这时,不止一个旁观者联想到了人类嗑瓜子的情形。

整个地球一时间陷入一片死寂,这寂静似乎无限期地持续着,直到被一个人类的声音打破——

"您怎么拿起来就吃啊?"站在人群后面的上校问。

大牙向他走去,人群散开一条道。这个庞然大物咚咚地走到上校面前,用一双篮球大小的黑眼睛盯着他:"不行吗?"

"您怎么这么肯定他能吃呢?一个相距如此遥远的世界上的生物能被食用,从生物化学上讲几乎是不可能的。"

大牙点点头,大嘴一咧,做出类似于笑的表情:"我一开始就注意到你了。你一直冷眼看着我,若有所思。你在想什么?"

上校也笑笑:"您呼吸我们的空气,通过声波说话,有两只眼睛一个鼻子一张嘴,还有四条对称的肢体……"

"这不可理解吗?"大牙把巨头凑近上校,喷出一股让人作呕的血腥气。

"是的,因为太好理解所以不可理解。我们不应该这么相似。"

"我也有不理解之处,那就是你的冷静。你是军人?"

"我是一名保卫地球的战士。"

"哼,不过是推开一些小石头而已,那能让你成为真正的战士?"

"我准备接受更大的考验。"上校庄严地昂起头。

"有趣的小虫虫。"大牙笑着点点头,直起身来,"我们还是回到正题吧:人类的命运。你们的味道不错,有一种滑爽的清淡,很像我在波江座行星上吃过的一种蓝色浆果。所以祝贺你们,你们的种族将延续下去——你们将作为一种小家禽在吞食帝国被饲养,到六十岁左右上市。"

"您不觉得那时我们的肉太老了吗?"上校冷笑着说。

大牙大笑起来,声音如火山爆发:"哈哈哈哈,吞食人喜欢有嚼头儿的小吃。"

蚂　蚁

联合国又同大牙进行了几次接触,虽然再没有人被吃掉,但关于人类命运的谈判结果都一样。

人们把下一次会面精心安排在非洲的一处考古挖掘现场。

大牙的飞行器准时在距挖掘现场几十米处降落，同每次一样，他的降落就像是一场大爆炸，震耳欲聋，飞沙走石。据波江女孩介绍，大牙的飞行器是由一台小型核聚变发动机驱动的。对于有关吞食者的信息，她一解释，人类科学家就立刻明白了。但波江人的技术却令地球人很迷惑，比如那块晶体，着陆后便在空气中融化，最后与星际航行有关的推进部分全融化掉了，只剩下薄薄的一片，在空气中轻盈地飘行。

大牙来到挖掘现场时，有两个联合国工作人员抬着一本一米见方的大画册递给他。画册是按他的个头儿精心制作的，有上百页精美的彩图，内容是人类文明的各个方面，很像一本儿童启蒙教材。在挖掘现场的大坑旁，一名考古学家绘声绘色地讲述着地球文明的辉煌历程。他竭力想让外星人明白这颗蓝色行星上有太多值得珍惜的东西，说到动情处，考古学家声泪俱下，好不凄惨。最后，他指着挖掘现场的大坑说："尊敬的使者，您看，这是我们刚刚发现的一处城市遗址，是迄今为止发现的最早的人类城市，距今已有近五万年。你们真的忍心毁灭一个历经五万年岁月、一点一滴发展到今天的灿烂文明？"

大牙在这个过程中一直翻看着画册，好像觉得那是一件很好玩的东西。考古学家的最后一句话让他抬起头来看了看大坑，"呵，考古虫虫，我对这个坑和坑里的旧城市不感兴趣，倒是很想看看从坑里挖出的土。"他指了指大坑旁边一个几米高的土堆。

听完翻译器中的话,考古学家很迷惑,"土?那堆土里什么也没有啊。"

"那是你的看法。"大牙说着走到土堆旁,蹲下高大的身躯,伸出两只大爪在土里挖起来。人们围成一圈看着,惊叹他那看似粗笨的大爪的灵活。他拨动着松土,不时拾起什么极小的东西放到画册上。就这样专心致志地干了十多分钟后,他捧着画册直起身来,走到人们面前,让大家看画册上的东西。

上百只蚂蚁,有的活着,有的已经死了,蜷成一团,仔细辨认才能看出是什么。

"我想讲一个故事,"大牙说,"关于一个王国的故事。这个王国的前身是一个更大的帝国,帝国国民的先祖可以追溯到地球白垩纪末期。在恐龙高耸入云的骨架下,先祖建起帝国宏伟的城市……但那段历史太久远了,帝国最后一世女王能记起的,就是冬天的降临。在那漫长的冬天里,大地被冰川覆盖,失去已延续了上千万年的生机,生活变得万分艰难。

"从最后一次冬眠醒来后,女王只唤醒了帝国不到百分之一的成员,其他的都已在寒冷中长眠,有的已变成透明的空壳。女王摸摸城市的墙壁,冷得像冰块,硬得像金属。她知道这是冻土——在这严寒时代中,它夏天都不化。女王决定离开这片先祖留下的疆域,去找一块不冻的土地建立新的王国。

"于是,女王率领所有的幸存者来到地面,在高大的冰川间开始艰难的跋涉。大部分成员在漫漫的路途中死于严寒,但女王与不多的幸存者终于找到了一块不冻土,那是一块被溢出的地热温暖的土地。女王当然不明白,为什么在这严寒世界中有这么一小片潮湿柔软的土地。但她对能到达这里并不感到意外:一个延续了六千万年的种族是不会灭绝的!

"面对冰川纵横的大地和昏暗的太阳,女王宣布要在这里建立一个新的伟大的王国,它将延续万代!她站在一座高大的白色山峰下,把这个新王国命名为'白山王国'。那座白色山峰是一头猛犸象的头骨。这是第四纪冰川末期的一个正午,这时的人类虫虫还是零星地龟缩在岩洞中发抖的愚钝动物。九万年之后,你们文明的第一点烛光才在另一个大陆的美索不达米亚平原上出现。

"以附近冰冻的猛犸象遗体为生,白山王国度过了一万年的艰难岁月。之后,地球冰期结束,大地回春,各大陆又重新披上了生命的绿色。在这新一轮的生命大爆炸中,白山王国很快达到了鼎盛,拥有数不清的成员和广大的疆域。在其后的几万年中,王国经历了数不清的朝代,创造了数不清的史诗。"

大牙指指眼前的大坑,"这就是那个王国最后的位置。在考古虫虫专心挖掘下面那已死去五万年的城市时,并没有想到在它上面的土层中还有一个活着的城市。它的规模绝不比纽约小,后者只是一个二维的平面城市,而它是一座宏大的立体城市,有很多层。每一层密布着迷宫般的街道,有宽阔的广场和宏伟的宫殿。整座城市的供排水系统和消防系统的设计也比纽约高明得多。城市中有着复杂的社会结构、严格的行业分工,整个社会以一种机器般的精密和协调高效地运转着,不存在吸毒和犯罪问题,也没有沉沦和迷茫。但王国的国民并非没有感情,当有成员死亡时,它们表现出长时间的悲伤。它们甚至还有墓地,位于城市附近的地面上,掩埋深度为三厘米。最值得说明的是:在城市的底层有一个庞大的图书馆,收藏着数量巨大的卵形小容器——那是一本本书——每个容器中都装有成分极其复杂的化学味剂,用其复杂的成分记录着信息。这里有对白山王国漫长历史的史诗般的记载:你能看到在一次森林大火中,王国的所有成员抱成无数个团,顺一条溪流漂下,逃出火海的壮举;还能看到王国与白蚁帝国长达百年的战争史;还有王国的远征队第一次看到大海的记载……

"但所有这一切都在三个小时之内被毁灭。当时,在惊天动地的轰鸣声中,挖掘机那遮盖了整片天空的钢铁巨掌凌空劈下,把包含着城市的土壤一把把抓起。城市和其中的一切在巨掌中被碾得粉碎,包括城市最下层的孩子和将成为孩子的几万只雪白的卵。"听罢,地球世界再一次陷入死寂之中,这次的寂静比大牙吃人的那一次延续得更长。面对外星使者,人类第一次无话可说。

大牙最后说:"我们以后有很长的时间相处,有很多的事要谈,但不要再从道德角度谈了。在宇宙中,那东西没意义。"

加速度

大牙走后，考古现场的人们仍沉浸在迷茫和绝望之中。又是上校首先打破寂静，对周围的各国政要说："我知道自己是个小人物，只是因为两次首先接触外星文明而有幸亲临这样的场合。我只想说两句话：一、大牙是对的；二、人类的唯一出路是战斗。"

"战斗？唉，上校，战斗……"秘书长苦笑着摇头。

"对，战斗！战斗！战斗！"波江女孩大喊。此时，她所在的晶体片正飘飞在人们头上几米高处。阳光下的晶体中，那长发女孩在兴奋地手舞足蹈。

有人说："你们波江人也战斗了，结果怎么样？人类得为自己种族的生存着想，我们并没有义务满足你那变态的复仇欲望。"

"不，先生，"上校对所有人说，"波江人是在对敌人完全陌生的情况下进行自卫战争的，加上他们本来就是一个历史上完全没有战争的社会，所以失败是不奇怪的。但在这场长达一个世纪的惨烈战争中，他们对吞食者有了细致深刻的了解。现在，他们掌握的大量资料通过这艘飞船送到了我们手中，这就是我们的优势。

"冷静地初步研究这些资料，我们发现吞食者并没有最初想象的那么可怕。首先，除了不可思议的庞大形体外，吞食者并没有太多超出人类知识范畴的东西。就生命形式而言，吞食人——据说在'轮胎'上居住着上百亿个——与地球人一样是碳基生物，且其生命在分子层次的构造上与我们十分相似。人类与敌人拥有相同的生物学基础，我们有可能真正深刻地理解它们的各个方面，这比我们面对一群由力场和中子星物质构成的入侵者要幸运多了。

"更让我们宽慰的是，吞食者并没有太多的'超技术'。吞食人的技术比人类要先进许多，但这主要表现在技术的规模上，而不是理论基础上。吞食者的推进系统的能量来源主要是核聚变，它所掠夺的行星水资源除了用于吞食人的生活外，主要是被作为聚变燃料。吞食者发动机的推进方式也是基于动量守恒的反冲方式，并没有时空跃迁之类玄妙的玩意儿……这些信息可能使科学家深感失落，因为吞食者上的文明毕竟延续了几千万年，它的技术层次也代表了科学发展的极限。但与此同时，我们也因此知道，敌人不是不可战胜的神。"

秘书长说："仅凭这些，就能使人类树立起必胜的信心吗？"

"当然还有许多具体的信息，使我们能够制定出一个成功率较高的战略，比如……"

"加速度！加速度！"波江女孩在人们头顶大叫。

上校对周围迷惑的人们解释说:"从波江人送来的资料看,吞食者航行的加速度有一个极限。在长达两个世纪的观察中,他们从未发现它突破过这个极限。为证实这一点,我们根据波江座飞船送来的其他资料,如吞食者的结构和构成它的材料的强度等,建立了一个数学模型,模型的演算证实了波江人对吞食者加速度极限的观察。这个极限是由它的结构强度所决定的,一旦超出,这个庞然大物就会被撕裂。"

"那又怎么样?"一位大国元首问道。

"我们应该冷静下来,用自己的脑子好好想想。"上校微笑着说。

月球避难所

人类与外星使者的谈判终于有了一点点进展,大牙对人类关于月球避难所的要求做出了让步。

"人是恋家的动物。"在一次谈判中,秘书长眼泪汪汪地说。

"吞食人也是,虽然我们没有家。"大牙同情地点点头。

"那么,能否让我们留下一些人,等伟大的吞食帝国吃完再吐出地球后，待它的地质结构稳定下来，再回来重建我们的文明？"

大牙摇摇头："吞食帝国吃东西是吃得很干净的，那时的地球将比现在的火星还荒凉，凭你们虫虫的技术能力，不可能重建文明。"

"总得试试吧，这样我们的灵魂才会安宁。特别是在吞食帝国上被饲养的那些小家禽，如果他们记得在遥远的太阳系还有一个家，会多长些肉的，虽然这个家不一定真的存在。"

大牙点点头："可是当地球被吞下时，这些人去哪儿呢？除了地球，我们还要吃掉金星，木星和海王星太大了，我们吃不下，但要吃它们的卫星，吞食帝国需要上面的碳氢化合物和水；连贫瘠的火星和水星我们也想嚼一嚼，我们想要上面的二氧化碳和金属。这些星球的表面将是一片火海。"

"我们可以去月球避难。据我们所知，吞食帝国在吃地球之前要把月球推开。"

大牙又点点头："是的，由吞食帝国和地球组成的联合星体引力很大，有可能使月球坠落在大环表面，这种撞击足以毁灭帝国。"

"那就对了，让我们的一些人住到月球去吧。这对你们也没有太大损失。"

"你们打算留多少人?"

"从维持一个文明的最低限度着想,十万吧!"

"可以,但你们得干活儿。"

"干活儿?什么活儿?"

"把月球从地球轨道推开,这对我们来说也是一件很麻烦的事。"

"可是……"秘书长绝望地抓着头发,"您这等于拒绝了人类这点儿小小的可怜要求——您知道我们没有这种技术力量的!"

"呵,虫虫,那我不管。再说,不是还有一个世纪吗?"

播种核弹

在泛着白光的月球平原上,一群穿着太空服的人站在一个高高的钻塔旁边。吞食帝国高大的使者站在更远一些的地方,仿佛是另一个钻塔。他们注视着一个钢铁圆柱体从钻塔顶端缓缓落下,沉入钻塔下的深井中。吊索飞快地向井中放下去,三十八万公里外的整个地球世界都在注视着这一幕。当放置物到达井底的信号传来时,包括大牙在内的所有观察者都鼓起掌来,庆祝这一历史性时刻的到来。

推进月球的最后一颗核弹已经就位，这时，距波江晶体和吞食帝国使者到达地球已有一个世纪。

这是令人绝望的一个世纪，人类在进行着痛苦的奋斗。

上半个世纪，全世界竭尽全力建造月球推进发动机，但这种超级机器始终没能建成。那几台实验用的样机只是给月球表面增加了几座废铁高山，还有几个在试运行时被核聚变的高温熔化成一片钢水的湖泊。人类曾向吞食帝国使者请求技术支援，因为推进月球需要的发动机还不及吞食者上那无数超级发动机的十分之一大。但大牙不答应，还讥讽道："别以为知道了核聚变就能造出行星发动机，造出爆竹离造出火箭还差得远呢。其实你们完全没有必要费这么大劲儿。在银河系，一个文明成为另一个更强大文明的家禽是很正常的。你们会发现被饲养是一种多么美妙的生活，衣食无忧，快乐终生，有些文明还求之不得呢。你们感到不舒服，完全是陈腐的人类中心论在作怪。"

于是，人类把希望寄托在波江晶体上，但这希望同样落空。波江文明是沿着一条与地球和吞食者完全不同的技术路线发展的，他们的所有技术力量都来自于本星的生物，比如这块晶体，就是波江行星海洋中的一种浮游生物的共生体。对他们世界中生命的这些奇特能力，波江人只是组合和利用，并不知其深层的秘密，而一旦离开本星的生物，波江人的技术就寸步难行了。

浪费了宝贵的五十多年后，绝望的人类突然想出了一个极其疯狂的月球推进方案。这个方案首先由上校提出，当时他是月球推进计划的主要领导人之一，军衔已升为元帅。这个方案尽管疯狂，技术上的要求却并不高，人类已有的技术完全可以胜任，以至于人们惊奇为什么没有早点儿想到它。

新的推进方案很简单，就是在月球的一面大量埋设核弹。这些核弹的埋设深度一般为三千米左右，其埋设的密度以不被周围核弹的爆炸所摧毁为标准。这样，将在月球的推进面埋设五百万枚核弹。与这些热核炸弹的当量相比，人类在冷战时期所制造的威力最大的核弹只能算常规武器。因此，当这些埋在月球地下的超级核弹爆炸时，与以前的地下核试验中被窒息在深洞中的核爆炸完全不同，会将上面的地层完全掀起炸飞。在月球的低重力下，被炸飞的地层岩石会达到逃逸速度，脱离月球，冲进太空，进而对月球本身产生巨大的推进力。如果每一时刻都有一定数量的核弹爆炸，这种脉冲式的推进力就会变得连续不断，等于给月球装上了强劲的发动机。而使不同位置的核弹爆炸，就可以操纵月球的飞行方向。方案还计划在月面下埋设两层核弹，另一层在第一层之下，约六千米深度。当上层核弹耗尽、月球推进面被剥去三千米厚的一层时，第二层能接着被不断引爆，使"发动机"的运行时间延长一倍。

当晶体中的波江女孩听到这个方案时，认为人类真的疯了："现在我知道，如果你们有吞食者那样的技术力量，会比他们还野蛮！"

但这个方案使大牙赞叹不已:"呵呵,虫虫们竟能有这样美妙的想法,我喜欢,喜欢它的粗野,粗野是最美的!"

"荒唐!粗野怎么会美?"波江女孩反驳说。

"粗野当然美,宇宙就是最粗野的!漆黑寒冷的深渊中燃烧着狂躁的恒星,不粗野吗?宇宙是雄性的,明白吗?像你们那种女人气的文明,那种弱不禁风的精致和纤细,只是宇宙小角落中一种微不足道的病态而已。"

一百年过去了,大牙仍然生机勃勃,晶体中的波江女孩仍然鲜艳动人,但元帅感到了岁月的力量。一百三十五岁,他已是老年人了。

这时,吞食者已越过冥王星轨道,从由波江座 ε 星开始的六万年漫长航行中苏醒了。太空中那个巨大的"轮胎"变得灯火辉煌,庞大的社会运转起来,准备好了对太阳系的掠夺。

吞食者掠过外行星,向地球扑来。

人类的第一次和最后一次星战

月球脱离地球的加速开始了。

推进面的核弹开始爆炸时,月球正处于地球白昼的一面。每次爆炸的闪光,都会让月球在蓝天上短暂地映现一下,天空中仿佛出现了一只不断眨巴的银色眼睛。入夜后,月球一侧的闪光传过近四十万公里仍能在地面上映出人影。月球的后面还能看到一条淡淡的银色尾迹,它是由从月面炸入太空的岩石构成的。从安装在推进面的摄像机中可以看到,月面被核爆掀起的地层碎块如滔天洪水般涌向太空,向前很快变细,在远方成为一条极细的蛛丝,弯向地球的另一面,描绘出月球加速的轨道。

但人们的注意力都集中在天空中出现的那个恐怖的大环上:吞食者此时已驶近地球,它的引力产生的巨大潮汐已摧毁了所有的沿海城市。吞食者尾部的发动机闪着一圈蓝色的光芒,它正在进行最后的轨道调整,以使其绕太阳运行的轨道与地球保持同步,同时使自己与地球的自转轴线重合在同一直线上。然后它将缓缓向地球移动,将其套入大环中。月球的加速持续了两个月,这期间,在它的推进面,平均两三秒钟就爆炸一枚核弹,到目前为止,已引爆了二百五十多万枚。加速后的月球环绕地球的轨道形状已变得很扁,当月球运行到这椭圆轨道的顶端时,应元帅的邀请,大牙同他一起来到了月球面向前进方向的一面。他们站在环形山环绕的平原上,感受着从月球另一面传来的震动,仿佛这颗地球卫星的中心有一颗强劲的心脏。在漆黑的太空背景下,吞食者的巨环光彩夺目,占据了半个天空。

"太棒了，元帅虫虫，真的太棒了！"大牙对元帅由衷地赞叹着，"不过你们要抓紧，只剩下一圈的加速时间了，吞食帝国可没有等待别人的习惯。我还有个疑问：你们十年前就已建成的地下城还空着，那些移民什么时候来？你们的月地飞船能在一个月时间里从地球迁移十万人？"

"不会迁移任何人了，我们将是月球上最后的人类。"

听到这话，大牙吃惊地转过身去，看到了元帅所说的"我们"：那是地球太空部队的五千名将士，在环形山平原上站成严整的方阵。方阵前面，一名士兵展开一面蓝色的旗帜。

"看，这是我们行星的旗帜，地球对吞食帝国宣战了！"

大牙呆呆地站着，迷惑多于惊讶。紧接着，他四脚朝天摔倒了，这是由于月面突然增加的重力所致。大牙一动不动地趴在地上，他那庞大身体激起的月尘在周围缓缓降落，但很快又扬起来——这是从月球另一面传来的剧烈震波所致，平原因此蒙上了一层白色的尘被。大牙知道，在月球的另一面，核弹的爆炸密度突然增加了几倍。从重力的激增，他推测出月球的加速度也增加了几倍。他打了个滚儿，从太空服胸前的口袋里掏出硕大的电脑，调出了月球目前的轨道。他看到，如果这剧增的加速度持续下去，轨道将不再闭合，月球将脱离地球引力冲向太空，一条闪着红光的虚线标示出预测的方向。

月球将径直撞向吞食者!

大牙缓缓地站了起来,任手中的电脑掉下去。他抬头看去,在突然增加的重力和波浪般的尘雾中,地球军团的方阵仍如磐石般稳立着。

"持续了一个世纪的阴谋。"大牙喃喃地说。

元帅点点头:"你明白得太晚了。"

大牙长叹着说:"我应该想到地球人与波江人是完全不同的两个物种。波江世界是一个以共生为进化基础的生态圈,没有自然选择和生存竞争,更不知战争为何物……我们却用这种习惯思维来套地球人。而你们,自从从树上下来后就厮杀不断,怎么可能轻易被征服呢?我……不可饶恕的失职啊!"

元帅说:"波江人为我们提供了大量的重要信息,其中关于吞食者的加速度极限值就是人类这个作战方案的基础:如果引爆月球上的转向核弹,月球的轨道机动加速度将是吞食者速度极限值的三倍。这就是说,它比吞食者灵活三倍,你们不可能躲开这次撞击的。"

大牙说:"其实我们也不是完全没有戒备。当地球开始大量生产核弹时,我们时刻监视着这些核弹的去向,确保它们被放置在月球地层中,可没有想到……"

元帅在面罩后面微微一笑:"我们不会傻到用核弹直接攻击吞食者,地球人那些简陋的导弹在半途中就会被身经百战的吞食帝国全部拦截,但你们无法拦截巨大的月球。也许凭借吞食者的力量,最终能击碎它或使其转向,但现在距离已经很近,来不及了。"

"狡诈的虫虫,阴险的虫虫,恶毒的虫虫……吞食帝国是心肠实在的文明,把什么都说在明处,可是最终被狡诈阴险的地球虫虫骗了。"大牙咬牙切齿地说,狂怒中想用大爪子抓元帅,但在士兵们指向他的冲锋枪面前停住了。他没有忘记自己也是血肉之躯,一梭子弹足以让他丧命。元帅对大牙说:"我们要走了,劝你也离开月球吧,不然会死在吞食帝国的核弹之下。"

元帅说得很对,大牙和人类太空部队刚刚飞离月球,吞食者的截击导弹就击中了月面。这时月球的两面都闪烁着强光,朝向前进方向的一面也有大量的岩石被炸飞到太空中。与推进面不同的是,这些岩石是朝着各个方向漫无目标地飞散开。从地球上看去,撞向吞食者的月球如一个披散着怒发的斗士,任何力量都无法阻挡它!在能看到月球的大陆上,人山人海爆发出狂热的欢呼。

吞食人的拦截行动只持续了不长时间就停止了,因为他们发现这毫无意义。在月球走完短暂的距离之前,既不可能使它转向,更不可能击碎它。

月球上的推进核弹也停止了爆炸。速度已经足够,地球保卫者要留下足够的核弹进行最后的轨道机动。

一切都沉静下来。在冷寂的太空中,吞食者和地球的卫星静静地相向飘行着,它们之间的距离在急剧缩短。当两者的距离缩短至五十万公里时,从地球统帅部所在的指挥舰上看去,月球已与"轮胎"重叠,像是轴承圈上的一粒钢珠。

直到这时,吞食者的航向也没有任何变化,这是容易理解的:过早的轨道机动会使月球也做出相应的反应,真正有意义的躲避动作要在月球最后撞击前进行。这就像两名用长矛决斗的中世纪骑士,他们骑马越过长长的距离逼近对方,但胜负是在接触前的一小段距离内决出的。

银河系的两大文明都屏住了呼吸,等待着那最后的时刻。

当距离缩短至三十五万公里时,双方的机动航行开始了。吞食者的发动机首先喷出了上万公里的蓝色烈焰,开始躲避;月球上的核弹则以空前的密度和频率疯狂地引爆,进行着相应的攻击方向修正,它那弯曲的尾迹清楚地描绘出航线的变化。吞食者喷出的上万公里长的蓝色光河的头部镶嵌着月球核弹银色的闪光,构成了太阳系有史以来最壮观的景象。

双方的机动航行进行了三个小时,它们的距离已缩短至五万公里,计算机显示的结果令指挥舰上的人们不敢相信自己的眼睛:吞食者的变轨加速度四倍于波江晶体提供的极限值!以前深信不疑的吞食者的加速度极限,一直是地球人取胜的基础,现在,月球上剩余的核弹已没有能力对攻击方向做出足够的调整。计算表明,即使尽全力变轨,半小时后,月球也将以四百公里的距离与吞食者擦肩而过。

在一阵令人目眩的剧烈闪光后,月球耗尽了最后的核弹,几乎与此同时,吞食者的发动机也关闭了。在死一般的寂静中,惯性定律完成了这篇宏伟史诗的最后章节:月球紧擦着吞食者的边缘飞过,由于其速度很高,吞食者的引力没能将其捕获,但扭弯了它的飘行轨迹。月球掠过吞食者后,无声地向远离太阳的方向飞去。

指挥舰上,统帅部的人们在死一般的沉默中度过了几分钟。

"波江人骗了我们。"一位将军低声说。

"也许,那块晶体只是吞食帝国的一个圈套!"一位参谋喊道。

统帅部瞬间陷入一片混乱。每个人都声嘶力竭地叫喊着,以掩盖或发泄自己的绝望。几名文职人员或哭泣或抓着自己的头发,精神已到了崩溃的边缘。只有元帅仍静静地站在大显示屏前,他慢慢转过身来,用一句话稳住了局面:"我请各位注意一个现象:吞食者的发动机为什么要关闭?"

这话引起了所有人的思考。是的,在月球上的核弹停止爆炸后,敌人的发动机没有理由关闭,因为他们不可能知道月球上是否还剩有核弹。同时,考虑到吞食者的引力有可能捕获月球,他们也应该继续进行躲避加速,拉开与月球攻击线的距离,而不能仅仅满足于这四百公里的微小间距。

"给我吞食者外表面的近距离图像。"元帅说。

大屏幕上出现了一幅全息画面,这是一个掠过吞食者的地球小型高速侦察器在距其表面五百公里上空传回的。人们敬畏地看着吞食者灯光灿烂的大陆上线条粗放的钢铁山脉和峡谷缓缓移过。一条黑色的长缝引起了元帅的注意。在过去的一个世纪中,他已记熟了吞食者外表面的每一个细节,可以绝对肯定这条长缝以前是不存在的。很快其他人也注意到了。

"那是什么?一条……裂缝?"

"是的,裂缝,一条长达五千公里的裂缝。"元帅点点头,说,"波江人没有骗我们,晶体带来的资料是真实的,那个加速度极限确实存在。但当月球逼近时,绝望的吞食者不顾一切地用四倍于极限的加速度来躲避。这就是超限加速的后果:它被撕裂了。"

接下来,人们又发现了另外几条裂缝。

"看啊,那又是什么?!"又有人惊叫起来。这时,吞食者的自转正使它表面的另一部分进入人们的视野:金属大陆的边缘出现了一个刺目的光球,如同它那辽阔地平线上的日出一般。

"自转发动机!"一名军官说。

"是的,是吞食者赤道上很少启动的自转发动机,此时它正在以最大功率刹住自转！"

"元帅，这证实了您的看法！"

"尽快用各种观测手段取得详细资料，进行模拟！"元帅说。但在这之前，一切已在进行中了。

经一个世纪建立起来的精确描述吞食者物理结构的数学模型，在从前方取得必需的数据后高速运转，模拟结果很快出来了：需近四十小时的时间，自转发动机才能把吞食者的自转速度减至毁灭值之下；而如果高于这个转速，离心力将使已被撕裂的吞食者在十八个小时内完全解体。

人们欢呼起来。大屏幕上接着映出了吞食者解体时的全息模拟图像：解体的过程很慢，如同梦幻。在太空漆黑的背景上，这个巨大的世界如同一团浮在咖啡上的奶沫一样散开，边缘的碎块渐渐隐没于黑暗之中，仿佛被太空融化了，只有不时出现的爆炸闪光才使它们重新现形。

元帅并没有同人们一起观赏这令人心旷神怡的画面，他远离人群，站在另一块大屏幕前注视着现实中的吞食者，脸上没有一点儿胜利的喜悦。冷静下来的人们注意到了他，也纷纷站到这块屏幕下。他们发现，吞食者尾部的蓝色光环又出现了，它再次启动了推进发动机。在环体已经被严重损伤的情况下，这似乎是一个不可理解的错误，这时，任何微小的加速度都可能导致大环解体。

而吞食者的运行方向更让人迷惑：它正在缓缓回到躲避月球攻击前所在的位置，谨慎地建立与地球同步的太阳轨道，并使自己和地球的自转轴重合在一条直线上。

"怎么，这时它还想吃地球？"有人吃惊地说，他的话引起了稀疏的笑声，但笑声戛然而止，人们看到了元帅的表情：他已不再看屏幕，而是双眼紧闭，苍白的脸上毫无表情。一个世纪以来，作为抗击吞食者的精神支柱之一，太空将士们已经熟悉了他的声音、容貌，但他们从来没有见到他像这样。人们冷静下来，再看屏幕，终于明白了一个严峻的现实：

吞食者还有一条活路。

吞食地球的航行开始了，已与地球同步自转同轴的吞食者向着这颗行星的南极移动。如果它慢了，会在自转的离心力下解体；如果太快，推进的加速度又可能使其提前解体。吞食者正走在一条生存的钢丝绳上，它必须绝对正确地把握住时间和速度的平衡。

在地球的南极被套入大环前的一段时间，太空中的人们看到，南极大陆的海岸线形状急剧变化。这个大陆像一块热煎锅上的牛油一样缩小着面积，地球的海水在吞食者引力的拉动下涌向南极，地球顶端那块雪白的大陆正在被滔天巨浪所吞没。

这时，吞食者大环上的裂缝越来越多，且都在延长扩宽。最初出现的那几条裂缝已不再是黑色的，里面透出了暗红色的火光，像几千公里长的地狱之门。有几条蛛丝般的白色细线从大环表面升起，接下来，这样的细线越来越多，出现在大环的每一部分，仿佛吞食者长出了稀疏的头发。这是从大环上发射的飞船的尾迹，吞食者开始从他们将要毁灭的世界逃命了。

但当地球被大环吞入一半时，情况发生了逆转：地球的引力像无数根无形的辐条拉住了正在解体的大环，吞食者表面不再有新的裂缝出现，已有的裂缝也停止了扩展。十四小时过去后，地球被完全套入大环，它那引力的辐条变得更加强劲有力，吞食者表面的裂缝开始缩小，又过了五个小时，这些裂缝完全合拢了。

在指挥舰上，统帅部的大屏幕黑了，甚至连灯都灭了，只有太阳从舷窗中投进惨白的光芒。为了产生人工重力，飞船仍在缓缓自转，使得太阳从不同位置的舷窗中升升降降。光影流转，仿佛在追述着人类那已永远成为过去的日日夜夜。

"谢谢各位在过去一个世纪中尽职尽责的工作，谢谢。"元帅说，并向统帅部的全体人员敬礼。在将士们的注视下，他平静地整理了一下自己的军装，其他人也这样做了。

人类失败了，但地球保卫者们已经尽到了自己的责任。对于尽责的战士来说，这一时刻仍是辉煌的。他们接受了平静的良心授予自己的无形勋章，他们有权享受这光荣的一刻。

尾声 归宿

"真的有水啊!"一名年轻上尉惊喜地叫出来。面前确实是一片广阔的水面,在昏黄的天空下泛着粼粼的波光。

元帅摘下太空服的手套,捧起一点儿水,推开面罩尝了尝,又赶紧将面罩合上,"嗯,还不是太咸。"看到上尉也想打开面罩,他制止说,"会得减压病的。大气成分倒没问题,硫黄之类的有毒成分已经很淡了,但气压太低,相当于战前的一万米高空。"

一名将军在脚下的沙子中挖着什么,"也许会有些草种子的。"他抬头对元帅笑笑说。

元帅摇摇头,说:"这里战前是海底。"

"我们可以到离这里不远的十一号新陆去看看,那里说不定会有。"那名上尉说。

"有也早烤焦了。"有人叹息道。

大家举目四望。地平线处有连绵的山脉,它们是最近一次造山运动的产物。青色的山体由赤裸的岩石构成,从山顶流下的岩浆河发着暗红的光,使山脉像一个巨人淌血的躯体,但大地上的岩浆河已经消失了。

这是战后二百三十年的地球。

战争结束后，统帅部幸存的一百多人在指挥舰上进入冬眠期，等待地球被吞食者吐出后重返家园。指挥舰则成为一颗卫星，在一条宽大的轨道上围绕着由吞食者和地球组成的联合星体运行。在以后的时间里，吞食帝国并没有打扰他们。

战后第一百二十五年，指挥舰上的传感系统发现吞食者正在吐出地球，就唤醒了一部分冬眠者。当这些人醒来后，吞食者已飞离地球，向金星方向航行，而这时的地球已变成一颗人们完全陌生的行星，像一块刚从炉子里取出的火炭，海洋早已消失，蛛网般的岩浆河流覆盖着大地。他们只好继续冬眠，重新设定传感器，等待地球冷却。这一等又是一个世纪。

冬眠者们再次醒来时，发现地球已冷却成一颗荒凉的黄色行星，剧烈的地质运动平息下来，虽然生命早已消失，但有稀薄的大气，甚至还发现了残存的海洋，于是，他们就在一个大小如战前内陆湖泊的残海边着陆了。

一阵轰鸣声——就是在这稀薄的空气中也震耳欲聋——那艘熟悉的外形粗笨的吞食帝国飞船在人类飞船的不远处着陆。高大的舱门打开后，大牙挂着一根电线杆长度的拐杖颤巍巍地走下来。

"啊，您还活着！有五百岁了吧？"元帅同他打招呼。

"我哪儿能活那么久啊！战后三十年我也冬眠了，就是为了能再见你们一面。"

"吞食者现在在哪儿？"

大牙指向天空的一个方向："晚上才能看见，只是一颗暗淡的小星星。它已驶出木星轨道。"

"它在离开太阳系吗？"

大牙点点头："我今天就要起程去追它了。"

"我们都老了。"

"老了……"大牙黯然地点点头，哆嗦着把拐杖换了手，"这个世界，现在……"他指指天空和大地。

"有少量的水和大气留了下来，这算是吞食帝国的仁慈吗？"

大牙摇摇头："与仁慈无关，这是你们的功绩。"

地球战士们不解地看着大牙。

"哦，在那场战争中，吞食帝国遭受了前所未有的创伤。死了上亿人，生态系统也被严重损坏。战后我们用了五十个地球年的时间才初步修复撕裂的大环，这以后才有能力对地球进行咀嚼。但你知道，我们在太阳系的时间有限，如果不能及时离开，有一片星际尘埃会飘到我们前面的航线上，如果绕道，我们到达下一个行星系的时间就会晚一万七千年,那时我们要吞食的行星就会被衰老的恒星吞食掉,所以我们对太阳几颗行星的咀嚼就很匆忙,吃得不太干净。"

"这让我们倍感自豪。"元帅看看周围的人们说。

"你们当之无愧!那真是一场伟大的星际战争。在吞食帝国漫长的征战史中,你们是最出色的战士之一!直到现在,帝国的行吟诗人还在到处传唱地球战士史诗般的战绩。"

"我们更想让人类记住这场战争。对了,现在人类怎样了?"

"战后大约有二十亿人类移居到吞食帝国,占人类总数的一半。"大牙说着,打开了手提电脑宽大的屏幕,上面出现了人类在吞食者上生活的画面:蓝天下,一片美丽的草原,一群快乐的人在歌唱跳舞,一时难以分辨这些人的性别,因为他们的皮肤都是那么细腻白嫩,都身着轻纱般的长服,头上装饰着美丽的花环。远处有一座漂亮的城堡,其形状显然来自地球童话,色彩之鲜艳如同用奶油和巧克力建造的。镜头拉近,元帅细看这些漂亮人儿的表情,确信他们真的是处于快乐之中。那是一种真正无忧无虑的快乐,如水晶般单纯,战前的人类只在童年能够短暂地享受。

"必须保证他们的绝对快乐,这是饲养中起码的技术要求,否则肉质得不到保证。地球人是高档食品,只有吞食帝国的上层社会才有钱享用,这种美味像我都是吃不起的。哦,元帅,我们找到了您的曾孙,录下了他对您说的话,想看吗?"

元帅吃惊地看了大牙一眼,点点头。屏幕上出现了一个皮肤细嫩的漂亮男孩。从面容上看,他可能只有十岁,但身材却有成年人那么高。他一双女人般的小手拿着一个花环,显然是刚刚从舞会上被叫过来。他眨着一双水灵灵的大眼睛说:"听说曾祖父您还活着?我只求您一件事,千万不要来见我啊!我会恶心死的!想到战前人类的生活,我们都会恶心死的,那是狼的生活,蟑螂的生活!您和您的那些地球战士还想维持那种生活,差一点儿真的阻止人类进入这个美丽的天堂!变态!您知道您让我多么羞耻、多么恶心吗?呸!不要来找我!呸!快死吧,你!"说完,他又蹦跳着加入到草原上的舞会中去了。

大牙首先打破了尴尬的沉默:"他将活过六十岁,能活多久就活多久,不会被宰杀。"

"如果是因为我的缘故,十分感谢。"元帅凄凉地笑了一下。

"不是。在得知自己的身世后,他很沮丧,也充满了对您的仇恨,这类情绪会使他的肉质不合格。"

大牙感慨地看着面前这最后一批真正的人类。他们身上的太空服已破旧不堪,脸上都刻着岁月的沧桑,在昏黄的阳光里,如同地球大地上一群锈迹斑斑的铁像。

大牙合上电脑,充满歉意地说:"本来不想让大家看这些的,但你们都是真正的战士,能够勇敢地面对现实,要承认……"他犹豫了一下,才说,"人类文明完了。"

"是你们毁灭了地球文明,"元帅凝视着远方,"你们犯下了滔天罪行!"

"我们终于又开始谈道德了。"大牙咧嘴一笑。

"在入侵我们的家园并极其野蛮地吞食一切后,我不认为你们还有这个资格。"元帅冷冷地说。其他人不再关注他们的谈话,吞食者文明冷酷残暴的程度已超出人类的理解力,他们现在真的没有兴趣再同其进行道德方面的交流了。

"不,我们有资格,我现在还真想同人类谈谈道德……'您怎么拿起来就吃啊!'"

大牙最后这句话让所有人浑身一震。这话不是从翻译器中传出的,而是大牙亲口说的,虽然嗓门很大,但他对三个世纪前元帅的声调模仿得惟妙惟肖。

大牙通过翻译器接着说:"元帅,您在三百年前的那次感觉是对的。星际间的不同文明,其相似要比差异更令人震惊,我们确实不应该这么像。"

人们把目光聚焦在大牙身上。他们都预感到,一个惊天的大秘密将被揭开。

大牙动动拐杖，使自己站直，看着远方说："朋友们，我们都是太阳的孩子，地球是我们共同的家园，但我们比你们更有权利拥有她！因为在你们之前的一亿四千万年，我们的先祖就在这颗美丽的行星上生活，并创造了灿烂的文明。"

地球战士们呆呆地看着大牙，身边的残海跳跃着昏黄的阳光，远方的新山脉流淌着血红的岩浆。越过六千万年的沧桑时光，曾经覆盖地球的两大物种在这劫后的母星上凄凉地相会了。

"恐——龙——"有人低声惊叫。

大牙点点头："恐龙文明崛起于一亿地球年前，就是你们地质纪年的中生代白垩纪中期，在白垩纪晚期达到鼎盛。我们是体形巨大的物种，对生态的消耗量极大。随着恐龙数量的急剧增加，地球生态圈已难以维持恐龙社会的生存，接着恐龙又吃光了刚刚拥有初级生态的火星。地球上恐龙文明的历史长达两千万年，但恐龙社会真正的急剧膨胀也就是几千年的事，其在生态上造成的影响从地质纪年的长度看，很像一场突然爆发的大灾难，这就是你们所猜测的白垩纪灾难。

"终于有那么一天，所有的恐龙都登上了十艘巨大的世代飞船，航向茫茫星海。这十艘飞船最后合为一体，每到达一颗有行星的恒星就扩建一次，经过六千万年，就成为现在的吞食帝国。"

"为什么要吃掉自己的家园呢？恐龙没有一点儿怀旧感吗？"

有人问。

大牙陷入了回忆:"说来话长。星际空间确实茫茫无际,但与你们的想象不同,真正适合我们高等碳基生物生存的空间并不多。从我们所在的位置向银河系的中心方向,走不出两千光年,就会遇到大片的星际尘埃,在其中既无法航行,也无法生存;再向前,则会遇到强辐射和大群游荡的黑洞……如果向相反的方向走呢,我们已在旋臂的末端,不远处就是无边无际的荒凉虚空。在适合生存的这片空间中,消耗量巨大的吞食帝国已吃光了所有的行星。现在,我们的唯一活路是航行到银河系的另一旋臂去,我们也不知道那里有什么,但在这片空间待下去肯定是死路一条。这次航行要持续一千五百万年,途中一片荒凉,我们必须在起程前贮备好所有的消耗品。这时的吞食帝国就像干涸的小水洼中的一条鱼,它必须在水洼完全干掉之前猛跳一下,虽然多半是落到旱地上,在烈日下死去,但也有可能落到相邻的另一个水洼中活下去……至于怀旧感,在经历了几千万年的太空跋涉和数不清的星际战争后,恐龙种族早已是铁石心肠了。为了前面千万年的航程,吞食帝国要尽可能多吃一些东西……文明是什么?文明就是吞食,不停地吃啊吃,不停地扩张和膨胀,其他的一切都是次要的。"

元帅深思着说:"难道生存竞争是宇宙间生命和文明进化的唯一法则?难道不能建立起一个自给自足的、内省的、多种生命共生的文明吗?像波江文明那样?"

大牙长出一口气:"我不是哲学家,回答不了这个问题。也许答案是肯定的,关键是谁先走出第一步呢?自己的生存是以征服和消灭别人为基础的,这是这个宇宙中生命和文明生存的铁的法则,谁要首先不遵从它而自省起来,就必死无疑。"

大牙转身走上飞船,再出来时,手中端着一个扁平的方盒子。那个盒子长宽有三四米,起码要四个人才能抬起来。大牙把盒子平放到地上,掀起顶盖。人们看到盒子里装满了土,土上长着一片青草。在这已无生命的世界中,这绿色令所有人心动。

"这是一块战前地球的土地,战后我使这块土地上的所有植物和昆虫都进入冬眠,现在过了两个多世纪,又使它们同我一起苏醒。我本想把这块土地带走做个纪念,唉,现在想想还是算了吧,还是把它放回它该在的地方吧!我们从母星拿走的够多了。"

看着这一小片生机盎然的地球土地,人们的眼睛湿润了,他们现在知道,恐龙并非铁石心肠。在那比钢铁和岩石更冰冷坚硬的鳞甲后面,也有一颗渴望回家的心。

大牙一挥爪子,似乎想把自己从某种情绪中解脱出来,"好了,朋友们,我们一起走吧,到吞食帝国去。"看到人们的表情,他举起一只爪子,"你们到那里当然不是作为家禽被饲养。你们是伟大的战士,都将成为帝国的普通公民,你们还会得到一份工作:建立一座人类文明博物馆。"

地球战士们把目光集中在元帅身上。他想了想，缓缓地点了点头。

地球战士们一个接一个地上了大牙的飞船。那为恐龙准备的梯子他们必须一节一节引体向上爬上去。元帅是最后一个上飞船的人，他双手抓住飞船舷梯最下面一节踏板的边缘，在把自己的身体拉离地面的时候，他最后看了一眼脚下地球的土地，然后就停在那里看着地面，很长时间一动不动，他看到了——蚂蚁。

这蚂蚁是从盒子中的土里爬出来的。元帅放开抓着踏板的双手，蹲下身，让它爬到自己手上。他举起那只手，细细地看着它，它那黑宝石般的小身躯在阳光下闪闪发亮。元帅走到盒子旁，把这只蚂蚁放回那片小小的草丛中。这时，他又在草丛间的土面上发现了其他几只蚂蚁。

他站起身来，对刚来到身边的大牙说："我们走后，这些草和蚂蚁就是地球上仅有的生命了。"

大牙默默无语。

元帅说："地球上的文明生物有越来越小的趋势——恐龙，人，然后可能是蚂蚁。"他又蹲下来，深情地看着那些在草丛间穿行的小生命，"该轮到它们了。"

这时，地球战士们又纷纷从飞船上下来，返回到那块有生命的地球土地前，围成一圈，深情地看着它。

大牙摇摇头，说："草能活下去，这海边也许会下雨的。但蚂蚁不行。"

"因为空气稀薄吗？看样子它们好像没受影响。"

"不，空气没问题。与人不同，在这样的空气中它们能存活。关键是没有食物。"

"不能吃青草吗？"

"那就谁也活不下去了：在稀薄的空气中，青草长得很慢；蚂蚁会吃光青草，然后饿死——这倒很像吞食文明可能的最后结局。"

"您能从飞船上给它们留下些吃的吗？"

大牙又摇头："我的飞船上除了生命冬眠系统和饮用水外，什么都没有。我们在追上帝国前需要冬眠。你们的飞船上还有食物吗？"

元帅也摇了摇头："只剩几支维持生命的注射营养液，没用的。"

大牙指指飞船："我们还是抓紧时间吧。帝国的加速很快，晚了我们会追不上它的。"

沉默。

"元帅，我们留下来。"一名年轻中尉说。

元帅坚定地点点头。

"留下来？干什么？"大牙挨个儿看着他们，惊讶地问，"你们飞船上的冬眠装置已接近报废，又没有食品，留下来等死吗？"

"留下来走出第一步。"元帅平静地说。

"什么？"

"您刚才提过的新文明的第一步。"

"你们……要做蚂蚁的食物？"

地球战士们点点头。大牙无言地注视了他们很长时间，然后转身，拄着拐杖慢慢走向飞船。

"再见，朋友！"元帅在大牙身后高声说。

老恐龙长长地叹息了一声："在我和我的子孙前面，是无尽的暗夜，不休的征战。茫茫宇宙，哪里是家呀！"人们看到他的脚下湿了一片，不知道是不是一滴眼泪。

恐龙的飞船在轰鸣中起飞，很快消失在西方的天空。在那个方向，太阳正在落下。

最后的地球战士们围着那块有生命的土地默默地坐了一会儿，然后，从元帅开始，大家纷纷掀起面罩，在沙地上躺了下来。

时间流逝，太阳落下，晚霞使劫后的大地映在一片美丽的红光中。然后,有稀疏的星星在天空中出现。元帅发现,一直昏黄的天空这时居然现出了一抹深蓝。在稀薄的空气夺去他的知觉前,他欣慰地感到太阳穴上有轻微的骚动——蚂蚁正在爬上他的额头。这感觉让他回到了遥远的童年,在海边两棵棕榈树间拴着的小吊床上,他仰望着灿烂的星海,妈妈的手抚过他的额头……

夜晚降临了,残海平静如镜,毫不走样地映着横跨夜空的银河。这是这颗行星有史以来最宁静的夜晚。

在这宁静中,地球重生了。

田园

伤心木

何夕

归 来

从机窗俯瞰太平洋广阔无垠的海面是一件相当枯燥的事情。陈橙斜靠在座椅上,目光有些飘忽地看着窗外,阳光照射进来,不时刺得她眯一下眼。陈橙看看表,还有三个小时才到目的地,这使得她不禁再次感到无聊。林欣半仰在放低了的座位上轻声打着呼噜,不知道在做什么好梦,居然睡着了脸上还带着笑。

新四经济开始兴盛的时候,陈橙的志向是成为一名"脑域"系统专家。当时,她刚开始攻读脑域学博士,那会儿正是新三经济退潮的时期,曾经时髦了几年的新三经济代表——JT业颓相初露。JT相关专业的学长们出于饭碗考虑,正在有计划地加紧选修"脑域"专业的课程,陈橙不时会接到求助电话,去替那些人捉刀写论文。用"新"这个词来表述一个时代的习惯大约始于20世纪后半叶。当时有不少"新浪潮""新时期""新经济"之类颇令时人自豪的提法,但很快,这种称谓便显出了其浅薄与可笑的一面,因为它不久便开始繁殖出诸如"新新人类"以及"新新经济"之类的既拗口又意义含糊的后代。所以到眼下出现"新四经济"这种语言怪胎实在是逼不得已,除非你愿意一连说上好几个"新"字。

"脑域"技术正是新四经济时期的代表,甚至可以说整个新四经济的兴起都与之相关。一位名叫苏枫的专家发明了这项将人脑联网的技术,将人类的智慧提高到了一个前所未有的水平,同时也有力地回敬了那些关于机器的智慧将超越人类的担忧。正是"脑域"技术的兴盛掀起了一个高潮,将全球经济从 IT 业浪潮后的一度衰颓中拯救出来,带入又一轮可以预期的强劲发展之中。而现在,作为首批拥有"脑域"专业博士学位的青年专家之一,陈橙有足够的理由踌躇满志。

陈橙的思绪已经超越了飞机的速度,也就是说在思想上她已经提前到达了目的地。陈橙想象得到自己将受到何等热烈的欢迎,正如她近两年来所到的每一个地方一样。

我终于还是选择了回来——陈橙心想——离开中国已经差不多十年了。十年。陈橙在心里感叹了一声。时间只有在回想的时候才发觉它过得真快。她在心里想象着朋友们的变化。十年的时间是会改变很多事情的。不过,陈橙立刻意识到这是个错觉,因为在这个时代,地域的障碍根本就是不存在的。她几乎每天都会在互联网(这是古老的新经济时代的产物)上同国内的某个朋友面对面地聊上几句,更不用说通过电子邮件联系了,所差的只是不能拉上手而已——当然,这不包括那个人。

陈橙悚然一惊,思绪像被利刀斩断般戛然而止。为何会想到那个人?这不应该。对陈橙来说,那是个已经不存在的人。是的,不存在。陈橙扭了扭有些发酸的脖子,从提包里找出份资料来看。

不过有点儿不对劲，资料上的每个字明明都落在了陈橙的眼里，但她看了半天却不知道上面写了些什么。她停下来，轻轻地叹口气丢开手中的资料，因为她已经知道这是没有用的。

新　知

欢迎仪式比陈橙想象的奢华许多。这片土地还远远算不上富强，对于拥有"脑域"这样尖端的技术成果有着可以理解的强烈愿望。陈橙和林欣婉拒了众多待遇优厚的研究机构的聘请毅然回国，单凭这一点，他们也应该受到热情的回报。林欣是陈橙的同行，今年三十八岁，也是"脑域"技术专家，他们是在欧洲的一家研究所共事时结识的。林欣一直是一个行事相当洒脱的人，用他自己的话来说——有点儿像是"技术浪人"，也就是说，他常常会更换工作内容及工作地点。从以光子商务为代表的新二经济时代到以"脑域"技术为代表的新四经济时代，凭着天生聪颖的头脑，他总能顺时代潮流而动。这些年来，他的足迹遍布世界各地。不过，那都是与陈橙相识之前的事了，现在的林欣只是一个地地道道的跟屁虫。比如，这次回国对于他来说根本就是没考虑过的事情，但是陈橙决定回来，他也就跟来了。就林欣的体会而言，现在只有在搞研究时他还能用用自己的脑子，除此之外，他几乎完全成了陈橙手里的小棋子。

这事听起来稀罕，其实一点儿不奇怪——谁让他那么喜欢这个女人呢？本来林欣也是相当吸引人的，这些年也不知害多少女人伤过心。但是现在这一切都遭到报应了，因为他遇见了陈橙。上天让他爱死了这个女人，却又让这个女人对他没一点儿回应。其实如果按照传统眼光来看，他们的关系已经够亲密了，他们甚至上过床，用彼此的体温来对抗夜晚的寒冷与寂寞。但在这个欲望与爱情早已彻底分离的时代，这根本不能代表什么。林欣十分清楚，他们之间的关系只是艰苦研究工作之余的调剂，当下一个工作日来到的时候，就会像什么事情都没有发生过一样。当然，这只是陈橙一方的情形，而林欣则陷入了无法摆脱的情感煎熬。他曾经试图向陈橙表白，但她每次都以精妙的语言艺术让他的算盘落空。林欣觉得，自从认识陈橙后，自己所受的苦比从生下来起受的苦加起来还多。更要命的是，以前吃的那些苦——比如生病或受伤之类——还可以找人倾诉，现在这种事情却是有苦没处说，而且就目前来看，苦尽甘来的那一天简直就是遥遥无期。林欣算是领会到当年佛陀在大彻大悟之后，为何会将"求不得"列为人生八大痛苦之一了。不过，这些都是只有林欣自己才清楚的内情，而他表面上回国讲学的第一个理由当然是技术报国，另外一个理由则是中国正好要主办本届夏季奥运会，作为体育迷的他岂能错过机会？

叶青衫教授亲自在机场出口处相迎，这使陈橙颇感汗颜。她快步上前挽住叶青衫的胳膊，口里连称"如何敢当"。这并不是陈橙作态，因为叶青衫正是十五年前她大学时代的老师，那时她的专业是光子商务，这门学科是新二经济时代的支撑，但是在陈橙求学的时候，这门技术已经没落了很多，至少那时学这门专业的人要想找到满意的职位得费不少周折。以前那种一家有女众家求的热闹场面早已是明日黄花。

这次陈橙之所以选择回国，在很大程度上与叶青衫的力劝有关。在心里，她其实一直对当年自己违背老师意愿改变专业一事存有愧疚。林欣不明就里地站在一旁，面对记者们连珠炮样的提问一语不发。有人拉出了大幅标语，上面写着"欢迎世界著名'脑域'技术专家归国讲学"。好事的人群围拢来，虽然他们都是外行，但对于"脑域"这种最最热门的技术却是耳熟能详的。政府已经将"脑域"技术列入了国家发展纲要，当下几乎在任何角落都能听到与之相关的声音。现在所有人都认识到，这个国家未来能否强大，就在于能否占领"脑域"技术领域的制高点。语言学家统计过，"脑域"是近年来出现频度排名第二的词汇，排名第一的是"新四经济"，而从实质上讲，这两者可以算成一回事。

叶青衫兴奋得满面红光，头上的银丝颤抖着，像在跳舞一样，这次陈橙能应他之邀回国令他颇感欣慰。"脑域"技术是诞生于国外的尖端科学，国内极度缺乏相关人才，更何况是陈橙与林欣这样卓有建树的专家。一时间叶青衫不禁有些感慨，陈橙与林欣都那么年轻，都只有三十多岁，像他们这样的年龄，如果是在传统领域里恐怕连新锐都还算不上，而现在他们却都已经是独当一面的权威了，说起来还是新兴领域造就人才。

陈橙与林欣在人潮的簇拥下朝停车场走去。这时，陈橙突然看到远处僻静的角落里晃过一道似曾相识的背影，刹那间，她感觉就像是被从天而降的一道闪电击中了。陈橙轻叫一声，仿佛眩晕般扶住了额头，之后，她旁若无人地朝那个角落奔去。人们不知道出了什么事情，都眼睁睁地看着这奇怪的一幕。但陈橙奔过去后，并没有见到她要找的人，空荡荡的地上只有一张随风翻动的报纸。陈橙下意识地俯身，看到报纸的头条处醒目地印着一行字：世界著名"脑域"技术专家陈橙、林欣定于明日回国。有人在字的下面画了一道波浪线，笔迹凝重而粗壮。

直到见到这张报纸，陈橙才确信自己刚才看到的的确是那个人。何夕。她在心里低喊一声，宛如咀嚼一则古老的故事，而与此同时，一滴泪水突兀地从她的眼角沁出来滑落在地。陈橙茫然无措地四下张望着，但她找不到遥远记忆中那双充满灵性的眼睛。

在场的人都在心里留下了一个谜，只有叶青衫除外，他在心里轻叹一口气，心照不宣地望了陈橙一眼。叶青衫可以确定的一点是，此时令陈橙落泪的正是这么多年来令他内心始终无法平静的那个人。这么长时间以来，那个人一直是叶青衫心底隐隐作痛的伤口。在遇见那个人之前，他从未想到世界上竟会有那样聪颖的人，同时也想象不到，这样的人一旦误入歧途竟会是那样可悲可叹。

旧　雨

　　六个月来紧张的日程几乎让陈橙吃不消。这段时间以来，她简直就没有时间休息。她一方面主持由政府斥巨资建立的国家"脑域"技术实验室，另一方面则是一个讲座接着一个讲座。叶青衫已经感到局面有点儿无法控制了。他出于关心，曾经试图拒绝一些地方的邀请，但是没有一次成功。"脑域"技术正在这片土地上掀起不可抑制的热浪。

　　陈橙对这一切也有些意外，但真正感到吃惊的是林欣。至少陈橙以前曾经在国内生活过很长时间，见识过这片土地上的人们追逐世界新浪潮时的热情。而林欣则是第一次回国。他完全被人们那种无比虔诚的情绪感动了。有很多次，当他在讲台上看着台下那一双双仰望着的眼睛时，几乎有要流泪的感觉，因为从那些眼睛里放射出来的光芒让他觉得，自己此刻扮演的是一个神的角色，犹如传播火种的普罗米修斯。每当这种时候，林欣就会放慢自己的语速，并且尽可能让声音洪亮一些，使每句话都能够一字不漏地传到每个人的耳朵里去。他觉得只有这样，才对得起那些虔诚的目光。

　　今天是一次总结性的报告会，近段时间以来的讲学也将自此暂告一个段落。国家"脑域"技术实验室的工作非常顺利，已经取得了多项重大成果。现在林欣正在向听众分析"脑域"技术的应用前景，他的话不时被热烈的掌声打断。

陈橙埋头浏览资料，思考着需要强调的地方，但一阵突如其来的心悸让她无法继续，她有些恍惚地抬起头，隐约觉得一双很亮的眼睛正从某个地方看着自己。陈橙循着内心的方向望过去，看到一个倚在入口处的人急速地低头离去。陈橙心中一凛，迅速写下"我有急事"几个字递给旁边的叶青衫，之后便悄悄退到了后台。

广场上寥寥的几个人与大厅里的拥挤形成鲜明对比。前面那个人踟蹰地朝停车场走去，一副心事重重的样子。过了一会儿，他上了一辆很旧的车朝郊外的方向开去。陈橙急忙挥手拦住一辆出租车。

那人开得有些慢，似乎内心充满犹豫，恰如他先前的背影。陈橙紧张地盯着前方，生怕跟丢了。出租车司机是一个上了年纪的胖子，不时转头笑嘻嘻地打量一眼漂亮的陈橙，一副什么都知道的神情。陈橙当然明白，他多半认为这是一个妻子暗地里跟踪不老实丈夫的游戏，但她也知道这种事情根本就无从辩白。

一个多小时过去了，前面那车丝毫没有停下来的意思。四下里是郁郁葱葱的田野，低矮起伏的山丘绵延地铺展开去。看来这将是一次长途旅行。

"这条路通向什么地方？"陈橙问。

胖老头眯了一下眼睛，说："这条路朝西，再走下去就是大山区了。你那位还真会找地方。"

胖老头这句没深浅的话让陈橙不禁有些脸红，她不知道该说些什么，只好不吭声。胖老头突然踩住刹车说："原来是到这儿来。"

陈橙朝车窗外看去，原来前面那车停在了一家路边店旁。那个人已经跟着打扮妖媚的服务员进店去了。陈橙付过车费，头也不回地下了车。出租车掉转方向，却没急着走。胖老头从车窗里伸出头来朝店里张望着，似乎想发现点儿什么事。但是他很快便失望了，店里很安静。胖老头有些无趣地缩回去发动了车子，大声吆喝着："返空车，半价！"

那个人伛偻着身子坐在凳子上，很认真地吃着午餐。桌上摆着一盘炒青菜和一碗汤，他大口地扒拉着碗里的白饭，目不斜视，额上粗大的青筋随着他的咀嚼一隐一现。他夹菜的动作很慢，吃得也很慢，就像一头反刍的牛。他吃得很干净，尤其是饭碗，简直都不用再洗了。这本来只是一个夸张的说法，不过这一次这个碗的确用不着再洗了，它突然从那个人的手上滚落在地，碎成了几瓣。那个人并没有去关心碗的命运，因为他听到一个不知是熟悉还是陌生的声音在叫自己的名字。

"何夕。"陈橙又轻轻地叫了一声，然后，她便见到那个伛偻的身影缓缓地回过头来。

山 谷

蒹葭山是一条支系山脉,地势不高,亦无出奇的风光,平日里人迹罕至。放眼望去,山道旁多为杂草及灌木,偶尔也能看到藤本植物。木本种类不多,栾树算是主要的一种,分布很广,但并没有成为连续的植被;其他木本植物有小叶榕、刺枣、蒙古桑及胡枝子等。在草本植物里,为数不少的是芦苇,密密地分布在低处,其次是藜草、荻草、芒草等。再有就是竹子了,稍稍夸张一点儿,简直可以称作漫山遍野都是。

山间小屋坐落在一处很僻静的山谷里,如果不是有人带路的话,谁都难以找到,只有在这附近才看得出有人居住的迹象。地里长着木薯样的植物,如果经过加工,它可以被做成口味普通的面包。树上缠绕着葡萄藤,结着青涩的果实。小片水田里长着水稻,但生长状况看上去不怎么好。

"想不到你真的选择了这样的生活。"陈橙环视着周遭的田园,她觉得这真是太荒唐了。尽管她早就知道何夕的那些奇思怪想,但她从未想到一个光子商务学的高才生居然会真的实践这样的生活。

何夕没有开口,他急速地四下转动头颅,目光贪婪而急切,不放过任何一件让他起疑的事物,看上去就如同一位正在庄稼地里巡视的老农。过了半天,他似乎没发觉有何不妥,这才如梦初醒地回过头来看着陈橙,"你刚才说什么?"

陈橙在心里叹了口气,然后轻声问道:"算了,那不重要。你一直独自一人住在这里?"

何夕咧嘴笑笑:"本来还有一个人,但七年前忍受不了寂寞离去了。"

"是一个女人?"陈橙突然问道。话一出口她就觉得后悔,这样问话太唐突了,而且显得自己挺在意似的。

何夕幽幽地看了陈橙一眼,缓缓开口道:"不是,是一个合作者。"

陈橙刚要开口,她口袋里的卫星电话突然响了。其实在路上的时候,电话就响过几次,但陈橙一直没有接听。

林欣的语气很焦急:"陈橙,是你吗?为什么突然就走了?你在什么地方?"

"我有点儿事情需要处理。你不用担心,我现在很好。"一抹暖意自陈橙心头划过,语气情不自禁变得有些软软的。

"那我就放心了。"林欣在电话那边嘘出口气,陈橙几乎想象得到他擦汗的样子,"这边的事情我会处理,不过你最好还是早点儿回来。"

陈橙收起电话,这才发现何夕一直默不作声地盯着自己。她不太自然地笑笑说:"是一个同事。"

"我知道,是那个叫林欣的'脑域'专家。"何夕低声道,"我知道你们一块儿回国的,我都知道。"

陈橙很想说"事情并不是你想的那样",但是她开不了口,她觉得此时由自己来说这句话会显得很奇怪。

"你饿了吧?"何夕换了话题,"我去给你拿点儿吃的。待会儿你早点儿休息,今天肯定累坏了。"

就连何夕自己都没有意识到,他的语气中那种疼惜的意味恰如多年以前。

隐　者

蒹葭山的早晨是美丽而多姿的。朝阳从远处的群岚中探出头来,慷慨地将光芒洒向大地。翠绿的植被覆盖着每一片山坡,不知名的鸟儿正在吟唱今天的第一支歌。空气里混合着野花的香气,沁人心脾。

陈橙站在一处地势较高的坡地上,享受着这一切,记忆中,她已经很久没有这样放松过了,一时间竟有几分羡慕这样的闲适生活了。不过这只是一刹那的感受,陈橙立刻意识到这种念头的可笑,田园牧歌的时代已经被历史的车轮远远地抛在了后面,人类精彩的生活篇章其实正是现在。陈橙的思绪很快飞驰到了自己的研究领域,那里的一切才是真正让人醉心不已的——想想看吧,生而为人并且能够置身于人类智慧成果的最前沿,这才是真正无上的精神享受。

"吃点儿东西吧。"何夕突然在身后低声唤道,他系着一条围裙,手里端着一盘点心,似乎刚从厨房里出来。

陈橙注视着身形有些猥琐的何夕,心里掠过一丝叹息。直到现在她都不敢相信,何夕竟然真的安于这种遗世独立的生活,当年那个意气风发、挥斥方遒的何夕已经不存在了,成了记忆里褪色的旧影。

"是有点儿饿了。"陈橙有些不自然地拿起一块点心,这是用磨得粉碎的米做成的,吃到嘴里味道很普通。"是你种的?"陈橙随口问道,心里却很奇怪地闪过一个念头,她希望何夕不要说"是"。

但是何夕点了点头:"是我亲手种的。这是今年的第一次收成。你是第一个品尝的人。"

正是何夕的这番话让陈橙感到了彻底的失望，因为那是一种充满无限满足似乎别无他求的语气。陈橙终于相信，记忆中那个聪明透顶、志向超凡的何夕真的已经不在了，不知道是什么时候，也不知道是在什么地方，总之不存在了。现在，只剩下一个陶醉于田园牧歌式生活的隐者，满足于他所选择的生活。

"我该走了。"陈橙突然对着远方说道，她没有看何夕。是的，这不是她应该待的地方，她还要去做更有意义的事情。

"你这么快就要走？"何夕愕然地看着陈橙，"我以为你会喜欢这里。"

陈橙笑了笑："也许吧，不过得等到我退休以后。"她下了决心，几乎是义无反顾地朝山坡下走去，丝毫没有理会何夕的反应。

何夕应该听懂了陈橙语气里的讽刺，他的脸一下子涨红了，想说什么但却张不开嘴。

陈橙已经下了两道坎，她突然回头向一直默默跟在身后的何夕问道："还记得我们当年常说的一句话吗？"

"什么……话？"何夕嗫嚅道。

"看来你真的忘了。"陈橙并不意外地开口说道，"那时我们常说，我们为改变世界而思考。也许你现在会认为那时的我们很可笑，但我要说的是——我珍视当年的一切。而现在我正在实践当初的诺言。"说完这句话，陈橙头也不回地离去了，因为她知道此时的何夕无话可说。

但是，陈橙却不得不停下了脚步——何夕突然开口了：

"你错了。改变世界的不是你们，"何夕的声音变得有点儿异样，"而是我。"

少年狂

  国家"脑域"技术实验室由两幢相邻的三十层豪华大厦组成。两幢大厦都是完全封闭且隔音的，饮用的全部是纯净水，空气经过最严格的过滤。大厦之间依靠五道全密闭天桥通道连接。楼顶上停放着四架 C2060 直升机，随时处于待命状态。大厦内配备有完善的工作设施、生活设施，从日常用品直至虚拟实境的旅游及游戏节目等应有尽有。葱茏的植物散布在大厦的各个角落，感觉像是一座花园——尽管在人工环境里养护这些奇花异草的花费高得吓人。大约有三百名研究人员在这里工作，从理论上讲，一个人即使一辈子不下楼也能过得相当舒适。在目力所及的远处，高高低低地矗立着一些类似的建筑，传输速率上万兆的通信线路将这些大厦与世界相连。建立国家"脑域"技术实验室的总投资大约四亿美元，而七个月以来，整个实验室的产值已经是这个数字的三十倍。

唯一让人有那么一点点不愉快的是，透过玻璃窗能看到楼下脏乱的街景，以及那些如过江之鲫般奔波往来的灰头土脸的行人。现在外面似乎正在举行一场庆祝到今天为止中国在本届夏季奥运会上金牌数仍然保持第一的游行，狂热的人群一边喝着劣质啤酒，一边拍打着肋骨分明的胸口声嘶力竭地欢庆胜利，脸上是睥睨天下的豪情。

林欣有点儿心烦地拉上百叶窗，将目光从天空晦暗、空气肮脏的户外收回到这间宽敞明亮、设施完备的办公室里。叶青衫坐在对面的沙发上，他们正在讨论陈橙的去向。

"我觉得应该报警。"林欣坚持自己的看法。

"陈橙不会有事，我们一直都能和她联系上。我们还是先处理手上的事情吧！"叶青衫露出了解的神情，他发觉林欣简直是六神无主了，这让他禁不住想笑。以叶青衫的阅历当然明白是怎么回事，但是他同时也发觉，这件事情到目前为止还处于剃头挑子一头热的阶段。按理说，林欣是个不错的选择，不过感情的事从来就没有什么道理可言。

林欣叹了一口气，将目光转到投影在大屏幕的一份文件上。那是政府方面做出的加快"脑域"技术发展的决议案，中心意思是国家必须在新四经济的浪潮中迎头赶上，文章末尾是一句很有特色的话："脑域"兴国。

叶青衫不动声色地观察着林欣的反应。这份文件他先看过，实际上他应该算得上参与了议案的制订，最末的那句话可以说是所有议案制订人的心声。

叶青衫心里生出一阵难言的感慨，多少年了，这片土地已不知与多少次机遇失之交臂。作为人类文明的发祥地之一，作为拥有过汉唐气象的伟大国度，多少年来却风采黯淡，这怎不让每个血性未泯的人扼腕长叹？而现在，"脑域"技术却带来了全新的契机，这不仅因为它是能够创造巨大利润的产业，更重要的一点在于，由于陈橙等顶极人才的加盟，使得中国在新四经济时代从一开始便与其他国家站到了同一条起跑线上——准确地说是领先一步。中国专有的多项"脑域"技术已经投入实际生产，前景看好。最新的月度统计数据显示，中国目前在"脑域"技术市场上占据了百分之五十点二的份额。当叶青衫看到这个数字时，他内心涌起的狂喜简直无法用语言来形容，这是这个古老国度几百年以来终于重新在世界最先进领域占有过半数的份额。如果叶青衫再年轻二十岁的话，仅仅因为这个数字，他就会脱口狂呼："我们是世界之王！"

实际上，那些在场的年轻人真的那样做了，他们欢呼的声浪几乎要将屋顶掀翻。一时间叶青衫禁不住两眼湿润，眼前这个场面让他有种幸福的感觉，他依稀觉得属于这片土地的那个令人向往的时代正在走来。

伤心谷

陈橙回头看着来处,曲折迂回的道路已经被埋没在了茂盛的植被间。从地理上分析,这里只是小屋所在山谷的延伸,但地势却变得开阔了不少,有种别有洞天的意味。同时也正因为这样,阳光没了遮挡,晒得人头顶发烫。

陈橙突然有些想笑,她禁不住想,难道自己真的相信何夕会让她见到"奇迹"吗?她环视四周,这里只是一个农场,这里能有什么"奇迹"呢?说不定到时候,何夕会让她去观赏一头刚出生的小牛,或者是一大片盛开的紫云英。这并非不可能,因为在一个农人眼里,这些就是奇迹。何夕在前面停下来,等着陈橙赶上,目光里带着歉意。

"就在前面。"何夕环视了一下两边并不十分陡峭的山崖,"这个地方看不到什么风景,几乎没有人来。不过这并不是无名山谷,它叫作伤心谷。这里面还有一个故事。"

"什么故事?"陈橙来了兴趣。

"大概是说很久以前,曾经有一个很伤心的人来到这里,然后他便在此幽居一世，再也没有出去过。"

"这算什么故事？"陈橙哑然失笑，"没头没脑的。"

"我倒是觉得这个故事很不错。"何夕若有所思地看着前方，"我们并不需要知道到底发生了什么事情，伤心的人总是有自己的理由。中国有句古话：'伤心人别有怀抱。'我觉得这个故事听起来又凄凉又美丽。"

陈橙不再搭话，她觉得很累，她已经很久没有徒步行走过这么长的距离了。

"就是这里。"何夕终于停了下来，他回过头，神采奕奕地望着陈橙，眼睛里是一种难以用语言形容的妖异的光。

"这里？"陈橙四下张望，她没有看到什么特别的东西。

"你难道没有感到凉爽吗？"何夕指指上面。

陈橙抬起头，然后她看到满目的苍翠如同一把巨伞撑在头顶，将骄阳挡得严严实实，几乎透不下一丝光线来。陈橙从来没有看到过这么深不可测、这么令人难忘的绿色，触目所及，每一处都仿佛是美玉雕成——但这就是"奇迹"吗？

"是很漂亮。"陈橙淡淡地说，"在这里避暑会很不错。"

何夕没有开口，他痴迷地盯着那些绿得有些过分以至于显得有几分怪异的叶片,仿佛那些叶片是他多年未见的老朋友。何夕自顾自地四下察看着,最后在一根细小的枝丫前停下来。有些白色的小颗粒坠在细枝上,随着凉爽的微风轻轻颤动。

"你到底想让我看什么?"陈橙稍显不耐烦地问,她的心已经飞回了实验基地,开始盘算着回去以后怎样才能把这两天耽误的工作补上。

何夕良久都没有出声,他的脸颊上浮着一团红晕,眼睛紧盯着那根细枝。

"我该走了。"陈橙终于下决心结束这次也许本来就不应该开始的出行。

何夕抬起头来,长长地呼出口气,"你真的没有看到吗?"他指着头顶上的那根细枝说。

"我当然看到了。"陈橙没好气地应了声。

"不,你没有看到。"何夕郑重地摇摇头,仿佛是在宣判什么,"这是一根……稻穗。"

"你说什么?"陈橙像是被人重击了一拳般僵住了,"稻……穗?"

"当然是稻穗。"何夕用力拍了拍身边那根弯曲粗大、盘龙虬结的树干,"它结在稻谷上。你还没有看出来吗?"何夕的声音变得低沉古怪，神色也大异于平常，就像是一位来自黑暗森林的巫师。

"我们正站在一株稻谷的下面。"他用巫师一般的声音说道。

警　员

　　刘汉威是那种天生的警察料子，一米八五的个头，目光敏锐，浑身上下的肌肉都紧绷绷的。这块身坯再配上咄咄逼人的眼神，其震慑力可想而知。本来刘汉威此前一直在执行奥运会中国运动员的安保任务，几天来他尽心尽力地保卫着这些"国宝"的安全，总算没出什么事，相处久了还交上了几个运动员朋友，听他们侃些体育界的趣事。刘汉威最喜欢的事就是和运动员掰手腕，他在警局里可从来没遇到过什么对手，但在这里却一败涂地。单从手臂的外观上看，刘汉威似乎还不怎么差劲，但真正较量起来却根本不是人家的对手。不过刘汉威这个人天生就是倔脾气，他怀着怎么也得赢一次的心理挨个儿找体育明星们交手，当然最后的结果都是一个"输"字。如果不是被那位脾气暴躁的教练发现后及时制止的话，刘汉威的征战还将继续下去，不过也正是由于这位教练的话，刘汉威才彻底服了输。

　　那位教练当时一边瞪着刘汉威，一边咆哮道："你丫算什么？

知道国家在这几位爷身上花了多少培养费吗？告诉你，每一位都是拿金山堆出来的。全中国的人都指着他们露脸呢。就凭你也想？"

刘汉威接到的新任务是参加一个特别行动组，寻找一位叫陈橙的专家。以刘汉威的经验来看，这并不算是严格的失踪案件，因为当事人并没有失去联系，而且也不像失去了人身自由。刘汉威被分在第一组，他将参加首轮行动。上面对此次行动极为重视，公安部的首长亲自坐镇指挥，单从这一点便足以看出此番行动的重要性。随着刘汉威对案件的了解逐步加深，他开始体会到这绝非小题大做。陈橙是当今"脑域"技术的权威之一，她所掌握的每一项专有技术都是身价惊人的机密。同时，她还是政府所倡导的技术报国的典范，无论从哪种角度讲，其人身安全都需要绝对保障。

为了不惊动对方，刘汉威和另两名组员下了警车改为步行。从最近一次卫星定位的数据来看，陈橙所在地应该是五公里之外。由于山地的关系，实际路程肯定要远不少，不过这点儿小事对于训练有素的警员来说根本不算什么。根据计划，他们三人将分散行动，到目的地附近再会合。刘汉威朝身后打了个手势，然后他整个人便立刻像一条蛇似的滑进了郁郁苍苍的林莽。

奇葩

"《山海经》里曾经提到过一种叫木禾的植物。它生长在海内昆仑山上,长五寻,大五围。"何夕目光灼灼地注视着四面的绿色,语气平静地讲述着那个几乎与这个国度同样古老的传说。

直到现在,陈橙才稍稍缓过点儿气来,一种疲倦的感觉让她不自觉地倚在了树干上。她的头有些晕,额角的地方一扯一扯地跳动着,就像是有人拿着绳子在牵动那里。《山海经》,昆仑山,木禾……她听见这些只存在于神话里的名词从何夕的口里不断流淌出来。这些都是神话。一个声音在陈橙脑海里说。但是另一个更高的声音立刻说道,不,你现在就靠在一株木禾的树干上,你能够触摸它的每一片叶子,能够听到风吹动树叶时发出的声音。

"这到底是什么植物?"陈橙的声音几乎低得连她自己都听不见。

"我称它为样品119号,因为它是第一百一十九号样品培育的,别的那些样品都失败了。从某种意义上讲,它的确是稻谷的一种,但是——"何夕停了一下,"它是多年生的木本植物。"

"木本植物?多年生?"陈橙重复着何夕的话,脸上的表情就仿佛听不懂这些意义明确的词汇表示什么意思。

"你怎么了？"何夕宽容地笑笑。

陈橙镇定了些，她开始认真地观察这株初看上去并不起眼的植物。它的树干扭曲，直径约十厘米，树皮很光滑，摸上去一点儿也不扎手。陈橙现在才发觉它的叶子形状很奇特，又细又长，像是薏仁或者芦苇的叶子，印象中，很少有树木会长这样的叶子。从树干看上去，它无疑具有木本植物的全部特征，但从叶子和穗状花序来看，却又更像是一种草本植物。木禾？也许真的只有用神话里的这个名字为它命名才是最贴切的。

"它已经生长了两年。"何夕幽幽开口，"这是它第一次开花。前两天我来看过，当时没有一点儿动静。但是你一来它就突然开花了，仿佛是专门等着你到来似的。"

"是吗？"陈橙有些魂不守舍地应了声，何夕的话让她有种被什么东西击中的感觉。"你一来它就突然开花了……仿佛是专门等着你到来似的……"这两句话一直在陈橙心里盘桓着，如同一条无孔不入的蛇。

"我觉得自己并没有做什么，只是做了一点儿小小的改动。"何夕接着往下说，"木禾在传说中的仙山上已经自由自在地生长了千万年，所有人都认为这是神话，但是——"何夕突然笑了，额上露出深长的皱纹，"我把它带到了人间。"

"你所说的改变世界就是因为它？"陈橙已经从最初的震惊里恢复过来，她觉得自己又可以思考问题了，"你凭什么认为它能够改变世界？按照预测，全球的粮食贸易总量不会比'脑域'经济多。"

"我并不想理会那些数字。"何夕轻抚着光滑的树干，动作很温柔，"我只知道有了样品119号，人们就用不着为了增加耕地而砍伐森林了，到时他们每种下一株粮食也就是种下了一棵树。我还知道有了它以后，人们将再也不用像千万年来一样重复翻土播种收割的繁重劳动了，他们只须播种一次，就能够轻松地收获几十年甚至上百年。同时，由于树木的根系远比草本植物发达，人们几乎用不着浇水和施肥。水土流失也将不复存在。只要阳光照得到，只要大地能够容纳，它就可以自由生长，把氧气、淀粉、蛋白质这些自然的馈赠源源不断地提供给人们。到时候，人类将与整个自然融为一体，再也不会分开了。"

陈橙这次是真正地傻了、呆了，她完全不能说话，甚至不能动弹。何夕描绘的前景就像神话一般让她完全沉迷于其中不能自拔了。改变世界？何夕是这样说的吧？但这何止是改变世界，这根本就是重塑了一个世界！陈橙目不转睛地盯着仍然沉浸在自己世界里的何夕，她觉得有一种难以用语言形容的光芒笼罩着何夕的脸庞。

"我真的看到了——木禾？"陈橙觉得自己的声音像是别人的。

但是陈橙没有料到,何夕竟然摇了摇头,"我说过的,它是样品119号,不叫什么木禾。"何夕的神情显得有些古怪,这一点任谁都看得出来。他就像是突然想到了什么东西,一种阴鸷的表情从他脸上浮现出来。

陈橙心里有些纳闷儿,她不知道自己说错了什么。一分钟之前,何夕还明明在讲述着那个关于木禾的神话,但转眼之间却又像是变了一个人似的。陈橙不知道自己这时候该说些什么,她下意识地拿指甲刮着一根弯曲的树干,突然嗅到一股很奇怪的气味从树干被刮掉表皮的地方散发出来,就像是腐烂多日的物体发出的,简直令人作呕。"怎么回事?"她吃惊地跳开,"这是什么气味?"

何夕怔了一下,摇摇头,说:"这种气味是它与生俱来的。我曾经想去掉但是没能成功。不过,这种气味只在树干和树叶上才有,种子里没有。也许当年它在昆仑山上时就已经是这样的了。"何夕为自己找的这个理由淡然地笑了笑,但是笑容并没有持续太久,他的表情重又恢复到几秒钟之前的样子。"我们该走了。"何夕补上一句,"我的工作场所就在前面。"

迷 雾

从外表上看,这间屋子并不起眼,直到何夕带陈橙参观了建在地下的实验室之后,她才发现这其实是一间具有相当规模的研究所。在实验室里,陈橙见到了不少稀奇古怪的装置,有些简直闻所未闻。陈橙去过几处世界知名的农作物培育基地,这方面的见识不少。但是,何夕这里的确有许多不同之处,给人的感觉是他似乎走了一条与主流不大相同的路。有个问题一直萦绕在陈橙心间,那就是,何夕告诉她在样品119号里包含有数十种植物的基因,而且称他之所以能够取得现在的成果,是因为找到了一种被他称为"造物主的魔棒"的方法。正是这些基因共同作用的结果,才产生出了这种植物。陈橙的心里始终觉得,样品119号笼罩着一层妖异的迷雾,它一方面让人目眩神迷,另一方面却又丑陋得让人难以放心。比如它那奇怪的扭曲枝干,还有枝干上难闻的气味。如果不是有那小小的稻穗做点缀,它完全应该归入令人厌恶的一类东西。如果何夕真能如他所言那样随心所欲地挥舞造物主的魔棒,那么,"样品119号"又怎么会是如此丑陋不堪的模样?这实在让人难以理解。

"你肯定想知道我是怎么建立起这个设施一流的实验室的。"何夕说这句话的语气就像一个想在朋友面前炫耀的人,他的目光缓缓环视着四周,"当年我们一起求学时学到的那些知识还有用武之地。忘了告诉你,我一直是几家光子商务公司聘请的远程顾问。我就靠这过活,而且还能攒不少钱来做我喜欢做的事情。"

陈橙露出戏谑的神色,"当初你不是说光子商务前途黯淡吗?

现在还不是要靠这门技术过活。"

"这并无矛盾。"何夕反诘道,"其实当初我那样讲并不代表我不喜欢这门学科,我只是总结罢了。从新经济时代开始,各种让人眼花缭乱的新潮技术就轮番上阵,各领风骚若干年。唯一不变的是,每种技术都经历了几乎一样的发展过程。其实也不需要我多说,你应该有体会的。"

"我明白你的意思了。"陈橙点点头喃喃地道,她死盯着眼前这个男人的脸,记忆里她曾经与这个男人有过无数次的争论,但每次自己都是最后失败的一方。就像这一次,她本来以为自己会说服对方的,但依然还是同样的结果。尽管陈橙永远都不会在嘴上承认,可是她的内心很清楚自己已经再一次被说服了。恍惚间,陈橙觉得时光的流逝仿佛停滞了,自己又变成很多年前的那个娇气而任性的少女,怀揣彻夜不眠才想出的对策去找那个可气又可恨的人争辩,但三言两语之后再一次失了面子败下阵来,只好一个人躲到校园的角落里暗自赌气伤心。

王　者

"你们是说行动遇到了困难?"叶青衫带点儿恼恨地问,"不是说已经找到陈橙的所在地了吗,为什么不带她回来?"

坐在他对面的那个胖胖的警官摊了摊手,"我们不能强行那样做。根据侦察,陈橙女士并未被劫作人质,警方在这种情况下没有理由干涉她的自由。现在我们只能在不惊扰她的前提下远距离监视那里的情况。"胖警官指着眼前的计算机屏幕说,"刘汉威警员就在现场附近,如果愿意的话,你可以先看一下他发回的一些录影资料。"

叶青衫不动声色地看着屏幕,他一眼就认出了那个男人。何夕,他在心里悠长地叹息了一声。这么说,陈橙遇见的真的是他。叶青衫知道自己永远都无法忘掉这个奇特的学生,他聪明而偏激,我行我素却又害羞敏感,他就像是一个复杂的混合体。当年何夕全然不顾光子商务学每年给全球经济带来的上千亿美元的增长,公然宣称这只是昙花一现的片刻风光。叶青衫为此曾经与他有过几次正面交锋,虽然最后都以何夕认错了事,但叶青衫知道这只是师威所致,算不得全胜。因为他私下里了解到,何夕在同其他人争论这个问题时,总是驳得对方片甲不留。就连叶青衫心目中最听话的陈橙,最后也在实际上认同了何夕的观点,以至她最终违背了叶青衫的意志转向了"脑域"领域。

画面上的两个人进了屋,他们的声音越来越低,渐渐渺不可闻,而且就连红外波段的摄影机也失去了影像,他们看起来就像是从屋子里消失了。不过叶青衫很快想清楚了个中缘由,屋子里一定有通向地下室的通道。

"我们估计可能有一间地下室存在。"胖警官在一旁说道,"现在我们正在计划下一步的行动。"

"我必须要赶到那个地方去。"叶青衫突然下了决心般地说道,一缕花白的头发随着他头部的运动在额头上一晃一晃的。他一边说一边朝屋子外面走,丝毫不理会胖警官满脸的诧异。

外面的大办公室里人声鼎沸,几名因为街头闹事被捕的男子正同警员拉扯着。劣质白酒散发出的刺鼻酒气从他们的口里一阵阵地喷出来,他们一边挥舞火柴棍似的细长胳膊,一边大笑着狂喊:"我们赢了,我们得了七十三枚金牌!我们是世界第一体育强国!美国佬算什么?俄国佬算什么?哈哈哈!我们才是世界之王!哈哈哈,世界之王!"

机 锋

转基因技术是多年前新经济时代的产物,它给当时的世界带来的争论之多,只有它所创造的利润可比。但现在它只是一门夕阳产业,这并非说它在新四经济时代没有用武之地,恰恰相反,现在的转基因技术产业的规模是新经济时代的几百倍,可问题的关键在于,它现在创造的利润还不及当年的一半。这听起来似乎不合情理,但说穿了却很简单,因为在新经济时代,它是被掌握在极少数集团手里的尖端技术,他们可以从中获取极高的收益。当时,一头乳汁里含有人体特殊蛋白的转基因奶牛每年能够创造两亿多美元的价值,而现在,就算养一千头这样的转基因奶牛也无法创造这样的效益。

何夕用探针从无菌培养基里挑出一团细小的东西放到显微镜下观察,他的神态很专注。陈橙靠在一旁的转椅上,随意地环视着周围的陈设。何夕只过了半小时便停止了工作,带点儿歉意地一边收拾一边说:"让你久等了。这是我每天必须做的工作。"

陈橙轻轻地摇了摇头,"你不用管我。"

"已经弄妥了。"何夕已经收拾完毕,重新将培养基放入小型温室,"这是新培养的一批样品119号。我计划扩大实验规模。现在缺的是资金。"

陈橙心念一动,"我记得国家农业部有这方面的专项基金。前不久,我还跟农业部水稻研究所所长袁守平博士见过一面,听他提到过这件事。他是杂交水稻专家,一定会支持这件事情的。"

何夕立刻被陈橙的提议打动了,他的眼里放出光来,不由自主地一把握紧了陈橙的手。陈橙脸上微微一红,但是并没有挣脱开。何夕很快发觉了自己的失态,急忙有些不自然地松开手。

"原来样品119号运用的只是转基因技术。"陈橙换了话题,"说实话我有点儿意外,我本以为这里面会有一些新的尖端技术。"

何夕露出神秘的笑容,"我的确没有什么出奇的尖端技术,但这有什么关系呢?我只知道我造就了样品119号。所谓的技术就好比一把锋利的刀,但很多手里有刀的人却未必能够雕刻出完美的作品,他们缺乏的是创造性的想象。也许人们早就具备了造就样品119号的能力,但却只有我做到了。你明白我的意思吗?"

陈橙不自觉地点点头,她想起当年爱因斯坦评价自己创立的狭义相对论时说的一句话:苹果已经熟了,我只是摘下它的人。但是,谁能否认爱因斯坦那超人的智慧呢?也许何夕有点儿自负,但他的确有资格自负,因为他想到了常人想不到的东西。不,还不止常人。陈橙接着想,自己不也是从未想到过这一点吗?陈橙突然有些气馁,她觉得自己多年来努力取得的那些曾经令她倍感自豪的成就在何夕面前竟然黯然失色。

"可我还是认定一点。"陈橙决定要有所反击,她的自尊心命令她这样做,"现在全世界都看好'脑域'技术,它才是世界经济新的增长点。尤其对于我们这个依然不算发达的国家来说更是如此。这段时间以来,我们每个月的产值都超过二十亿美元,我们在全球'脑域'技术的市场上占比份额已经过半,而且还在扩大。我们现在拥有世界第一流的实验基地,拥有世界上最好的'脑域'技术人才,我们将在新四经济时代建立从未有过的优势地位。"陈橙被自己描绘的前景所感染,眼角闪动着隐隐的泪光,"我永远忘不了那天我同叶青衫教授谈到这个问题时他说的一句话,他说为了这一天的到来,他已经盼望了整整一生。"

当陈橙提到叶青衫的名字时,何夕的身体微微抖动了一下,但是他没说什么。陈橙用一句她认为最关键的话来结束了整段谈话:"而样品119号能够做到这一点吗?它是有许多优点,可它生产的只是每个国家都能生产的最普通也最原始的商品——粮食。"

何夕听到这里突然大笑起来:"看来我们终于说到关键的地方了。我承认'脑域'技术的确是我们这个时代最尖端的科技,它只掌握在极少数人手里。你说你们每个月的产值都超过二十亿美元,这我完全相信,而且据我分析,其中的利润将达到十六亿,也就是说是成本的四倍。道理很简单——那些'脑域'技术产品除了你们的实验室外,没有别的地方能够生产。其实这正是从新经济时代到新四经济时代所共有的唯一不变之处。"

陈橙疑惑地点点头,她很奇怪何夕竟然完全是在顺着她的意思往下说。

何夕莫测高深地接着往下讲:"而样品119号呢?就像你说的那样,它的最终产品只是粮食,谁都能生产,我根本卖不了高价。结果可能还要糟——你知道样品119号的性能,它被推广后可能使得粮食生产变得几乎没有成本,粮食作物将成为野草一样的东西。到时候说不定粮食生产将不复为一个产业。"

陈橙不知道应该怎样理解何夕的话,她甚至搞不懂何夕想说什么。何夕所说的全都是实情，但是照他的说法，样品119号将是一种无法创造效益的成果。既然何夕已经认识到了这一点，他为什么不及早回头？

"可是，也许有一件事可以同它做比较。"何夕话锋一转，"照刚才的逻辑，世上无用的成果还有一样，可那却是许多年以来全人类都梦寐以求的最伟大的理想。"

"你指什么？"陈橙喃喃地道，她绞尽脑汁猜想何夕会说什么，但是她实在想不出。

"那就是可控核聚变技术。"何夕慢慢开口，"这种技术的产品是能源，但如果它成功的话，将永久性地解决能源问题，到那时，能源将变得一钱不值。"

陈橙生平第一次觉得自己就像个傻瓜，竟然无法开口说一句话。她疑惑地望着何夕，望着这个她曾以为很熟悉、甚至一度有所轻视的人，脑子里回响着乱糟糟的声音。木禾，样品119号，脑域，可控核聚变……陈橙恍然觉得支撑着自己世界的那些原本坚不可摧的柱石正在某种力量的挤压下崩塌。

但是何夕并不打算放过她，他的语气变得幽微："对于一个人口不多的国家而言，'脑域'技术会很有用，因为他们可以去赚世界上剩下的高出本国人口几十倍的那些人的钱，再用赚来的钱去享受那些谁都能生产的传统廉价商品。这样的游戏在新经济时代就开始了。当时世界上那个最强大的国家人口只有世界人口的三十分之一,但每年却购买并消耗了世界上三分之一的石油。'脑域兴国'——你们是这样提的吧——对于我们脚下的这片土地来说只是一个可笑的画饼而已。你真的以为自己改变了这片土地吗?你们待在一尘不染并与外界完全隔绝的豪华大厦里,但几步之遥的户外却充斥着肮脏、贫穷、疾病以及污染。你们掌握有世界最先进的'脑域'技术,薪水丝毫不逊于世界任何一个国家的精英,其中的个别人——比如说你或林欣——很快就会成为世界首富。但是,如果你们将头伸出窗外看一眼就会发现,你们什么也没有改变。就好比我们的那些运动精英在本次奥运会上取得了世界第一的骄人战绩,但我们身边的无数人却依然是面黄肌瘦的模样,孩子们要找个免费踢球的地方都很困难。精英们在设施一流的场地里训练,享受普通人永远不可企及的精致食品,有成百上千名各个领域的专家为他们服务,他们的生活根本就与这片土地毫不相干。他们能证明什么呢?那些金牌只能证明我们更看重面子,更乐意在运动员身上花钱而已。"

"老实说,我不知道自己应该怎样理解你的话,我觉得迷惑。"陈橙在短暂的沉寂之后插话道。

"我的意思其实很简单。"何夕望着天边,目光灼人,"对于我们脚下这片浸透着苦难的古老土地来说,只有那些最最'基本'的东西才会真正有用。除此之外的那些所谓新潮技术,所谓领先科技，最终都是些好看但作用却不大的肥皂泡罢了。"

陈橙已经完完全全地沉静下来，她幽深地看着何夕，目光如同暗夜里的星星。

异　端

叶青衫没能实行自己的计划。就在准备动身时，他接到了警方通知：何夕同陈橙已经离开了蒹葭山。

国家杂交水稻研究所是农业部下辖的所有研究所里最重要的一家。这里是一片以米白色为基调的园林式建筑群。在大门的旁边立着一块仿稻穗形状的石碑，上面镌刻着一些令人肃然起敬的名字——他们是这个领域的先行者。

袁守平所长并没有刻意掩饰脸上的不耐烦。当陈橙昨天约请他见面时，他原本打算拒绝的。这倒不是因为他有意端架子，他只是不喜欢陈橙的夸张态度，说什么"粮食产业的革命"。作为一名严肃的农业专家，他对任何放卫星式的做法一向不屑一顾。袁守平是杂交水稻专家，他的一生几乎都奉献给了这种与人类生活密切相关的植物。虽然不能说他对这个领域的研究已达到极致，但也不至于存在什么他完全不知道的"革命"性的东西。基于这一点,他对陈橙的推荐基本上可说是充满怀疑。不过,现在眼前的这个人并不是他想象中那种爱出风头的形象。袁守平与何夕对视了一秒钟,他发觉有种令人无法漠视的力量从这个高而瘦弱的人身上散发出来,竟然令他微微有些不安。

陈橙做了简单的介绍,然后把剩下的时间交给何夕,同时暗示他尽可能简短。但是,何夕的第一句话就让陈橙知道这将是一次冗长的演讲,因为他开口便说:"《山海经》是中国古老的山川地理杂志……"

投射进房间里的阳光在地上移动了一段不短的距离,提醒着时间的流逝。袁守平轻轻呼出口气,他这才注意到自己的双腿已经很久都没有挪动过了,以至于有些发麻。他盯着面前这位神态平静的陈述者,仿佛要做某种研究。在袁守平的记忆中,他从来没有像今天这样一语不发地听完对方的讲话。并不是他不想发言,而是他有一种插不上话的感觉。这个叫何夕的人无疑是在介绍一种粮食作物,这本来是袁守平的本行,但是听上去却又完全不对路,尽是些神神道道的东西。不过中心意思还是很清楚的,那应该是一种叫作样品 119 号的多年生木本稻谷。袁守平的额上已经沁出了一层细小的汗珠,这是他遇到激动人心的想法时的表现。他终于按捺不住地问道:"这种作物的单产量是多少?比起杂交水稻来如何?"

何夕突然笑了,袁守平一时间弄不明白他的笑是因为什么,在他看来，他们讨论的是很严肃的话题。"我不认为我有必要去过多地考虑这个指标。"何夕笑着说。

袁守平简直要怀疑自己是不是听错了，他急切地反问："难道对于一种粮食作物来说，单产量这样的指标还不够重要吗？如果一种作物离开了这个指标，还能够称得上是作物吗？"袁守平狐疑地盯着何夕看，他真想伸手去探一下何夕的额头，看他是否在发烧。

"你误会了我的意思。"何夕理解地说，"我只是说相比任何杂交水稻，样品119号首先在出发点上就已经是天壤之别了，它们根本就不可比。"

"是吗？"袁守平轻轻问了句，抬头环视了一眼这间专属于他的设施豪华的办公室。一幅放大的雄性不育野生稻株的图片挂在最醒目的位置，这是多年前一位杂交水稻研究的先驱者发现的，由此带来了一场杂交水稻的技术变革。那位先驱者本人也因此从权威的挑战者变成了新的权威。现在袁守平所做的一切都是沿着他闯出的道路往下走。这条路已经由许多人走了许多年，已不复是当年崎岖难行的模样，而是很宽阔，很……平坦。

"我知道你们这里有专项的研究基金。"陈橙打破眼前这短暂的沉默，"何夕现在最缺的就是资金。他一个人的力量太小了。"

"你是说资金？"袁守平恋恋不舍地将目光从那幅图片上收

回,"我们是有专项的资金,但现在有几个项目都在同时进行。何况……"

"何况什么?"何夕不解地追问。

袁守平露出豁达的笑容:"我们不太可能将宝贵的资金投入到一个建立在神话之上的奇怪想法中去。想想看吧,你竟然不能告诉我样品119号的单产量。"

何夕静默地盯着袁守平的眼睛,几秒钟后,他仿佛洞悉般地叹了口气,说:"虽然我知道这很多余,但我还是想解答你的问题。由于没能规模种植,所以我现在的确还不知道样品119号的单产量究竟是多少,但即使今后发现它比不上杂交水稻的单产量,我也将坚持自己的观点,因为那种情况即使出现也肯定是暂时的。不知你是否注意到了这样一种现象,夏天里,再茂盛的水稻田地表也会发烫?这说明大部分太阳能根本没有被利用,而夏天的森林里却总是一片凉爽。这也是木本作物和草本作物的最大区别之一。就好比汽车刚刚诞生时连马车的速度都比不上,但这绝对阻挡不了前者最终取代后者成为世上交通工具的主宰。"何夕苦笑一声,"我知道你们一直走的是水稻杂交路线,培育的作物始终都是草本植物,这同我走的完全不是一条路。在你们这些正统人士眼里,我根本就是一个不守规矩的异教徒,你们可以拒绝帮助我,但这只会让我从内心里感到鄙视。你们不过是为了保持自己占有的一点点先机,但却放弃了更多的可能性。"

何夕说完这句话便头也不回地夺门而出,陈橙仓促地起身朝袁守平点点头后,立马追了出去。屋子里蓦地安静下来,袁守平突然觉得很累,就像是要虚脱的感觉。他无力地靠倒在沙发上,目光正好看到了那幅醒目的图片。这时,就像是有一股力量注进了袁守平的身体,他挺直身板痴痴地看着图片,目光中充满依恋,就仿佛仰望着一个图腾。

秘　密

叶青衫在研究所门口截住了何夕与陈橙。这是一次意料之外的会面,何夕脸上的表情像是惊呆了。

"同自己的老师见面有这么可怕?"叶青衫有些伤感地说。

"不,您误会了。"何夕镇定了些,"我只是觉得自己对不起老师。"

"这倒不必。"叶青衫立刻明白了何夕的意思,"人各有志,岂能强求?就连陈橙不也是改学了专业吗?我不怪你们。"其实这句话并没有道出全部实情,因为在叶青衫眼中,陈橙走的依然是正途,她今日的成就令他也感到荣光;而何夕却是堕入了旁门左道,叶青衫甚至都不知道何夕究竟在干些什么。

叶青衫转头对陈橙说:"这些天我们都很担心你。林欣现在也没法静下心来工作。"

叶青衫的目光突然飘向陈橙的身后,"说曹操曹操就到了。"

陈橙一回头,林欣的头正从一辆警车中伸出,车像脱缰野马般冲过来后猛地停下。林欣跳下车,忘情地扑上来紧紧拥住陈橙,脸庞涨得通红。"这些天出什么事了?"林欣大声问。

但是看来他并不打算让陈橙回答,因为他将陈橙的整个脸庞都死死压在了自己的胸前。

"别这样。"陈橙费力地挣脱出来,她的目光从何夕脸上扫过,看到一丝复杂的神色滑过何夕的眼底。"我先介绍一下。"陈橙指着何夕说,"这是何夕,我的老同学。"又指着林欣对何夕说,"这是林欣,我的……老同事。"

"何夕。"林欣念叨着这个似曾听过的名字,同时探究地看着眼前这个男人的脸。他既然是陈橙的同学,年龄应该也是三十多岁,但是看上去的苍老程度却接近五十岁,很久没刮的胡子乱糟糟地支棱着,更加夸大了这种印象。林欣不由自主地摸了摸自己光洁的下巴。

"常听陈橙提起你。"何夕伸出手与林欣相握,"我知道你是世界著名的'脑域'学专家。"

"过奖过奖。"林欣照例谦虚地笑,同时礼节性地轻轻碰了一下何夕的手,就如同面对众多的仰慕者一样。之后,他便立刻将注意力集中到了陈橙身上,同叶青衫一道关切地询问起来。

何夕在一旁茕茕孑立,沉默地注视着这个热闹的重逢场面,一丝几乎难以察觉的落寞神色滑过他的眼角。长久以来,他已经习惯了遗世独立的生活,对于外界的喧嚣几乎从不在意。但是眼前这似曾相识的情景却在一瞬间无可抵抗地击中了他,一股久违的软弱感觉从他心里翻腾起来。

我在这里做什么?何夕问自己。这是他们的世界,我不该留在这里,我应该回到自己的山谷中去。何夕最后看了一眼正沉浸在相逢之乐里的人们,慢慢地朝后退去。

但是一个声音止住了他,是陈橙。"何夕快过来!"她神采飞扬地喊道,"我有一个提议。"

何夕的脚步立即停了下来,这并非因为有什么"提议",而是因为这是陈橙在叫他。他淡淡地笑着迎过去,加入到原本离他很远的热闹之中。

"我计划从我们的研究经费里抽出一部分来资助你。"陈橙大声说,"加上老师和林欣,到时候凭我们三个人的支持一定能通过这个提案。"

"支持?那……当然了。"林欣转头看着何夕,就像是看着一个靠女人生活的男人,"我没什么意见。"

"怎么说话有气无力的?"陈橙打趣地望着林欣,"何夕不会浪费你那些宝贵经费的,他从事的是很有意义的事情,他研究木禾。"

"什么……木禾?"叶青衫迷惑地看着何夕,"那是什么东西?"

"木禾是一种长得很丑又有臭味的树。不过却很了不起。"陈橙的语气有点儿卖关子的味道。这么多年来,所有人都误会了何夕,但现在她真的替何夕感到骄傲。

然而,何夕脸上的神色却突然变得阴沉,"从来没有什么木禾。我研究的是样品119号。"

陈橙悚然惊觉,这已经是何夕第二次这样强调了。他似乎很不愿听到别人提起"木禾"这个词,就像是有什么不为人知的东西一直鲠在他的胸口。陈橙不解地望着何夕,但是后者已经紧紧抿住了嘴唇,也许那将会是一个永远的秘密。

绝　尘

陈橙有些不耐烦地敲着桌面。国家"脑域"技术实验室各个部门的负责人基本都已到场,今天他们将讨论向"样品119号"项目(这真是一个奇怪的名称)注入资金的事宜。时间已经到了,但是何夕却没有现身,这让陈橙有些不快,也许长久以来的农夫生活令他也变得疏懒了。

去催问的人回来了,他径自走到陈橙面前交给她一个金属盒子,"是那个人留下的。指明交给你。"

盒子很厚,有种沉甸甸的感觉。陈橙有种不好的预感,她两手颤抖着打开盒子,里面最上层放着一台微型录音机。陈橙戴上耳机,何夕那浑厚的声音传了出来:

"陈橙:凭你的聪慧,当你收到盒子的时候一定就意识到什么事情发生了。是的,我走了,这是我费了很大力气才决定的。你一定奇怪我为什么这样做,老实说一时间我自己都无法完全说清楚。我知道你们即将讨论资助我的研究的事情,而正是这一点促使我尽快离去。很奇怪吧?等你听我说完就会明白了。

"我的研究其实早在两年前就完成了。一切都很成功,甚至近于完美。我挥舞着造物主的魔棒创造出了我想要的东西,我将世间植物的所有优点都赋予了它,在那令人永生难忘的一刻里,我将木禾从高不可攀的神山上带到了人世间。

"是的,我是说木禾,而不是什么样品119号。那时的木禾还只是一株幼苗但却苍翠而修长,可以想见长成后的伟岸与挺拔,也许就像《山海经》所说的那样'长五寻,大五围'。我目眩神迷地注视着它,大声地赞美它,就像是面对自己倾心不已的恋人。但是接下来,我却伸出脚去将它碾作了一团泥。不仅如此,此后我全部的工作便是搜寻植物中那些令人不快的基因表达,比如弯曲的枝干以及恶心的气味,并且挖空心思将与这些性状有关的基因嵌入到木禾中去。这样做的结果便是你看到的那种奇怪植物——样品119号。长久以来,我一直就在做这些事情。那天我说希望得到研究资金,其实是因为我还想在样品119号中加入某种制造植物毒素的基因,以便让它的树干中含有剧毒。

"听到这里你一定以为我疯了。但是你错了,我并没有疯,恰恰相反,做着这一切的时候我很清醒。我之所以这样做只有一个原因,那就是我太喜欢木禾了,它是我半生的心血。中国有句古话:匹夫无罪,怀璧其罪。你明白我的意思吗?大象因为象牙之美而招致杀身之祸,犀牛死于名贵的犀角,而森林则因为伟岸挺拔的树干而消失。人类主宰着这片多灾多难的土地,按照自己的意愿支配着一切。我将这些性状加入到木禾中去,只是起某种防御作用罢了。我这样做只是希望有朝一日木禾能够遍布这颗历经沧桑的星球,而不是被砍伐一空——这种事情实在太多了,让我根本无法相信人类的理智。如果资金到位,我准备马上开始。

"但是我最终决定放弃了,这真是一个难以做出的决断,我为此彻夜不眠。不过现在我总算下定了决心，我想自己总该对世界保留一些希望吧？也许在得到教训之后，人们不会再像以前那么贪婪了呢？也许这都是我的杞人忧天呢？所以我把最后的决定权交给你，在盒子里有两支试管，里面分别培养着木禾以及样品119号的幼体，但愿你内心的声音能够引领你做出正确的决断。

"你一定想问我会到哪儿去。别为我担心，我有自己的路可走。还记得我们说过的，这个世界除了木禾之外，还有一项研究也是'无用'的吗？最大胆的预测是有实用价值的可控核聚变技术将在五十年至一百年后问世，也许那便是我的归宿。这次重逢让我知道经过这么多年之后，我们的人生之路已经相隔太远。同学少年的美好时光就让它在记忆里永存吧！再见了，陈橙。向林欣问好，他是一个很不错的人。"

整间屋子鸦雀无声，所有人都面面相觑，不明白发生了什么事。

陈橙从盒子里抽出两支试管，一时间，整间屋子都仿佛变得明亮起来。左边的试管壁上标着"样品119号"的字样，里面有几株不起眼的黄绿色小苗；而另一支试管则没有任何标记。陈橙将目光集中到右边的那支试管上，她并没有意识到自己的手已经开始颤抖。试管里也是几株小苗，纤细而柔弱地斜躺着，除了那夺人心魄的绿色之外，并没有什么出奇之处。

木禾。陈橙在心里轻唤了一声，如同呼喊一个奇迹。霎时间，陈橙的心中滚过万千难以用语言形容的感慨，她仿佛看到了掩映在云雾深处的海内昆仑山，千万年来簇簇仙葩自由自在地在绝顶之上生长着，山腰风雪肆虐，一个渺小而倔强的身影若隐若现……

"你怎么了？"林欣关切的询问将陈橙从短暂的失神中惊醒，"那支没有标记的试管里是什么植物？"林欣追问道，"它叫什么名字？"

陈橙陡然一滞，竟然不知道该怎样回答这个问题。她的目光停留在了试管上，是的，那个人将决断的权力交给了她。那个人将神话里的木禾带到了人世间，但是很快便发现它太完美了，几乎不可能在这个早已摒弃了神话的世界上生存。

"它也是样品 119 号吗？它也是稻谷吗？"林欣挠挠头，"不过看起来有些不一样。"

"它将会是一棵擎天大树。"陈橙脱口而出，泪水在一瞬间浸湿了她的双眼。

待我迟暮之年

永生困境

凌晨

葬　礼

唢呐刺耳干燥的声音突然停住，小锣"当当"敲响，一旁黑衣的道人面无表情喊："孝子贤孙，拜！"

周围的亲戚"哗啦啦"跪下了一片。舅舅舅妈在我前面，恭恭敬敬两膝着地，头"咚咚"碰在水泥地上。我却需要使劲儿才能跪下去，腹部的肥肉压住大腿，头好不容易弯到能接触地面的程度，脖子却都几乎要断掉了。时间瞬息凝滞，大脑中一片空白，我忘记了自己为什么会在这里，只看见舅舅舅妈白布孝衣上的汗渍在不断增加，渐渐地形成了一张印象派油画。

"起！"道士终于给出指令。我立刻起身，大腿发抖，小腿抽筋，我沉重的身躯不由得晃了晃。

身后的表妹马上扶住我，温柔询问："你没事吧？"

"没事没事，就是有些晕。"我回答，软绵绵靠到她身上。

表妹抱怨："一定是不吃早饭搞的，唉，你饿坏了吧？"

我点头，我的饭量不用声明，看我膀大腰圆的样子就明白了。表妹把我从"孝子贤孙"中拉出，扯到一边角落里。

"这不好吧？仪式还没完，"我抗议，"我还得抬棺……"

"你抬得了吗？虚成这样还嘴硬。"表妹掀开地上一个箩筐的盖布，露出一堆雪白的馒头，说不上是同情还是鄙夷的口气，"真用不上你！"

于是，我就坐在角落中一边啃馒头一边观摩整个葬礼，看着舅舅舅妈以及其他三姑六婆哭灵、转灵、起灵。祭香一把把焚烧，倾倒在灵位前。黑色灵牌上"先父郑公再阳之灵位"的白色字迹，逐渐被淹没在烟雾缭绕之中。每一个拜灵人鞠躬或者叩头时，两旁的哭灵人会陪送上最真挚的号啕大哭，涕泪横流，仿佛死者真的是他们的至爱亲朋。

当然不会是，这个我最清楚。因为请哭灵人的钱归我出。"一定要全乡最好的哭灵的，大壮你就花这点钱，你不能舍不得。"舅妈再三叮嘱，"外公生前最疼你了。"

哭灵人很对得起我的钱包，哭得相当有声有色。他们加剧了整个葬礼的仪式感，以及程式化。

对的，我咽下第五个馒头的时候，终于找到了形容这场葬礼的关键词——程式化。一个上午就搭建完成的宽大丧棚，有些污渍的供桌香炉白幡拜垫，粗糙做工的麻布丧衣和黑纱袖标，堆满过道的花圈和全套"纸活"（就是阴宅那些东西，别墅豪车高档家具电器全是纸糊的），都带着"毫无差别"的得意劲儿，在道士不知道吟诵了多少遍的经文中，迎接着它们的又一拨使用者。葬礼的每一个步骤，来宾们都心知肚明，他们只是这场程序的编码，虽然厌倦与疲惫，但也要将程序一丝不苟地走到最后。至于那个牌位上的名字，写成谁都没有关系，真的，换成我的名字也丝毫没有违和感——所不同的，无非是我老婆和儿子站在舅舅舅妈位置上而已。

我不由得哆嗦，后脊背蹿上来一股子凉气，仿佛已经看到那一天，在烟熏火燎的我的灵牌前，我老婆和儿子听着道士的口令下跪磕头。哭灵人在他们身边啜泣，流泪，竭力表演哀伤，尽管葬礼之前和之后都不会在意我的名字。

"虚伪！"有人凑近我，递给我一支香烟，"真他妈虚伪。你知道老爷子怎么死的吗？"

我看看来人的脸，应该见过他，但我想不起他是谁。

"大壮，我也算看你长大的了。你外公老拿你照片给我看。哦，我是你外公的老邻居。你小时候常到我家来玩。"来人喋喋不休。

到那一天也会有人这样对我儿子说，我看你长大，节哀，死者已去，生活还要继续。

我这个人的存在感，只有在葬礼上才能达到顶峰。我葬礼的视频和我的生平介绍，会永远占据网络灵堂中的某个位置。当我的棺木投入火化炉的时候，我葬礼的实况视频下面会有许多ID留言,也会引来一些小广告。留言内容无非是"人生无常,且行且珍惜"这类心灵鸡汤,还会有若干同学发小回忆我的糗事趣闻;我暗恋的姑娘和曾经痴爱过我的姑娘也会相遇,相互感叹青春易逝爱情易伤。

邻居在我眼前晃晃他的手掌:"大壮,你发什么傻啊!你外公是自杀的。"

唢呐声陡然拔起,形成一片嘈杂的声浪,道士的诵经声淹没在声浪之中。表弟捧着灵位向外走,十六个青壮年男子抬棺跟在后面,压阵的是舅舅舅妈等亲戚的送灵队伍。我觉得是我给足了报酬,今天的送灵队伍才超过了百人,十分风光体面。甚至舅妈将丧宴设在了很远的火化场那边的酒庄,也没有人反对。但表妹坚持认为是外公人缘好,大家愿意送他。

"你外公和你舅妈吵架了。"邻居很生气他的八卦不能得到我的响应,"都九十多岁的人了,还这么较真。"

表妹在送灵队伍中招手,我急忙抛下邻居跑过去。表妹一脸黑线,"你别听人胡嘞嘞,"她严厉地说,"我们家五年前就进城了,爷爷不肯去,妈一动员就和妈急。我们明年移民加拿大,说好春节全家都回来陪他过,谁曾想他就去了呢?"

我说:"是是,我当然是信你的话。"

表妹轻轻叹气:"爷爷老了,特别顽固,好多理儿跟他说不通。"

七年前我回乡看过外公,85岁的人还下地干活儿,种两亩菜地,喂两头山猪。他爱吃红烧肉,抽最便宜的红梅,还老骂给他洗衣做饭的婆娘偷他钱。

"那个婆娘去哪儿了?给外公做饭的那个。"我问。

表妹撇嘴:"四年前就走了。爷爷不肯给她名分,防她又紧,她好没意思。"

我望望那惨白一片的送灵人群,"她来了吗?"

表妹难得笑了:"她来干什么?分遗产?爷爷银行里就存了5万块钱,给自己做葬礼的。你看到那个穿黑西服的秃子了吗?那是银行派的律师,监督我们财务开支的。"

秃子我认识,他找我谈了外公的遗嘱。外公把身后事安排得很周全,给舅舅舅妈留了自己的丧葬费,5万块钱按照村子里的平均水准够用了,舅舅他们还有吊唁金可以贴补,说不定还能结余。外公的老宅和地都给了我妈妈。因为妈妈去世得早,我便成了外公实产的继承者。除此外公就再无值钱之物可以传世。

我的遗嘱不可能像外公的这么简单。现金、股票、房子和车子这些都好办,老婆孩子全拿走;衣服鞋帽可以捐献;但我的手机号码、我的网络社交号码和我的游戏通用号码得仔细分配,给谁不给谁都有可能在网络中掀起风波,得到的是天上掉馅饼,得不到的会羡慕嫉妒恨,总之容易引起麻烦;还有我的西马诺全套钓鱼工具、骆驼的野营装备、4万多本藏书、超过300瓶的红酒白酒和一柜子雪茄，这些老婆孩子欣赏不了用不上的东西，最好由我亲手来处理，免得暴殄天物。

我的那条老狗，从出生就和我在一起，仿佛是我的影子。没有我它活不下去，我应该给它准备墓穴，或者就葬在我的身旁，到天堂也好一路陪伴。

我很久前就买了墓地，在北郊山区陵园的高处，买时种下的国槐已经浓荫如盖。盛夏花开，黄绿的花瓣落在我的墓碑上。我的生命与大自然相比如惊鸿一瞥般短暂，却能像夏花一样绚烂，我将俯瞰城市的生长和衰落。我的墓碑上要刻下这样的字句："人终有一死，活着并不是为了不朽，而是为了创造不朽。"

葬礼余下的时光我就在幻想中度过，我未来的葬礼和外公现实的葬礼混淆在一起。当棺材停到火化场，包裹得像个粽子样的外公被从棺材中请出时，我分明觉得粽子壳里包着的是我，火化炉蓝色的火苗吞噬的是我，骨灰盒中装着的那捧骨灰是我。我恍恍惚惚，不知自己所处何地，所在何时。

"你信不信，我很爱父亲。"舅舅端着酒杯走到我面前说。我才霍然明白自己正在丧礼的酒宴上，一脸冷漠，满眼迷离。

"我信我信。"我赶紧说。

"他不愿意和我们住在一起，这能怪我吗？"舅舅委屈，"我们总不能为迁就他,到乡下来住吧。我又不是不管他。我们移民后,我要送他到最好的养老院去,他就不会感到寂寞孤独了。"

于是外公沐浴更衣,梳理好雪白的头发,端端正正坐在堂屋中间,一边火盆里烧着纸钱,一边喝下半瓶农药。纸钱才烧了一半,外公就躺在地上不省人事。邻居发现时,他已经没有了气息。

"他很久以前就开始计划自杀了。"邻居说,"他怕将来死了,孩子们回不来,连纸钱都没法子买给他。现在死,你们都能回来给他办丧事,还很体面。"

待我迟暮之年,我将托谁清理我失去活力的身体,将我送去火化,将我骨灰安葬?

非我是我

电梯里一尘不染,金属四壁光洁如新。站在我对面的男子同样干净齐整,白色外套上连个褶皱都没有。他安静地看着我。

"杜老最近忙吗?"我没话找话说,男子眼睛里十分空洞,拒人千里的表情让我很不舒服。

"十分忙。"男子说。虽然他没有表情,但我总觉得他的眼神分明是在说，"因为像你这样的无聊之人太多了"。

"哦，他约我来的，否则，他这么忙也不好打扰他。"我讨厌男子僵硬的姿态，分明有一种居高临下的鄙视。

"你准备好了就行。"男子说。电梯停了。缓缓打开的门外，是同样一尘不染的走廊。淡灰色的墙壁，柔和的灯光，舒适的温度，一起平息来宾躁动的情绪，坦然接受自己选择的命运。男子大踏步向走廊深处走去，我急忙小跑着跟住他。

我们路过走廊两侧的无数扇门，门都是一模一样的米白色，紧紧关闭，没有号码没有铭牌，绝不透露出任何门内的信息。男子终于在一扇门前停下，手掌贴住门把手，门上的密码锁亮了，男子便很轻松地开了门。

杜老正趴在地上做青蛙匍匐状。

男子说："李大壮先生来了。"

杜老抬头看我。我轻舒一口气，松弛下来。

杜老问："他令你紧张？"目光指向男子。

"是。好像我要做一件见不得人的事。"我说，四下环顾。房间里有各种各样的沙发，还有柔软的地毯，根雕的茶台，一张古朴的办公桌。桌子上有台灯、文件夹、地球仪、纠缠成团的数据线、文具盒、几张显示屏等等，总之就是一个杂乱不堪但能随手拿到自己想要的东西的地方,这太像我那间用车库改造的书房了,甚至连地毯上一样都有难看的深色茶渍。我顿时对杜老产生了难以言表的亲近感。

"确实,这事不适合新闻曝光。"杜老说,见我神态好奇,便起身,指指那些堆积杂乱的物品,"这些都是'他们'送我的纪念品。"他笑,拿起手边一个水晶杯,"这杯子见证了一段传奇的婚姻,它的主人放弃了维护婚姻的义务,也放弃了它。"

我接过杯子。杯子沉重,雕花精美,但边缘已经破损,表明它并没有得到应有的呵护。

"这个,"杜老从桌上小山样的物品中抽出一个电子镜框,"带它来的家伙一直看它,眼含热泪。尽管我一再解释,他不会因为'置换'失去记忆。只要他需求,我就能给他保存下来,所有的完整的记忆,表层记忆、潜记忆、暗记忆,都能留下来。可是他仍然看着它哭。你想知道为什么吗?"

我摇头:"不想。那是他的人生,触动不了我。"

"很好。你申请'置换'的理由是想尽可能活着,我也和你谈过目前能采用的几种方法,你决定采用哪种?"

我放下杯子,男人已悄然消失,我便问杜老:"那男人也是他们中的一个吗?"

"是，"杜老点头，"他到目前已经'置换'了超过一半的身体，切除了一些神经和腺体，不会再产生任何感情方面的应激反应。"

我突然明白："镜框是他的。"

杜老不置可否，微笑："每个人都有因之成为人而遭遇到的烦恼，'置换'的目的，就是帮助大家摆脱这种烦恼。你的烦恼，其实是最常见的烦恼，怕死而已。"

我点头。我的确怕死，在外公葬礼上我险些晕倒，葬礼随后的丧宴上我又神色憔悴，这并非对外公有多深厚的情感，我只是害怕，怕有朝一日我也会像外公一样，仅仅因为需要有人给自己一个葬礼，就干脆结束了自己的生命。"我想要一直活着，活得比我身边的人都命长，活到太阳灭亡，宇宙冷寂，人类都已成灰。"我说，双手紧握在一起，微微颤抖。

"能活多久取决于你自己。"杜老不知从何处端出一盘巧克力杏仁蛋糕，"'置换'只是给你新生活的开始，至于新生活是否等于好生活，那是你自己的事情。我没有责任给你任何保证。"

"我明白。但你总归要有一个质保期嘛！"我毫不客气，瞬间就将蛋糕吃完了。黑巧克力的苦软和杏仁的甜脆在我舌尖融合，缓缓释放出无法形容的美妙滋味，让我齿颊留香，终生难忘。

"那是最彻底的'置换'，你确定需要？你将再也无法感知蛋糕的滋味，吸收它的营养。"杜老的表情与其是在警告我，倒不如说是在诱惑我。"你将得到很多,但你同样也会失去很多。从来没有只获取而不失去的事情。"

"我明白。"

"你真明白？30%的人熬不过最初的心理适应期,剩下的人中的40%不能度过质保期,然后,我们放手不管的第二年,就又会死去50%。"杜老的声音枯燥平和,丝毫不带有感情,仿佛是在教学课上谈实验室的小白鼠,"整个'置换'过程非常折磨人,而且费用高昂,没有减免折扣。想要长生不老可不容易,有无法预测的风险和代价。你有很大概率成为失败者中的一个。"

我端详杜老,他的发际线已经后退,眼角的鱼尾纹在肆无忌惮地扩展,嘴唇四周的胡须正狂野生长,我忽然有所发现："杜老,你这业务开展了多久啊？看来你还没办法证明真的能实现长生不老。甚至,你自己都不敢亲自尝试。"

杜老点头,神情有些黯淡："如果失败发生在我身上,'置换'技术就再也没有调整的机会。人类所梦寐以求的生命自由,也许要推迟几个世纪才能达到。"他站起身,走到墙边,"来,看看你的物理模拟体。"停顿几秒,很规矩地用普通话念,"老骥伏枥,MU4759。"

随着杜老的声音,墙上的一张屏幕亮起来。屏幕上出现了一个复杂的装置,装置上部,无数电线数据线中间,安装了一个浅灰色不透明的容器。我的另一个我，即我的新大脑就在这容器中培育着。屏幕切换出一张示意图：神经细胞在特制的生物芯片上面生长，已经包裹住了芯片三分之二的表面积，并和芯片之间产生了复杂的电子层面的互动。随即，一个附着在容器内部的微距摄像头给了我真实的画面，在外行的我看来，这团浸泡在溶液之中的灰白物质既不好看也没有什么趣味。

我脸上的表情把杜老逗笑了，他耐心解释："这就是'置换'后你将拥有的大脑。一个新的控制中枢，它不需要生物躯干的供养，它有非凡的控制和遥感能力。它不是你大脑的复制品，而是一个新的可以承接你自我意识的超强信息处理中枢。"

恍惚又回到我第一次认识杜老，听他谈"置换"概念的晚上，酒吧的角落里我们窃窃私语。杜老一脸严肃认真，看我的目光充满怜悯。

"在人们的传统观念里，维持生命的长久，需要保证整个躯体都能正常的运转，所以我们的医学，都在往这个方向上努力，并且终于进展到在细胞层面的操作，可以延缓细胞的衰老，阻击吞噬细胞的病毒，修复死去的细胞，完全不顾自然的规律，只求长命百岁。"杜老这样开篇，声情并茂，极具煽动力，根本不是眼下一副姜太公钓鱼的高傲姿态。

"但这种永生，仍然维持现有的生活方式，仍然会存在身体的疾病、精神的痛苦、生存的压力，医学摆脱不了这些的。医学的一切手段只是延长生命，但改变不了你生命本身的局限性。于是就有了'置换'这个概念，把你从这具血肉的躯体中解放出来，按照你的意愿，给你打造钢铁之躯或者意识巢穴，你可以像汽车人，也可以做信息世界中的游子。你再也不能继承过去的生活，但你拥有了无穷的时间、非凡的记忆力、高度专注和不同寻常的创造力，可以随心所欲，那才是真正意义上的存活。"杜老关于"置换"的解释充满诗意，尤其是他的总结语，更是铿锵有力，如黄钟大吕般砸在我心上，"你费尽心思用传统医学获得的，只是在低层次上延续生命的使用时间，即便你已经神志模糊，记忆力丧失，语言迟滞，你仍然在呼吸，在消耗能量，渐渐变成行尸走肉。你愿意争取这种样子的长寿吗！"

其实，我一点儿也不介意什么样的长寿，我害怕的是即便长命百岁，也仍然要面临死亡，仍然会闭上眼睛永不能睁开。

"转移自我意识是'置换'的关键，放心，这对我，已经是比较成熟的技术了。"杜老以为我的沉默是对"置换"的怀疑，强调，"成败并不在转移过程，而是在于能否适应'置换'后的新生活。毕竟设想和现实，有不小的差距。"

"这是一种冒险。"我说。杜老点头。我继续："那么，我总得看看别人'置换'后怎么样。买房子还要看样板间呢！"

杜老想了想，很慎重地说："我需要时间来安排。毕竟，你的选择极度私人化，没人愿意承担帮你选择的后果。"

生命的道路有无数交叉小径，无论我走哪一条，我都愿山穷水复之时有柳暗花明。

他 们

我的新大脑最终会长成什么样，这取决于我选择的永生形态。比如我如果想当一棵树，那么我的新大脑就得能适应树的形状和生理特点，可以移植进一棵大树并能迅速控制操纵植物神经系统。由于40天后新大脑就将发育成熟，留给杜老的时间并不多。因而，很快我就得到了他们的回应。

此时我和老婆正为儿子小升初之事奔波，每周给孩子安排各种面试。这个时候，我的全部财产和社交关系都毫无用处，为数不多的几座市重点中学全部只看考试成绩。小男孩疲于奔波，却又信心满满，老婆也是像上了发条般精力十足。我问老婆："相比较宇宙的壮丽和太阳的灿烂，小升初根本不值一提。如果你有永恒的生命，你还会在意非要上市重点吗？"我老婆回答得很干脆："永生？没意思。能把这辈子过好就不错。活着就不能庸庸碌碌。能上市重点为什么不争取？"

我就此打消引领老婆加入"他们"的想法，毕竟，我也出不起两份"置换"的费用。

"他们"是采用"置换"技术得以某种程度永生的人的统称，很乏味和无确切指向的名字，令这群人在自然人的社会中面目模糊，不会引起关注与争议。对于我的好奇心，"他们"中的大部分都嗤之以鼻。

"他们选择了各自需要的生活，这不可复制，所以无法给你做榜样。"曾在电梯中给我引路的白衣男说。

想不到第一个答应见我的会是这个男子。我们在一家街头烧烤店碰头。冒着泡的啤酒和油滋滋的烤串，是仅属于我的美味佳肴。白衣男看着我大口吃喝，自己面前的一杯清水动都不动。

"我们应该约在别的地方。"我说，"你这样子别人会觉得很奇怪。"

白衣男面无表情："任何地方对我都是一样的，身外之物，不会引起我的任何神经异动。"

"你以前一定有很动人的故事。为何要放弃鲜活的记忆？"

"我当时身患数病，还有抑郁症导致的严重自杀倾向。'置换'是最彻底的治疗方法。"

"'置换'没必要脱离原来的生活吧？但你很坚决地离开了。"我试图搞清楚他的逻辑思路。

"我的一半身体都是机械，没有性功能，我不需要食物和睡眠。

我如果还停留在原来的生活中,会被视作怪物,给周围的人带来困惑。"白衣男平静地说,像是在宣读政府公告,没有任何情绪。

"你最初怎么适应的这个新身体?杜老说那很不容易。"

"对我不成问题,我切除了所有情感认知。机械和有机两部分身体之间也未产生排斥反应。目前它们之间的各种能量与信息交换正常。"

"会有超能力吗?"

"所有能力都与形态匹配。希望在人的形态与非人形态之间任意转变,成为金刚狼或者蜘蛛侠,那是漫画电影,科学做不到。"

"你对你的现状满意吗?"我想听到一些感性的想法,而非冰冷的学术解释。

然而,"满意"是一种情绪的表达,其中包含浓厚的情感倾向,这个词已经被白衣男摒弃了。白衣男这样回答我:"精准与理性是我的生活,符合我的需求。"

"那么,未来呢?未来你打算怎样?"

"我是你的主刀大夫,"白衣男答非所问,"针对你的情况,我认为'全向置换'更为合适。"

"全向置换"即将肉身更换为全机械化身体,我的体重、体形以及处于亚健康状态的五脏六腑，在白衣男眼中，都没有任何保存价值。我倒并非舍不得这身臭皮囊，但"全向置换"的费用，恐怕我将全部资产都变卖成现金，再加上我的钓鱼工具、野营装备、所有藏书、藏酒和雪茄，也只凑得齐一半。

"其实用不着花这么多钱，你干吗不高瞻远瞩，什么身体都不要不就得了？"他们中的第二个，在手机中轻快地对我说。这一位明眸善睐，眼波流转，白皙的皮肤上流淌阳光，是那种看上几秒就会令人迷醉的女子。尽管我知道这仅仅是一张经过了深度修饰加工美化的图片，根本不存在这样的真实，但我仍可耻地产生了一些生理反应。

我不得不要求："请降低你的美度，我实在不是你该诱惑的对象。"

她十分美艳地笑，得意扬扬地模糊了脸庞。屏幕刷新后，她的样子已变：眼镜、发髻、涂抹了过多防晒霜的已经松弛的皮肤，稍有姿色而不具特点，是那种每天都在写字楼出没的标准办公室女郎。

"这样好多了。"我夸赞，"你是全意识'置换'，没有实体的感觉如何？"

她微笑，刚刚好露出 8 颗雪白的牙齿，欢快地说："好得不能再好。没有大姨妈，没有减肥压力，不会长痘痘，不用担心男朋友变心。最关键是,不存在经济问题了,房奴车奴卡奴猫奴都与我绝缘了。我以前可是月光族,为了钱的事情没少压力。"

"全意识'置换'也不便宜。"

"还好还好,这是我花得最值的一笔钱。"她说,"我是意识生存,有线无线传输都可以,手机、平板电脑、台式电脑,甚至智能家电,有数据流的地方,我就可以安身。人们在网络中构建的一个个虚拟世界,都是我的家园,我在其中生活非常容易,随便随时随意都能找到真实玩家供养,给我金钱帮我购置装备。我没有负担,却能享受漫长的欢乐。"

"就没有一点遗憾的地方?比如,不能真实拥抱什么的。"

"拥抱?哈哈哈!"她失去礼貌地狂笑,"比如你吗?你的体重还有你身上那股子汗臭味道,拥抱还真是没有的好。"

我忍住结束谈话的冲动,毕竟约到她不容易。"最初你怎么适应的?我是说,没有实体只有意识,这种转化,有没有困难?"

她斩钉截铁地回答:"没有!甚至比我想象的还容易,因为我到任何地方,变成任何形象,都几乎是随心所欲,就像你吹口哨样轻松。"

"你的家人、好友,再也无法和他们相处,不遗憾吗?"

"哦,谁说无法相处?我妈妈说现在的我好极了,以前她根本见不到我,现在我每天 12 个小时陪着她。她连打麻将的时候都会开着手机,让我给她出谋划策。"

"你每天有 12 个小时陪着妈妈?"我诧异。

"分身 too easy!"她说,"你真白痴。"

我不相信,她真的一点问题都没遇到。在我就要按退出键时,她忽然说:"我当然不会告诉妈妈那是我,活在手机中的女儿这可能令她没法理解。而且我改变了外形。我只保留了我的声音,我的声音很美。"她停顿片刻,"妈妈问过我很多次知不知道张倩在哪里,我说不知道。我不能告诉她。"

信息女在"置换"前的真名叫张倩,她把祖产卖掉后出走了,亲友不知道她去了虚拟世界。

见过这样的两个"置换"者后,我对他们中愿意见我的第三位,实在没有了兴趣。但杜老认为,我既然想了解"置换"的各种方式,这一个就必须见到。于是,我来到遥远的另一座城市,在前殖民地的街区中寻找,走入一栋据说是雪莱居住过的意大利样式房屋。那天我是唯一的拜访者,看门人毫不介意我在房屋中四处走动。然而我转悠了半天,都没有找到第三人的任何踪迹。我对能否见到他失去信心,便走到房后花园中。那里的树荫下,立着一尊大理石的意大利骑士雕塑。雕塑下有宽敞的石台,看上去凉爽舒服。于是我走过去坐下。

"MU4759？"有人叫，我急忙站起身，四下张望。花园里除了我，没有旁人。

"我在你头顶。"那声音柔和地说。我抬头，与意大利骑士的目光相遇。

"是你？！可你是石头！"我敲击骑士的身躯，这是云南大理的苍山白，上等汉白玉，手感细腻温润。

"我在石头里。哦，别看这骑士的头，我不在头部。"

"你的大脑不在头部。"我对着骑士说，外人看到一定会说我精神病，"你把自己装在这石像中，还是有点不可思议。"

"这是很好的石像，我待着很舒服。"石中人说，"这石像很贵。"

"我是说，你成天到晚站在这里，不厌烦吗？"

"哦，哪儿会厌烦。好玩着呢！"石中人说，"我的意识感知通过大地，可以附着在任何生物的上面，我随着公园猫在整个街区游荡，我还跟过一只喜鹊在屋顶筑巢。我有时候会在门口的梧桐树上栖息，还曾经借助一只老鼠漫游它肮脏的地洞。"

"有意思吗，这些事情？"

"我觉得有意思。我以前都匆匆忙忙，忙着钩心斗角，尔虞我诈，为了赚钱丢掉了一切个人乐趣，从来没有停下脚步去观察人,观察自然。现在我有无穷时间可以做这些事情了。春夏秋冬,四季轮换,寒来暑往,雨雪风霜,大自然非常迷人。"

"那么人呢?你不和人类接触了吗?"

"我一直在人群中啊!人不也是大自然的一部分嘛!"

"我是说,你没法子和人互动,你能适应吗?还有你的家人呢?"

"家人都以为我已经车祸死亡。我亲自制造的车祸,比他们打算制造的水平高得多。"石中人的声音中有些倦怠,"现在我藏身这石像中,石像和房屋都已经捐献给了慈善基金会。我的家人除了一张证书什么都没有拿到。他们千方百计争取的我的财产,都被我用在这创造永生的石像上了。他们现在恨死我了,哈哈,哈哈哈哈。"

望着骑士,我突然觉得自己真的像个白痴,我的一切问题都那么无聊,我只好礼貌地问:"我三心二意,不知道选择什么样的'置换'方式,你有什么可以建议的吗?"

石中人如果有表情,一定是那种高瞻远瞩状的。他回答道:"过去属于死神,未来属于你自己。"

死 神

生命究竟是什么？决定我成为我的，是我 210 斤的庞大身躯，还是这躯体上顶着的 6 斤多的头颅？我所追求的永生，是将这具躯体维护百年，还是抛却肉身，仅仅保留意识的存在？每每想到这个问题，我就想到白衣男的清心寡欲，无日无年；想到信息女的随心所欲，一日便是数百年；想到石中人的恬淡无为，数百年也不过一日。时间在他们身上都已消失，他们彻底摆脱了死亡的阴影，迟暮之年永远不会到来。

"他们三个只是'置换'后比较典型的个例而已。'置换'能提供的，是你想到而从不敢实践的人生理想。"杜老的话语随着我的思考总会在耳边回响，"你想要什么？"

我想要时间停住，却又希望它能流逝到我功成名就的那一天，再永远定格。那时我虽迟暮之年，却依然神志清醒，记忆健全，没有伤残的肢体和持久的病痛，没有口齿不清眼歪鼻斜，不会喘息着迈动沉重的双腿，跟在少年人身后喊："等等我！"……待我迟暮之年，我享受着退休后的清闲，时常会教训后生晚辈们："只有青壮年时代的勤劳工作，才能赢得保证晚年幸福的财富，获取终身自豪的荣耀！"原来我最终怕的不是衰老，而是衰老后的丧失尊严。外公宁愿用自杀来换取体面的葬礼,无非也是为了这"尊严"二字。

这么想来,自葬礼起盘桓在心头的沮丧之气就减少了许多。倒是越来越觉得白衣男、信息女、石中人之流,他们的生活离我的现实太过遥远,我若变成他们那样,不食人间烟火,太过寡淡无味。虽然儿子资质平庸,但好在心智正常,学习努力;老婆无甚姿色,但还算端庄贤惠,勤俭持家。职业嘛,只要我对现状不苛求,收入也足够周末野营钓鱼,辅以美食美酒。总之,有无数风花雪月等我享乐,我为何偏要耗尽家产去追求那所谓的长生不老?

我来到我的墓地上。国槐还在开花,黄绿的花瓣飘落一地,给墓体和墓碑浓厚的文艺气息。我的墓碑已经刻好,正面镶了我最得意的五寸免冠照,照片下刻了五个粗黑的宋体大字:"李大壮在此",背面是娟秀的楷体小字:"他来了,他走了,一生好不潇洒。"原来想刻的那句话太长,石匠说刻上不好看。墓碑上只缺死亡年份。看着照片上眼角眉梢都是青春的快活的我,我决定中止我的"置换"计划,不做抵抗自然规律的逆天之事。

我从墓地出来,驱车进城,找了一家快餐店,打算吃饱喝足后,去向杜老解释我的决定。定金肯定损失了,但这和我可能损失的人生相比不算什么。我得设法将赔偿金降低一些,不能让杜老太占便宜。

我要了双份的红烧肉,端到座位上,一边吃一边算计。甜糯油润弹牙的肉块,在我唇间打转,那滋味真是妙不可言。就为了这个滋味,我也该留在人间。

突然,有四五个男女冲过来,猛然挥动手中的铁铲和棍棒,向正坐着喝水的一位妇女砸去。

我惊呆了。在铁铲和棍棒的起落中,那女人扑倒在地,额头和身体开始喷血。腥热的血气一下子就压倒了肉的香味,并四散开去。我想站起来阻止,但我的腿在发抖,我的舌头在打结,我的手在哆嗦。挥动棍棒的大汉踩踏着女人,还向我看过来,目光凶狠毒辣……我尿裤子了。

警察赶来的时候我仍然端坐,我动弹不了。我整个人都抽搐在一起,恐惧到了极点。那女人已经被拍打成一团肉泥,根本没有救治的可能了。

我的手机响。杜老出现在屏幕上:"你找我?你是决定了……"

"我决定了。"我哆嗦着说,像溺水的人捞着一根稻草。我目睹一场屠杀,却无力上前阻止,死亡瞬间就发生在我脚边。我拿什么消解生命的脆弱和无常。

置　换

在一位额头生了月牙状肉瘤的律师主持下，我又和杜老签订了一系列的合同，包括苛刻到极点的保密守则，准备开始"置换"。我首先以海外工作为由告别了妻儿。其实我前往的城市就在附近。我选择了最接近人的"置换"形态，尽可能让自己外表上和自然人没有什么区别，但我的血肉骨骼却将更换。我的新躯体，自然界的病毒细菌侵害不了，人类的棍棒斧钺也伤害不了，如果有子弹穿过，肌肤会瞬间自愈。我不必食用人类的食物，我将吸收阳光，回收身体动能，我的能量循环系统精确而高效。更重要的是，我有了一个高效工作的大脑，不会困倦，不会被风花雪月诱惑，24小时在线接受信息并加以处理。我将告别作为人的种种享乐，但我却会得到商业上的成功和无穷财富。

"在我有生之年，"杜老向我保证，"我会负责提高你的生存技能，并赠送你价值不菲的二次'置换'。"

他必须保证！因为我把所有的财产都以抵押方式付给了他，而且我未来收入的20%也将归他所有。但这仍然不足以购买"置换"的完全成功，我只好将我人类的躯体——器官、皮肤、神经、骨骼、血液，甚至眼角膜都明码标价，通过黑市出售给渴求它们的自然人手中。这些物件从来供不应求,很快就被抢购一空。借助我的身体,一个车祸丧失双腿的老人站了起来,一个天生失明的女人看到了她的孩子,一个肾衰竭的学生得以继续学业……我也因此筹集到了足够的资金,正式开始了我的"置换"工程。

我被无数次推上手术台,服用无数药物,很多次我担心麻醉后自己再也无法清醒。我恨白衣男任何时候都冷静的面孔,更恨杜老在手术台前镇定自若的指挥。在他们眼里,我没有尊严,只是一个乞求永生的乞丐。我有些明白"置换"成功的低概率原因是什么了,要想改造自己,仅仅有金钱和想法还不行,还要有一种执念支撑着,任何时刻都不能动摇的对"永生"的信仰。

我坚信我的目标可以达到,因为通过那一尺厚的合同我已经和杜老在经济上紧紧联系在了一起,他需要我的成功。

终于,我害怕又期待的那天来临了。我的全部意识,包括记忆和感知,都被彻底转移到了新的大脑中。我有几分钟的时间从外部观察原来的自己,这是第一次也是最后一次的直接观察——我平躺在手术台上,庞大的躯体依然温热,看上去仍能随时站起,谈笑风生。

"这真不可思议。"我对杜老说,"200多斤的这一团肉,它是怎样行动和思考的呢?"

杜老不和我啰唆,他命令护士带走我,以便马上开始对我的肉身进行切割拆解，打包出售。

"置换"后的我相貌与原来的我并无二致，但体重减轻了80斤。我用了三个月时间学习控制新的身体，让肢体与思维协调同步。我能够像正常人一样走路后，便被送进石中人的意大利式房子，开始适应没有食物和睡眠却有充分感知能力的生活。杜老以前从不让"置换"者们彼此接触，现在为我破例，并非出自好心，而是为了加大我"置换"成功的概率。

白衣男一直对我进行监护，确保我的机械身体运转自如。信息女则教我如何深入数据的海洋寻找快乐。偶然，她会在手机中现身，与我和石中人一起阅读雪莱、拜伦，或者争辩玛丽创造弗兰克斯坦究竟是为了谁。数百年前的这些文人，以他们的思想永生。像我这种没有内涵的人，就只好追求形式上的不朽了。

一年半后，我已经能够灵活自如地操纵我的机械身体，神态表情都与本来的我没有什么两样，也坚信自己可以返回人间。于是，在和杜老又签订了安全备忘录后，我回到了老婆孩子身边。我的样子，竟然把孩子吓哭了，老婆更是满脸疑色。我告诉老婆，西餐改变了我对饮食的热爱，辟谷和针灸拯救了我的体重，我已脱胎换骨再生为人。老婆听我的长篇解释就好像在听出轨男人诡辩，满脸不屑一顾的表情。

家人勉强接受了我，但我的狗不肯妥协。这忠诚的家伙似乎识破我的真面目，完全不理会我的宠爱，整日冲我龇牙嚎叫甚至咆哮，有一天还试图袭击我。我只好请人杀了它。老狗倒下去的时候，它曾经善良的眼睛中充满仇恨。老婆和孩子把狗葬了，我则在家中整理出许多狗的照片。老婆回来的时候，我正在一张张烧掉那些照片。

老婆看着我，目光里没有了温度。"非得杀狗不可吗？"她问。

"是它先要杀我。我没办法。它疯了。疯狗对我们大家都是危险。"我振振有词。

老婆没有再问什么，但从此后她与我疏远了，孩子更是住校，一个月也见不上一回。在永生的时间长河中，家人都只是小小的浪花，我想到未来将主持他们的葬礼，内心竟然没有任何哀伤。

为了将我的财产逐渐交给杜老，我告诉老婆，我的公司运作不善，海外项目损失惨重，我需要动用家产赔偿。但为了还能保障她和孩子的生活，我把外公留下的宅子和土地赠与她们，并且和她离婚。

老婆没有和我纠缠，默默地接受了我的安排。带孩子搬出去的那天，老婆忽然对我说："大壮，狗狗攻击你，是因为它觉得你越来越不像人了。我也这么认为。"

我笑问："那你觉得我像什么？"

老婆说："我不知道。我只希望你别做坏事。"

追求永生算不上坏事,甚至就不是个事,它存在于人类的遗传基因中,是生命永恒的主题,时刻都在激励人类去探究生命的尽头。

"哦,你想哪儿去了。我会尽力照顾好你和孩子。"我信誓旦旦,"虽然离婚,我们还是亲人啊!"

我从此就和老婆孩子分开,这娘俩卖掉外公的宅子和土地后去了边疆,在那里开拓土地,建设新城。

多年以后,我来到这座新城,在医院中探视垂死的老婆。我的孩子在几年前以身殉职,他的孩子,我的孙子侍奉在奶奶床前,看到我便转身离开,连一声"爷爷"都不肯叫。

老婆说:"这么多年过去了,你好像就只老了一点点。"

我说:"现在生活好了啊,人老得慢。"

老婆笑:"得了,你在做什么,你追求什么,其实我都知道。"

我吃惊,多年前老狗袭击我的情景突然再现,我本能地握紧了拳头。

老婆说:"狗死后我用了一点时间和精力调查。我有一阵子还很纠结,一个人为了永生,怎么就可以变得无情无义。后来我明白了,你追求不死,就只能极度自私。但我和孩子做不到只为自己活着,我们更愿意用毕生精力创造对别人有价值的东西。这座城市，我有好几千学生，我把他们带进知识的大门，教会他们如何学习，如何做人；而我的孩子，他抓捕罪犯，维护治安，用生命捍卫城市的安宁。我们会死，但我们死得其所。而你这样的永生，"老婆的神色无比鄙夷，"为了永生的永生，毫无意义。"

永　生

意义？抵抗死亡就是意义所在。我从没有浪费一分一秒的时间在其他事情上。我对得起自己，我已成为"置换"者中的成功榜样。我用头脑为杜老赚钱，以换取他对我身体不断进行的软件升级和硬件维护，而很多"置换"者再也无力支付维护费用，倒在了通往永生的道路上。

时光荏苒，转眼我已经开始领取政府的"百岁老人补贴"，此刻我的心态已经彻底成熟，终于不再留恋人形，进行了二次"置换"。

白衣男为我主持了手术，这手术对他很简单。二十分钟后，我的人造大脑就被移走了，第二个我在手术台上渐渐变成"僵尸"。这具躯体毫无用处，只能赶紧火化了事。

在一个微雨的下午，我和白衣男以李大壮好友的身份主持了李大壮的葬礼，将他的骨灰盒埋入墓穴。出席葬礼的只有我们两个。李大壮的所有直系亲属，都已经先他而去，长眠地下了。

现在终于可以为李大壮的墓碑填上死亡时间。李大壮是个风趣幽默可以掌控自己命运的人，他顽强地活到了114岁，终于在比大多数人都活得长的岁数欣然离世。

我和白衣男绕到另一片墓区，杜老的坟墓位于此处最僻静偏远之地。墓体很小，墓碑上除了杜老的名字、照片和生卒年月，别无它字。

"我始终难以相信他没有'置换'。"我感慨并且困惑。

"他在生命最后二十年享受着你们创造的财富，已经心满意足，不愿意再为'置换'者的将来负责了。永生毕竟只是少数人享受的奢侈品。"白衣男说。

我们站立了好一会儿，直到雨大起来。

"走了。"我说。

我的附肢立刻组合伸展，变成四组旋翼。我缓缓上升。在自然人看来，我应该是一台无人旋翼观察设备。

白衣男仰头，目送我远离，嘴唇动了动，似乎在说："再见！"

我想他的意思是"再也不见"。

越往上飞,雨越小了。云层上面,是晴朗的碧空。

前路还无比漫长。

待我迟暮之年,不知那是何年。

黑月亮升起来

面对死亡

刘维佳

一

耳机里传出的没完没了的嘈杂声音令毕晓普越来越烦躁不安，他感到浑身燥热难受，就连头盔中的空气也似乎有一股辛辣的味道。死亡绝对是不可避免的了，哭哭喊喊就能找到活路吗？各位为什么就不能在生命的最后时光里保持安静？

毕晓普抬起头，透过头盔上的透明面罩向四周望去。目力所及之处，荒原一望无际，遍地嶙峋的怪石一直延伸到天边的地平线。火星的大地是如此红，甚至连空气都被染红了，橘红色的光线充塞了火星大气层内的每一寸空间。真难以令人相信拥有这样的暖色调的空间其温度竟在零下好几十摄氏度。死在这种地方，我们的躯体大概可以完好地保存很久，下一批拓荒者到来时，他们也许会认为我们都仅仅是睡着了呢。毕晓普在心中对自己说。

"有人自杀啦！"一个声音在耳机中猛然炸响。一瞬间，耳机中那些没完没了的抽噎和毫无意义的自言自语全部戛然消失了，所有人的目光全都集中到了那个自杀者身上。只见那个人正在遍地的碎石上翻来滚去地挣扎着，他的氧气瓶已从他的背上脱落下来，静静地躺在一边。那个人的挣扎越来越剧烈，但奇怪的他是竟然一声也没吭。

一直安静地守护着救生舱大门的副舰长此刻站了起来,慢慢地向那个自杀者走去。他的两个手下仍然坐在地上,警惕地望着坐在救生舱周围的三十多个拓荒者,他们手中的步枪在火星红色的空气中反射着冰冷的光。副舰长走到那个自杀者身边,伸手从腰上摘下手枪,拉开扳机看了一下,然后弯下腰将枪口顶在自杀者的面罩上扣动了扳机。顿时一股鲜血和着脑浆喷泉般从面罩的破口处喷出,旋即溅落在火星的尘埃上,和血红的大地永远地融为一体了。

凝滞了片刻,副舰长站直身子,离开那具已经不再动弹了的躯体,几步走到那个氧气瓶前,将它提起来,走回自己的领地,重又一动不动地坐在救生舱的大门边。现在这三个人就是这个小社会的法律化身,维护秩序和公平就是他们存在的理由和活着的意义。虽然这个社会存在的时间已绝无可能超过一百个小时,他们仍要保护公平不被破坏、正义不受践踏,因为只有这样他们才不至于空虚地死去。

久违了的沉寂如水一般注满了毕晓普的头盔,然而这沉寂却让毕晓普感到不习惯,他下意识地摇了摇头,似乎想要甩掉这令人窒息的沉寂。终于有人忍受不了了。到这时生命还是保不住,当初又何必那样拼命地抢占救生舱里的位置呢?毕晓普不由自主地想到了舰长下令弃舰时的情景,那时他只一个劲而地问自己:安琪去哪儿了?后来才看见她被慌乱的人群拥进了三号救生舱。

等他拼命挤过去，三号救生舱的门已经关上了，于是他只好挤进了旁边的二号救生舱。他没有看见那些被金属门挡在救生舱之外的人的面容，但他听见了传进来的哭喊声。那些声音充满了绝望、惊恐和乞求，但又是那么微弱，仿佛是来自地狱的声音，让人灵魂战栗。

现在毕晓普反复权衡着，想弄清楚究竟谁更不幸一些。对于那些人来说，恐惧也好，绝望也好，都只是短暂的一瞬，然后就永远地解脱了。可是对于他这些当时的幸存者来说，恐惧与绝望的煎熬却是漫长的。火星的一天只比地球上的一天长四十分钟左右，但在现在这种情形下它恐怕长得直如一个世纪。毕晓普不知道在这么长的时间里自己能否挺得住，能否在死亡来临前精神不至于崩溃，就像刚才那个自杀的人那样。

宛若涨潮时的海水一般，耳机中的各种声音又出现了，而且正在逐渐加大。虽然刚才的沉寂令毕晓普感到不习惯，但现在这卷土重来的声音令他更难于忍受。在这儿待下去迟早会发疯，毕晓普厌倦了。反正横竖就是一死，制氧设备已随失事的飞船化为灰烬，所有的幸存者都只有两个氧气瓶，生命已被压缩为几十个小时。与其坐在这群神智已趋错乱的人中间在烦躁不安和恐惧中走向死亡，还不如抓紧时间干点儿自己最想干的事。毕晓普下定了决心，他站了起来，向救生舱走去。

"你要干什么？坐下！给我坐下！"救生舱门左边的一名舰

员喊道。同时他手中的枪口对准了毕晓普。他的声音中充满了杀气,但却有点儿颤抖。

"我要我的备用氧气瓶。"毕晓普停住脚步大声说。

那名舰员低着头看了看手中的秒表,说:"现在你的氧气瓶中至少还有五分之二的氧气存量,现在还不到换瓶的时候,再过一段时间才能把备用瓶给你。"

"不,我要我的备用氧气瓶,现在就要!快点儿给我!"

"不行!你……"

"呃,给他吧,给他吧。"副舰长插话说。

于是那名舰员走进救生舱取出了一个备用氧气瓶,扔给了毕晓普。

毕晓普提起在火星的重力状况下显得轻飘飘的氧气瓶,转过身一言不发地向着远方的地平线走去。

"喂,你上哪儿去?站住!你给我站住!听到了没有?"那名舰员厉声喊。

"算了算了,你让他走吧!"毕晓普从耳机中听见副舰长这么说。

二

毕晓普在血红的火星大地上蹒跚前行着。火星表面重力仅及地球的百分之三十八，照理走起来应很轻松才对，可实际上他每走一步都很费力。他全身上下乱七八糟一大堆装备，脚下又是嶙峋怪石，穿着底垫那么厚的太空鞋都不免硌得脚疼，再加上地球人躯体的运动系统明显不适应火星的重力状况，重心不好掌握，他已经开始流汗了。

为什么当初在地球训练基地的人造重力室里训练时，却从未这般吃力过呢？毕晓普寻思着。这时他的脑海里浮现出了他和安琪在人造重力室里笨手笨脚地跳来跃去的情景。安琪的适应能力显然比他强得多，没多久就能在人造重力室里像只小狐狸似的跳动自如了。而他就像是一个笨拙的猎手，眼睁睁地看着这只漂亮活泼的小狐狸在他眼前嬉戏，却无法把她捕捉到手。每当他失足摔倒在地时，安琪就发出一连串欢快好听的笑声。

"咯咯咯……"记忆中的笑声犹如一串铃声，将许许多多旧事的片段，从并不遥远的过去纷纷唤醒了过来。明晰的往事在毕晓普的脑中闪现，将已随时间流逝的往日的情感再次注入心田。毕晓普的心头一阵发热，喉咙也一阵梗阻，他真希望此刻能和安琪一块儿静静地沉浸于对往昔的追忆回味之中，他此刻太需要她了。可是头盔中投影显示屏上的电子地图显示他和安琪所在的三号救生舱还有相当远的距离，他还必须继续努力。

毕晓普一直搞不懂，安琪这么温柔的女孩子怎么会下决心投身这人类历史上头一次的火星开发计划。这个计划太过庞大、太过复杂了，复杂的东西就容易出错，下决心投身这个计划是需要魄力、需要胆量的。不过话又说回来，他毕晓普的胆量就不大，也不敢自认魄力过人，可他仍然报了名。因为他希望到一个主要矛盾是人与自然的关系的环境中去开创一片天地，而不愿陷在都市里纠缠于那些人与人之间的毫无意义的争斗之中。他的动机就是这个。人有时会为心中的理想所惑，而无视危险的存在。安琪又是被什么所惑呢？她的体质是那么柔弱，但她却顽强地挺过了一道又一道训练中的难关，没有被淘汰掉。一定有一种非常强大的精神力量在支撑着她。那精神力量究竟是什么呢？毕晓普是知道的，那就是安琪对他的爱。

片刻之后，毕晓普被一阵自责咬住了灵魂，正是安琪对他无私的爱使她陷入了这死亡的陷阱中。她爱他，愿意跟他到环境险恶吉凶莫测的火星上去吃苦。毕晓普知道安琪对自己的爱有多深，可是他爱安琪吗？他自己也不知道。安琪虽然活泼可爱，但他和她相处时并没有那种身心激荡、爱得直想哭的感觉。他还没有完全领悟爱情的真正含义，可能是太年轻的缘故吧。他不知道全身心爱上一个人到底是种什么滋味，也不能肯定自己这一生是否能体味到。他之所以和安琪恋爱，主要是想逃避孤独和生活中的沉闷，而并不是认为安琪就是自己今生感情的唯一寄托。有个女孩子相伴，生活可以变得丰富多彩。对于这场恋爱，毕晓普并不看得太认真，初恋成功的人并不多，他潜意识中还在等待着能令自己全心投入爱恋的人。不过此刻毕晓普连想也不愿去想自己与安琪建立恋爱关系的真正动机，他的心里此刻只愿接受他与安琪相处时的美好回忆，因为死亡已近在眼前，他需要安琪。

死亡，死亡……这个词在毕晓普的脑海中回响，可是他并没有感到真正意义上的恐惧。虽然不久前他经历了一次和死神擦肩而过的大爆炸，虽然他刚刚目睹了一个人的死亡过程，但他却似乎仍然没有领会到死亡的真正含义。他的潜意识里总认为死亡是个游离于自身之外很遥远的东西，和自己没有什么关系。他一直都是这么认为的。小时候每当长辈中有人去世时，他只是感到有几丝隐约的悲伤，但他从不认为那些耸立于阴沉的天空之下的火葬场烟囱和其喷出的灰色烟云与自己有什么关系。他从未感到过真正令人灵魂战栗的恐惧。长大以后，他学会了思考，他对世间事物都做过仔细的思考，但却从未在这一主题上耗费过时间，大概是年轻使然吧。安琪是怎么看待死亡的呢？她也是年轻人。她思考过死亡这一主题吗？毕晓普在自己记忆的积水潭里搜索着。

在他和安琪的大学生涯中，曾经历过一次涉及死亡的讨论会。当时安琪和她的好友们在校园里一座凉亭下闲聊，不知怎么，一来就争论起自杀是否可取这一点了。"我认为，有勇气结束已毫无意义可言的生命，留一点儿凄美于世间，未尝不是一件可取的事。人总是要死的，既然生不能留美于世间，那么至少要死得美丽。"一位戴眼镜的女生用哲学家似的口吻这么说。

"可是，人就仅仅只是为了什么意义而活吗？"安琪慢吞吞地说，"谁又说得清有意义与无意义的确切界限呢？人的生命难道只是意义的奴隶？生活中的美随处可见，为什么非要以死亡为代价来换取美呢？活着是多么美好呀，为什么要选择死亡呢？"

她们就死亡这个话题谈论了很长时间，但毕晓普现在只能回忆起这么两句，别的都不记得了。

毕晓普反复玩味着安琪当年的那句话，想从中悟出点儿什么，但他总也无法真正集中精力，他只觉得安琪似乎有些害怕死亡。安琪，不要害怕，等着我，我就要来到你身边了。毕晓普深吸了一口气，振奋精神加快了脚步。

前方上空，半个太阳已沉入了地平线，苍茫的暮色笼罩了四野，光线红得像烈性威士忌酒似的，让人全身发热。这样的色彩让毕晓普想起了自己的童年。不知为什么，这暗红的光线令他联想到了小学时的学校教学楼那光线暗淡的走廊。往昔的气息从毫不引人注目的地方悄然袭来。毕晓普不由自主地放慢了脚步，放开视野贪婪地看起来。

太阳已经完全沉入了地平线，但福波斯[①]却并没有从地平线下出现,光线越来越暗淡,毕晓普扭头搜索西方的天际,也没有发现福波斯的兄弟德莫斯②的身影。毕晓普的目光一下子被此刻星空中最亮的星体吸引住,那就是地球。毕晓普的脚步骤然停住了,一缕乡愁宛若纤细的竹箭,从神秘的天穹射下,正中他的心脏。在心脏悸跳的恍惚中,毕晓普怔怔地站在原地一动也不动。

福波斯终于升起来了,它给被夜色完全笼罩的火星大地送来了相当数量的光粒子。正是这些光粒子激活了毕晓普那暂时凝滞了的意识,他慢慢动了起来。在迈开步子之前,他扭头向后又看了一下,德莫斯仍然没有出现,天空中只有福波斯。看来德莫斯此刻正在火星的另一面,照耀着那片亘古未有人迹的土地。

毕晓普默默地一步一步走着。空旷的大地寂静无比,毕晓普的大脑也同样空旷,什么思绪都没了,他只是机械而茫然地迈动着双腿走啊,走啊……天空中,福波斯向着天顶飞快地奔跑着,它的光芒越来越亮。

蜂鸣器发出了嘟嘟的警报声,毕晓普知道背上的氧气瓶已经完成了它的使命了。他把它卸下来,将手中的备用瓶换了上去,然后,他松开手,让空瓶坠于异星的土地上。

毕晓普的脚底感受到了轻微的震动。这震动是那么微小,以至于毕晓普都不能确定自己是否真正感受到了。然而这震动却奇妙地顺着神经一直上升,直达他的心脏,并引起了一阵剧烈的共振。毕晓普突然间意识到了,再也没有退路!自己的生命只余下最后一段了。他仿佛看到，死神正迈着冷酷的脚步匀速地逼近过来。恐惧宛若采煤井中的地下水一样汩汩升起。这恐惧在他心中冰封了许多年，此刻突然冲破了冰层，灌满了他的全身。毕晓普全身冰冷，僵立在原地不能动了。

就在这时，大地骤然变暗。毕晓普仰起头，无比惊恐地看见天顶处福波斯正在逐渐收敛它的光芒。不一会儿，福波斯全部身影都隐入了火星的阴影之中，完全暗下去了，成了一轮黑月亮！

毕晓普感到冰冷的恐惧涌到了喉咙，然后在那儿冻结为冰块，就这么卡住了，令他喘不上气来。然而在他体内，令人发狂的肾上腺素在急速流动，使他的心脏如同汽车发动机活塞般狂跳不止，手也抖得厉害。他全身所有的神经节都在噼啪作响。这一刹那死亡真正攫住了他，他终于彻底领悟到死亡的真正含义。这个世界马上就要离自己远去了，无论自己这一生有何思想、有何德行、有何罪恶、有何情感、有何爱恋，再过二十来个小时就都将不复存在了，宛若洒落于夏日街道上的雨滴一样，瞬间就挥发得了无痕迹，无处可寻了。

毕晓普迈开双脚全速前进，他害怕周身寒彻透骨的阴冷，他害怕头上那轮黑月亮，他渴望摆脱它。但黑色的福波斯洒下的黑暗却无处不在，无法摆脱。慌乱中，毕晓普的脚被一块石头绊了一下，轰然摔倒了。在极度的绝望和孤独中，悲哀潜入心头，毕晓普像个孩子似的放声哭了起来。他渴望安琪此刻能在自己身边，渴望远在地球上的亲人们能在自己身边，他想他们，想得不行。

三

东方的天际出现第一抹光芒时，毕晓普的脸上露出了惊喜。在黑夜疾行的漫长时间里，他一直在祈望着太阳的出现，现在终于把它盼到了。

红红的太阳整个跃出了地平线。虽然由于火星距离太阳较远，太阳看上去比在地球上要小，毕晓普仍然感到了温暖。火红的阳光直射入毕晓普的心脏，驱散了他周身的阴寒，给他注入了生命的活力。毕晓普向着太阳飞快地走去，一路上感动得几乎要掉眼泪了。他已有许多年没有流过泪了，他不明白现在自己为什么变得这么敏感、这么多愁善感，从前他深以脆弱为耻，他从不愿让自己的内心感情溢于言表。

阳光越来越强烈，天空中的群星都已看不见了。毕晓普竭尽全力快步走着，他知道时间正在一分一秒地流逝着，生命正一丝一丝地从自己身上溜走，但是他不愿多想这些，此刻他脑海中只有一个越来越强烈的愿望：一定要赶到安琪的身边，和她共同度过生命的最后时光。

远方的地平线上，一个突兀的黑影映入了毕晓普的眼帘。由于距离尚远，且又迎着阳光，毕晓普还看不清那究竟是什么，但他几乎可以肯定那是一个人造物体，它的几何形状太规则了。由于那个物体正好在毕晓普的前进之路上，毕晓普决定顺便去看清楚它究竟是什么。

毕晓普和那个物体之间的距离一步一步慢慢缩短着。

突然间，一声极微弱的爆响穿透头盔传入了毕晓普的耳朵。毕晓普吃了一惊，这是爆炸声。究竟出了什么事呢？毕晓普不由得加大了步幅，向目标冲去。

渐渐地，毕晓普看清了，那是一辆火星车。这时又一声爆炸声传入了耳中，这次响亮多了，看来这车是有主人的。毕晓普想见见这个人，毕竟这一生能见到的人不多了，并且他想弄清楚那爆炸声究竟是怎么一回事。

毕晓普在绕到火星车向阳的一面之前，又听见了一声爆炸声。

当毕晓普停住脚步后，他看见了车的主人。此人正端着支步枪向前方瞄准着，这支步枪和二号救生舱那两个舰员所使用的是同一种型号。顺着枪口所指的方向看去，前方约一百米的地方，间距较大地错落排列着二三十个圆柱形的物体，地上散落着许许多多反射着阳光的金属碎片。无疑它们就是这个人的枪靶子。毕晓普定睛细看，不禁大吃了一惊，原来那些枪靶子全是清一色的氧气瓶！毕晓普使劲眨了几下眼睛再看，不错，全都是在此时此地宝贵如生命的氧气瓶。每一个氧气瓶就意味着一天的生命，它们可以减缓死神的脚步。看着它们，毕晓普的心脏狂跳起来。

火星车主人手中的枪身抖动了一下，一声爆响，又一个氧气瓶炸得粉碎。不错，它们都是充足了氧气的，并不是空瓶。毕晓普的心脏随着爆炸声收缩了一下，他感到似乎生命被撕碎了。

"嘿，小子！"火星车主人发现了毕晓普，他垂下枪口扭头向毕晓普打招呼，"你还没有死吗？告诉我你还可以活多久？"此人的双眼分外醒目，隔着头盔面罩看去仿佛两朵黑色的火苗在他那棱角分明、胡子拉碴的脸上跳动。

毕晓普知道此人的问话相当无礼，但却不觉得刺耳，现在的环境非同寻常，人人都难免失态，毕晓普不想在彼此的言语是否礼貌上浪费精力。他指了指背上的氧气瓶，摊开两手，说："没多久了。"

"这没什么。"火星车的主人脸上露出了恶意的微笑，"也许明天这个时候，你就已经投胎，做了别的什么动物了。"

毕晓普沉默不语。

"嗯——"片刻之后火星车的主人拖长了声音又问，"害怕吗？"

毕晓普的心颤动了一下，昨夜那轮黑月亮马上出现在他的脑海中，毕晓普一下子丧失了维护自尊的勇气，他点了点头，轻声说："害怕。"

"害怕……你也害怕……"火星车的主人轻声地嘀咕着，突然他一子提高了嗓门，"你们全都害怕！人人都害怕！这是中了什么邪？真让人受不了！其实在征服宇宙的过程中，不管我们是否需要，灾难和死亡终将到来，这是偶然中的必然，是规律，是不可逃避的。我真不明白死有什么可怕的？每个人都会死的，百人之百！你们在这个世界上使出种种手段互相倾轧，竭尽全力为不死而卑贱地挣扎，但是死亡终将来临！死亡是这个宇宙中唯一永恒不变的东西，甚至宇宙有朝一日也会死亡，这才是最高的真理。可是你们这些家伙在虚幻的世界上待得太久了，居然反而认定死亡是不真实的！我要让你清醒清醒……"说到这儿，此人猛地将枪托顶上了肩，又一个氧气瓶炸成了碎片。

毕晓普暗自为此人的枪法吃惊。这么远的距离，异星陌生的环境，体积只及灭火器的目标，他居然抬手就中。这一切显示此人在地球上的经历非同一般。

"一切都不值得留恋，"此人继续大放厥词，"芸芸众生稀里糊涂，毫无意义！地球上的生活混乱不堪，毫无秩序，毫无公平，唯一的公平就是死亡！在死亡面前谁也耍不了滑头。你们的一生中充满了尔虞我诈，可这全是空忙……人从永恒中走来，就该回永恒中去,有什么可怕的呢?我就见不得面对死亡哭喊个没完。挣扎有什么用?人总是要死的,死后就不必担心受到任何伤害了,死后就不会有任何痛苦了,死亡是一种解脱……生命不值得留恋,生与死毫无区别……我就不怕死亡。我不怕它,我什么都不怕!"

此人咄咄逼人的气焰令毕晓普害怕,他本来并不想和这人争论,但不知怎的,他不由自主地发出了一句问话:"你真的什么都不怕吗?"

"不错,什么也不能令我感到害怕。因为什么对我来说都无所谓,我不怕失去任何东西,包括生命。宇宙是冷酷的,所以我们也应是冷酷的,这样才符合……宇宙的规律。"

坚硬的岩石也有害怕的东西……毕晓普心想,他觉得必须亮出自己撒手锏。"黑月亮,"毕晓普慢慢地说,"你不怕黑月亮吗?当黑月亮升起来的时候,你没感到过恐惧?"

"黑月亮?什么黑月亮?我不知道。有也不怕,大不了一死。"

毕晓普突然间失去了和这个人继续争论下去的兴趣。宝贵的时间正在一分一秒地流逝,安琪还在远方苦苦地等待,可他却在这儿和精神病人纠缠不清。不能再在这儿浪费生命了,毕晓普向自己的双腿发出重新迈动的神经脉冲信号。

"小子。"火星车的主人突然又发问了,"你这么急匆匆地要去哪儿啊?到处乱走不累吗?"

"我要去见我的未婚妻,她没能和我乘上同一艘救生艇。"

"找她干吗?命都要没了,找她又有什么用?她能让你活下去吗?"

"不能。"

"那还找她干吗?"

"因为我需要她,她也需要我,我们彼此相爱,我要和她共同度过生命的最后时光。我觉得……这样的一段时光将是我一生中最有意义、最令我难忘怀的时光。我一定要给她以支撑,使她不致孤独地走向死亡。"

"爱……爱……"枪法超群的火星车的主人反复轻声念叨着,他漆黑的双眸透出迷幻之色。他的枪口逐渐下垂,直到与地面呈九十度垂直。双方在火星橘红色的空气中陷入了凝滞状态,看上去仿佛两人都已经走进永恒,成了化石。

良久,火星车的主人又问:"你的未婚妻在几号救生舱?"

"三号救生舱……"

"三号救生舱……"火星车的主人眯起他那双黑火似的眼睛凝望着远方的地平线。

"好吧,你快走吧,"半分钟之后此人开腔了,"找你的爱去吧,别再耽误我消灭那些让人发狂的氧气瓶了。"

毕晓普转过身,迈开双腿重新起程了。

"我想我应该提醒你一下。"火星车主人的声音又从耳机中传出来,"你最好避开我的射击范围。子弹不长眼,如果你由于粗心大意而死在我的枪下,你就找不到你的爱了。那可太遗憾了。"

毕晓普闻言诧异地转身看了他一眼。此人刚才一直在情绪激动地否定生命,蔑视生命,怎么这会儿他却突然在意起一个陌生人的生命来了?

然而毕晓普此刻的心思已不在思考问题上了,他要抓紧时间去追寻自己的爱。毕晓普调整了一下自己的前进方向,绕开那人的"靶场"继续前进。身后传来的爆炸声渐趋微弱。

四

他感到无聊,很无聊。

所有的氧气瓶都已被射爆,遍撒于地上的亮闪闪的金属碎片给了异星火红的大地一种奇妙的点缀,看上去颇有些美感。

然而他对此已感到厌倦。毁灭的欲望依然在他的胸中翻滚,但他的毁灭对象已全部被他所毁灭，体内无处发泄的火焰令他烦躁不安，这时他有些后悔刚才放走了那个小伙子。

他端着他的步枪，慢慢来回踱着步，间或漫不经心地踢起地上的砂尘，百无聊赖地磨蹭着。

猛地，他瞅准远方的一块巨石，端起枪就是一枪打去。

巨石上腾起一股淡淡的烟尘。

他心中也腾起一股淡淡的得意之情。他为自己的枪法而骄傲，这手绝活在他的生活中一直很重要。

然而烟尘散尽之后，巨石依旧站立于红色的大地上，并不理睬他的绝技。

他索然无味地放松双臂，怔了一会儿，将枪扔进了火星车里，随后他也进了火星车。

将座椅靠背调低，他放松全身躺在了座椅上。身上一舒坦，心情也安宁了一些。他躺了一阵，开始感到骄傲。他为自己心中没有一丝恐惧而骄傲。多年以来，他一直为此而骄傲，无论发生什么，他都能做到心里没有恐惧，也没有悲哀。他认为这很了不起，同时认为自己极其坚强，他为自己能做到远离软弱而无比骄傲。

软弱的人最讨厌……这时候他想到了数小时前所碰到的那个想在生命的最后时刻与未婚妻待在一起的小伙子。这小子现在在想什么……当他发现自己想寄托生命的爱情已经被我……哈哈，这毛桃子会发疯吗？"爱？爱？操……"他嘲弄地摇着头。为何芸芸众生就是弄不明白？恐惧的根源是什么？就是爱！有爱就会有恐惧！因为你爱上一样东西，你就会害怕失去它，恐惧于是就由此产生。你爱上一个人，你就会害怕被抛弃被欺骗；你爱上一样东西，你就会害怕毁灭；你爱生命爱自己，就会害怕死亡。拒绝恐惧的唯一行之有效的方法，就是……拒绝爱！拒绝一切形式的爱，包括对自己的爱！那小子竟想用爱情来对抗死亡、对抗恐惧，这真是本末倒置不识进退！真是可笑，可笑极了！现在这小子一定在号啕大哭吧？他一定彻底清醒了……他放声大笑了起来，心里感到痛快极了，他觉得自己还从未这么痛快过呢。他笑了好久好久。

这个人就这么时不时间或笑上一阵，偶尔夹杂着带着笑音的"操……"之类的轻声自言自语。看来他所想的事实在太可笑了。不过他的呓语渐渐低落，最终消失了。他睡着了。

他在沉睡中均匀平缓地呼吸着，所以氧气瓶存量显示器的数字也在平缓地改变。生命就在这与死亡差别不大的睡眠中一丝丝流走。不知道这个人在走入永恒的死亡之前所做的最后一个梦，会是什么样的？

当他醒来后，他为自己还活着而略感惊异。这时满天已是繁星点点。他打了个哈欠，扭头扫视这陌生的星空，但他也不知道自己想看什么?

等他的目光落在了正在冉冉上升的福波斯上时,他的脑海中灵光蓦地一闪,似有所悟。他盯着这颗闪光的小月亮,皱着眉头慢慢思索着……

终于,他想起来了。他想起来,福波斯运行到天顶处时就会被火星的阴影所遮住,失去它的光芒。嗨,原来这就是他娘的什么黑月亮!操!……他恍然大悟,又呵呵笑了起来。

福波斯依着它自己的恒定速度不紧不慢地向着天顶爬升着。一个运动物体的速度一旦是恒定不变的,它就总是给人一种不紧不慢的感觉。他望着它,想看看它有什么了不起。"说得那么邪乎……操!"

他认真地盯着福波斯,聚精会神,目光须臾不离。

然而,他的心脏随着福波斯在天空中的脚步居然不可思议地逐渐颤抖了起来。这种颤抖起先宛如微风吹拂的湖面,有几丝若有若无的波纹,而后风力开始加大,湖面变得波光粼粼,再后就出现了细浪拍打湖岸。这让他大惊。他已有许多年未感受过自己的心跳了,他早已习惯了没有心跳的生活,早已忘掉了心跳的感觉,所以他认为此刻这种现象实为不祥之兆。

福波斯依旧不紧不慢地在黑暗的太空中行走着。而他的面色渐趋凝重,他的手不由自主地将躺在车里的步枪握在了手中,似乎这玩意儿能给他以力量。

在福波斯光芒的映照下,他的嘴唇越抿越紧,握枪的手也越来越用力。

当福波斯在天顶处洒下黑暗之时,他皱紧了双眉,向着它射出凶狠的目光。他许久也不曾眨一下眼皮,似乎正在以对视的方式和上帝比拼意志。

双方就这么僵持着。

他的呼吸越来越急促。

突然间,他猛吸了一口气霍然起立跳下车来。

"去你妈的!"随着这一声大吼,他将手上的步枪顶上了肩。黑森森的步枪直指天顶,威胁着星空。

十字形的火焰在枪口闪动,一串高速射弹宛如明亮的火鞭击打着夜空。

一个弹匣扫空了,他没觉得怎么样。于是他换上一个新弹匣,继续扫射。

随着肩头不断感受到后坐力的冲击,无比的畅快盖满了他的全身。他发出了大声的粗野的狰狞笑声。在火舌的映照下,他的双眸火光闪闪。

第二个弹匣射空之后,他又换上了一个新弹匣。这一次他向着每一颗看得见的星星射击。"都去死吧!死亡才是最后的真谛!"他竭尽全力嘶吼着。他的鼻子喷着灼热的气息。同时他的手指使劲地扣动着,将一发发子弹射向星空。他要打断宇宙的脊梁,让自己在天崩地裂的世界末日中死去。他现在只觉得自己在控制着整个宇宙的命运,自己拥有无上的权力,这让他痛快到了极点!昨天的这个时候,他也品尝过这种美妙的滋味……

然而,渐渐地,当他那满腔莫名的激愤和仇恨随着成串的子弹渐次喷出体外,沮丧与空虚无可阻挡地产生了。因为,星星仍在夜空中发光,黑月亮仍在播撒黑暗,时间仍在冷漠地流走,宇宙纹丝未动。他射出的子弹已经全部悄无声息地消没于了夜空之中,再无半点儿踪迹可寻了。他突然明白了,全部明白了,彻底明白了……

枪,从他的手中滑落到了地上。他不想再打下去了,他的杀戮与毁灭的欲望已经消失殆尽。他茫然地四处顾盼,感到前所未有的空虚和寂寞,此刻他的体内空间犹如一个真空的空洞,找不出一丁点儿物质,也不能发出声音。

当他的目光于不经意间落在了地球上时,一口冰凉的空气硬灌入他的喉咙,令他窒息。此刻地球在夜空中清晰可见,就连它身边的月球也可以毫不费力地看到。地球一如亿万年的每一天那样平静地反射着太阳的光芒,它的光芒并不耀眼,可他却如同遭到了极其沉重的一击,一下子虚软地跪于了火星的地面。他的心剧烈震动起来,冰层破裂的咔咔声不可挽回地响了起来。

这时在他体内,飓风已然刮起,各种情感犹如火山喷发一般在他体内四处迸射,震得他全身颤抖不止。他双手撑地竭力克制着全身的颤抖。但那飓风拥有势不可挡的能量,轻而易举就将他的努力连同他脑海中的许多年来一成不变的东西一鼓作气全部摧毁,击得粉碎。这时的他,感到全身如同浸在冰水之中,剧烈的寒冷冻彻骨髓,冰山一般巨大而冰冷的恐惧压迫得他无法呼吸。他从内心的最深处感到恐惧,感到害怕,这让他绝望。

突然间,他猛地站起身来,重新握起了他的步枪。他将枪口顶在了头盔面罩上。

"不!"随着这个人一生中的最后一次高喊,一串灼热的子弹飞向星空,但旋即消失在了永恒的黑暗之中。

五

毕晓普怔怔地望着眼前的景象,感到胸腔中悬吊着心脏的肌肉已全都断裂,心脏直向着一个深不可测的黑暗的深洞坠下去、坠下去……

三十多个拓荒者和太空船船员一动不动地躺在地上，好几个人的面罩都已碎了，太空服上还沾着血迹。他们，都死了。在他们所围绕的救生舱高大的舱壁上，一个白色的"iii"字正在反射着耀眼的阳光。

毕晓普默然无言地在死者们身边走动着。他注意到每个死者都是被枪弹击中死亡的，凶手的枪法非常准，几乎所有的死者都是被一枪毙命的，并且每具尸体背上的氧气瓶都不见了。毕晓普走进救生舱，也没有找到备用氧气瓶。他什么都明白了。

毕晓普很快从地上众多死者中找到了他的安琪。

致安琪于死命的那一枪正中她的心脏，立刻死亡，没有痛苦，没有惊慌，也没有恐惧，安琪脸上的神情恬静而又安详，仿佛正在梦乡中漫步。

毕晓普跪坐在安琪的身边，感到难以自制的悲哀。本来他希望能和安琪一起度过生命最后的时光，可是却不能，现实不愿意成全他。

安琪中弹后她的自封式太空服夹层中的速凝胶质修补剂立即封闭住了太空服上的破口，因而血液没有喷出去多少，她脸上依稀还可以看见红晕。毕晓普凝视着她的面容，觉得她从未像现在这样美丽过。

毕晓普小心地把安琪抱在了自己怀里。由于是在火星上，安琪的身体出乎他意料地轻。毕晓普低下头,想让自己的脸颊贴上安琪的额头,但头盔阻止了他,双方的面罩贴在了一起。

毕晓普轻声地向安琪诉说着。在来此的路上,毕晓普一直在斟酌着见了面该说的话。他一直不知道该说些什么才合适。但是现在,他的话语如温泉般流淌不停。他的思维并未高速运转,所说的话更像是源自潜意识层。他喃喃说个不停。他在向安琪诉说自己的爱意、自己的温情以及自己所怀有的一切梦想。从前他一直不知道全心全意地爱上一个人是什么样的感觉,但现在他感觉到了;他一直不能肯定自己是否真的爱安琪,但现在他知道自己一生最爱的人是谁了。毕晓普一刻不停地说着,他要补偿过去所疏漏了的该说但却没有说的所有的话。他沉湎于他和安琪两个人的世界之中,暂时忘却了客观现实世界的一切,他只觉得心情前所未有地安宁、平和、恬适。此刻,他身上和心上的所有伤痕都已然平复,整个人仿佛在温暖的海水中漂荡、漂荡……

太阳渐渐沉入了地平线。毕晓普察觉到了光线的暗淡,他抬起了头来。当最后一抹夕阳的光辉散去之时,泪水注满了毕晓普的眼眶。他知道黑月亮就要升起来了,他感到害怕。但他并未被恐惧彻底控制,他只是从未像现在这样觉得活着很美好,他不愿意离开这个世界,他刻骨铭心地渴望能和安琪一块儿活下去!毕晓普不愿逃避,不愿扯断自己的供氧管。有安琪在他身边,他感到充实和满足。

太阳,彻底离去了。满天的星斗从宇宙中浮了出来,注视着毕晓普和安琪。毕晓普平生头一次发现星星竟是这么晶莹,他想说:"真美啊!"

一朵光华从地平线渐渐升起来了。毕晓普紧紧搂住了安琪。他现在只希望自己能再次看到初升的朝阳,只希望自己能在阳光里走到另一个世界去,除此他别无所求。

注:①福波斯:即火卫一。
②德莫斯:即火卫二。

烛光岭

为亡灵点上一根蜡烛

刘维佳

凯丽认为自己不会喜欢维德布斯星的黄昏，因为这颗星球黄昏时分的光线太过于接近鲜红色了，即使没有迫在眉睫的战争存在也很容易让人联想到鲜血，从人类……或者 Zerg 族战士身体里流出的鲜血。凯丽以此为不祥之兆，仿佛这里的恒星都在提醒她不要忽视她和她的这支部队不久后那必将到来的结局。

但是不知道为什么，一到黄昏时分，凯丽就克制不住地从她那上古帝王陵墓一般的地下指挥所里走出来，在凉爽的晚风中一边漫步，一边观看这血染一般的世界。自从她率部驻扎于 397K 高地四天来，几乎天天如此。

少校凯丽身着短袖迷彩军装，长长的金发被一根红色的细线随意束在一起，武装带和自卫手枪被她留在指挥所里，她不想有任何东西妨碍她自在地散步。看着自己那被夕阳拖长的身影，凯丽有点儿惊异地发现自己那饱经血与火洗礼的身姿还依然婀娜。她驻足凝视了自己的身影一阵，在少女时代的梦的影子依稀可见之际，凯丽迈步离开了。

凯丽四周到处都是忙忙碌碌的人群和机器，现在她的手中掌握着从军以来她所指挥的最大规模的部队，此刻这支部队布满了 397K 高地的空中、地面和地下。凯丽在她的部队中随意徜徉，对中断手中的活计向她匆忙敬礼的部下视而不见。部下们都没有看见，她那躲藏在黑色镜片之后的双眼透出迷离之色。此刻她所看见的并不是正在一刻不停修建机场和地堡的 SCV 工程兵和披盔戴甲身背沉重的高斯机枪的陆战队员，她所看见的是一个小镇，一个古旧寂寥的平凡小镇。凯丽仿佛正漫步于小镇唯一的一条公路上，沐浴着夕阳火红的光辉走在故乡的大地上。

故乡……多少年不曾想起这个词啦？凯丽惊奇地发现此刻自己竟然清晰地看见了夕阳下的故乡。她已经很久很久连做梦都不曾梦见这个地方。她甚至连自己离开地球到底多少个年头都记不起来了。这些年来她辗转数十个星球征战不息，无暇回首从前，可为什么在这维德布斯星她竟能发怀旧之幽情？不错，这里的环境确实很像地球，确实值得联邦政府投入大量兵力为了它和 Zerg 族血战一场，但凯丽不相信自己会因为这一点而动容。在如今这星空都为鲜血所染红的时代，肩上能扛着少校肩章的人，其心早已变得和那朵徽章一样坚硬。

虽然如此，当凯丽站在山顶环视整个高地，看着自己手下的新兵旧部大忙特忙之际，她的胸腔中仍不免泌出丝丝怜悯之情。透过墨镜，她眼中所有的人都被黑暗所包围，似乎她此刻所看见的是不久后的将来，这些人……身处地狱之时的场景。

怜悯归怜悯，对于惨淡的未来凯丽也无计可施，她回忆受领任务时的情景，心想鱼饵的命运从来如此。

当时凯丽看见那个参谋脸上僵硬的笑容就知道即将落到自己头上的绝非什么好运。

"凯丽少校，我想你应当知道现在我们所面临的严峻形势。"那参谋的声音颇为中听，字正腔圆，发音标准，但凯丽似乎未加注意。司令部的所有人都未对凯丽嘴叼烟卷鼻架墨镜的放肆之举提出批评。真正带过兵的将领都知道应该容忍手下经验丰富的宝贵军官的某些放浪之举，这些人已多次出生入死，早对死亡和生命都抱以蔑视的态度，又哪里还会把军纪军规放在心头？"现在不明区域的范围正在扩大，虽然速度还不是很快，但特克斯山脉已全部不在我们控制之中。"军中任何人都知道所谓的不明区域其实指的就是已被 Zerg 族控制的地区。"所有试图飞越其上空的卫星探测装置都被自杀蝠所撞毁，派出的侦察部队亦损失惨重，而所获信息却很少。"

这一刻凯丽心脏一紧，以为自己的部队不幸将被派去执行倒霉透顶的侦察任务，但不一会儿她就发现自己过于乐观了。"少校，你知道我们身处联邦的战略侧翼，总司令部不会调拨大量的兵力来支援我们，事实上他们肯把精锐的 323 空中突击师和陆战 9 师调来此地已经是极为慷慨了，要知道拉玛达星系的决战态势正变得越来越明显。"随着参谋的叙述，司令部中央的激光全息投影显示出形象的动画演示，在司令部阴暗的空气中投射出怪诞的光影。

这战略态势乃是众所周知之事……凯丽心想，所以她认为完全没有必要提醒这位颇具播音员天赋的参谋注意另一个众所周知的事实：正因为维德布斯星处于联邦的战略侧翼，所以它的失守有可能陷拉玛达星系主力部队于不利地位。它绝非一粒无足轻重的石子，在这里即将发生的战斗极有可能将是拉玛达星系决战的序战。何况，它还是一颗环境十分适宜的少见的类地行星。双方在此地势必有一场恶战。

"关于Zerg族的扩张速度，我想不必多说了，如果我们不尽快击垮这行星上的Zerg族部队，很快维德布斯星就将不再属于我们……但是，我们手头除了总部调拨来的两个正规师以外，只有一些小型独立作战单位和地方守备部队，可以机动的兵力实在太少。而有关Zerg族部队的情况，我们所知不多，但有迹象表明它们并不想放过维德布斯星，所投入的兵力明显超出我们在此地的部队，局面不容乐观……因此绝不能轻易进行大规模出击，必须使用谋略，以弥补兵力的不足。"说到这里参谋停了下来，似乎想让凯丽有时间享受智慧带来的乐趣。

凯丽心知不妙。她从不喜欢什么"谋略"，因为她深知所谓谋略，其实是一种冒险，一种赌博，成功了，便可能收到四两拨千斤之奇效；但若拨不起那千斤来，就得付出冒险所应该付的一切代价。

"Zerg族的优势在于扩张迅速，兵力雄厚。这一点往往使我们某些质量上的优势显得几乎毫无意义。而我们最大的优势是拥有许多大规模杀伤性武器,火力炽烈。所以如果我们想要以少量兵力战胜数量庞大的敌军,就必须最大限度地发挥我军支援火力强大这一优势……这次总部拨给了我们上百枚启示录级核弹,如能运用得当,便可一举消除此地 Zerg 族在兵力上的优势。"

凯丽刚想开口询问有何良策在双方战线犬牙交错瞬息万变的野战战场上有效地使用这种终极武器,参谋便说出了那个不幸的消息:"我们另一个优势则是防守能力很强,只要战役结构不被打坏,即使不多的兵力亦能坚持很久……所以,我们计划在敌军无法置之不理的地区派驻一支战术分遣队,配备大量技术兵器,广建防御支撑点,构筑坚固阵地;然后不断以短促出击袭扰敌军,让它们产生这支部队威胁很大的感觉,吸引它们全力来攻。这时这支特遣队必须竭力死守,迫使敌军将尽可能多的兵力投到这张铁砧上来。等到最佳时机来临,我们的铁锤——那些启示录级核弹——就纷纷从天落下,将猬集一团的虫海一鼓而歼。自从人类进入热兵器时代,这种能够充分发挥火力的战术曾一再被处于技术优势的军队所成功运用。"停顿了一下,参谋继续流利地说道:"凯丽少校,我们认为你是我们这里最优秀的战术指挥官,经过反复讨论,我们觉得只有你,方堪担此大任,所以你将被任命为特遣分队的指挥官。"

话音消失以后,大家都在等待凯丽的反应。但凯丽如同她的墨镜一样拒绝大家的窥视和猜度,她一动也没有动。

过了一会儿,凯丽终于开口问道:"这计划究竟是谁制订的?"

参谋呆了一呆,报之以沉默。

"是我。"回答凯丽的是维德布斯星最高防务长官,一名缀着金丝肩章头发有点儿花白的少将,目前正安坐于凯丽的对面。"计划是我制订的。怎么?有不清楚的地方吗?"

凯丽取下嘴上叼着的烟卷,望着将军说:"你是一个不折不扣的浑蛋,将军。"

这屋里的不少人闻听此言不禁动容,大家神情紧张地望向将军,但少将似乎无动于衷。

"只要这个计划付诸实施,"凯丽大声说道,"无论成功与否,特遣队都将从联邦军中消失。"

"你说得完全正确。"将军端起桌上的咖啡杯,呷了一口,放下杯子,"还有别的问题吗?"

凯丽慢慢摇了摇头,回答将军:"没有了。"

"少校,"参谋急忙向凯丽进行补充说明,"请放心,我们将为你修筑一个几乎是目前最为安全的地下指挥所,它将是绝对安全的。而所有启示录级核弹都将在空中起爆,不可能对深层地下目标造成伤害。"

"那我的部下们呢？"凯丽转过头，将黑色的视线从将军身上移到参谋的脸上。

参谋的脸部肌肉不禁抽搐，或许这是他欲露出他那僵硬笑容的一次不成功尝试："我感到很遗憾……但我们计划配备给你的将是特殊的部下——C级克隆战士……"

"确实是个好主意……"凯丽点点头，抬手抽了一口烟，烟雾顿时将她的面容笼罩，"这样他们就死不足惜，没有亲属会提出抗议，不会留下后遗症……可是，克隆战士主观能动性很差，战斗力远不及自然人战士，到时只怕我力有不逮……"

"这就是我们为什么必须派出最优秀的战术指挥官的缘故。少校，他们战斗力发挥得出色与否，将取决于你的指挥能力。"

"上帝保佑吧……"凯丽扔掉烟头，低头看着它被自己的鞋底碾死，"请给我讲解计划的具体细节……"

现在凯丽注视着自己的那些克隆人部下，心想仅凭这些只有简单应激反应能力的呆头呆脑的部下，或许上帝也难率领他们打出一场漂亮仗。

远处，几个"泰坦"机甲巨人耀武扬威地在由金属地堡组成的支撑点式防线后方鸵鸟一般来回走动，阳光打水漂一般从它们身上弹入空中；而在防线的前方，灵活迅捷的兀鹫战车正在埋设威力强大的智能地雷……397K高地似乎已变为坚不可摧的钢铁要塞,然而凯丽心中仍然难以乐观。操纵这些威风凛凛的技术兵器的依然是克隆战士——B级克隆战士,他们要聪明一些,但仍不可与自然人战士同日而语,不能指望利用他们投入协同密切的一体化立体进攻作战。一旦被要求进行这种复杂的进攻作战,他们这些头脑简单的家伙就要乱套。凯丽只希望这些高级克隆战士的防守作战能力能如那个参谋吹嘘得那样神乎其神。

一座座防空导弹塔在机械工程兵的组装下慢慢耸立起来;两辆刚从运输机上卸下来的攻城坦克正支开座板将巨大的钢钉打入地下,扬起碗口巨炮威胁着远方。所有配发给克隆战士的技术兵器都不是最新式的,相当一部分甚至是其他部队换装下来的旧货和战损修复品,其作战效能不可避免都要或多或少打点儿折扣。更加难以容忍的是,相当数量的技术兵器并不是真的,和山岭上层的许多建筑一样,只是惑敌部队的劳动成果。这些"稻草人"曾令凯丽少校发了好一通火,但她心里也清楚诱饵毕竟只是诱饵,完全没有理由为猎物真的准备上一顿丰盛的晚餐。

战士们不知疲倦地操纵着自己的装备,无事可做的陆战步兵也不肯闲着,端着枪警惕地来回巡逻。这些人造的战士极其尽职,凯丽回忆起她从前的部下可不一样,那些自然人战士会偷懒,战斗时也会表现出怯懦,但他们的面孔是变化多端的,有人高兴,有人悲哀;而这些战士的面目却是千篇一律的。不过有一点双方是相同的,就是都会变成尸体,迟早而已。

黑暗渐渐从维德布斯星的大地里生长起来，空气中如同混入了夜神的身影所散发出的黑色粒子，这片大地不久将为黑暗所笼罩。远方的沉默群山最先被雾气一般的暮色所吞噬。就在那里，隐伏着无数 Zerg 族的妖魔鬼怪，凯丽知道，那里每分钟都有怪兽跃跃欲试，想过来试试能否将她和她的部队统统撕成碎片。

凯丽用右脚随意地踢开一块小石子，转身向自己的指挥所走去，躲避即将淹没一切的黑暗。

途中凯丽路过一个地堡，一晃眼正好看见帕克斯顿用他那修长的手指在液晶电子地图上比比画画，向他的几个队员讲解地形情况和任务注意事项。他的钛质星形护身符在他脖子上悠闲地晃来荡去。

凯丽驻足观望，心中回想起这个性格外向大胆奔放的红发幽灵战士不久前第一次看见自己时的眼神。当时这帅小伙两眼一亮，盯着自己看了好一会儿，目光温度渐升。数秒之内，凯丽就认为自己看清了此人性格的一个方面，她甚至能想象出这个多情郎是怎么穿着时髦的华服、一头红发收拾得有如火焰，在基地组织的舞会上把医疗队里傻乎乎的护士妞勾引得神魂颠倒……通常说来，幽灵战士的性格特征比较极端化，一部分因为严酷的训练和血腥的杀戮扭曲了心灵，从此阴沉冷酷不相信生活还有乐趣，就当自己已经是个死人；而另一部分恰恰相反，对于自己具有隐身的功能，常常能给敌人以较大杀伤而自己毫发无损这一点沾沾自喜，于是视战争为浪漫的游戏,进而产生自己有如骑士的幻觉,藐视敌人和自己人中的其他兵种,并以为天下的女人没有不喜欢自己的。

"嗨,少校!"帕克斯顿看见凯丽,脸上露出笑容,"弟兄们都准备好了,明天一早就进山潜伏。"暮色中他那一身炫目而合体的特种隐身战斗服使他看上去真的很像个骑士。

"嗯……"凯丽冲帕克斯顿身边的那些神情紧张的幽灵战士一扬下巴,"他们都见过世面吧?"幽灵战士都是自然人,因为这个兵种必须在敌后长期独立行动,需要高度的自主性。

"上面不会派菜鸟给帕克斯顿带……"帕克斯顿颇有些得意地说,他明显比他的队员要轻松得多,"他们都上过战场,吃过野战军用口粮……"

有可能……凯丽的目光扫过那些脸色发白的年轻人,心想你们所谓的上过战场也许只是在烧焦的土地上逛了逛,向已经毫无防护能力的敌军建筑放过几枪……凯丽在心中叹息,打哪儿弄来这批孬种?近来上面总是输送成批中看不中用的小家伙给她……看着这些轻狂孟浪或自以为看破红尘对什么都嗤之以鼻的孩子稀里糊涂地送了性命,凯丽也无回天之力。战争前所未有的残酷,各战区整团整师被歼灭的事都时有发生,有经验的军官和战士越来越稀少,新人已难得遇见一个能够指引他们认识战争理解战争学会适应战争从而得以生存下去的老师了。依凯丽的经验,但凡对战争抱偏激或浪漫观念的家伙,必无善终。凯丽觉得自己应该让这个红发小骑士明白这一点,但时间紧迫,短短几句话就让此人明白真理看来希望渺茫。于是凯丽决定还是让他们自己在战场上去学。战争是最严厉也最有效的老师,它能一下子把真理烙在你的身上,毫不理会你是否愿意,能否承受。"很好,看来你们都应该知道该做些什么、该注意什么……小伙子们,祝你们好运。"凯丽向他们露出少见的笑容,她希望墨镜能使自己的笑容看上去充满自信。

"少校,我喜欢看你笑,你的笑容很好看。"帕克斯顿轻浮地笑道,"若我顺利完成任务,我想要一点儿小小的奖励……"

"说吧,我能给你些什么?"凯丽笑容依旧。

"一个吻。"帕克斯顿说得很自然。

凯丽不禁放声大笑。她伸出右手轻轻拍了拍帕克斯顿的脸:"小男孩……你先保证给我活着回来再说吧!"

"这是毫无疑问的。我只希望到时我能得到这个我应该得到的奖赏。"帕克斯顿望着凯丽的眼睛说。

"好吧,如果你这么想得到这玩意儿的话,你会得到的。这不算什么……"凯丽向他们挥了挥手,"好了,我该回去了……好好干吧,但愿能再次见到你们。"说完凯丽就转身离去了。

凯丽当然注意到了帕克斯顿眼中流露出的失望之色。我以为你很聪明……凯丽心想,你完全不必失望,在如今这个时代,你要想从一个女人那里得到吻或是……更多的东西,就是这么简单这么容易,大家的生命都朝不保夕,谁也没时间去玩过去那种追追躲躲的游戏了……但要想得到承诺,却不可能,因为现在谁也不能承诺什么。

回到地下指挥所,凯丽看见她的副官弗朗西斯在一如既往地大忙特忙。察觉到少校进来,弗朗西斯转过头来:"少校,指挥网已经完全建好,现在你可以顺利地指挥高地上的每一个作战单位乃至每一名战士。"弗朗西斯向凯丽报告,他体形偏瘦,长相老实,眼神总是忐忑不安,如此的设计确能令人产生安全之感。

凯丽满意地哼了一声。弗朗西斯很少让她失望让她心烦,这个高级电子仿生人工作效率很高,办事沉稳踏实极有条理,极少遗漏某些不起眼的环节,实为指挥员难得的助手,确实不负为研发他们所花费的大量经费。他们的人造大脑兼具电脑的精确计算记忆和人脑的模糊判断功能,保证他们能够将交下来的事情扎扎实实办好。但是他们毕竟不是人类,他们的人造大脑也无法从整体上与人脑相提并论,所以他们只能充当指挥员的助手,无法胜任独立的指挥任务,也不能融入人类的生活中。

凯丽在指挥所里自己的位置上坐下来,皱眉盯着面前的众多显示屏,开始继续工作。

凯丽仔细审查高地的防御体系,寻找可能被疏忽了的漏洞,调整防御部署，并与司令部保持联系。克隆战士的优点这时就显露出来了，他们认真地执行凯丽的每条指令，将不合凯丽心意的工事推倒重来，全不像自然人战士那样容易疲劳，最重要的是他们不会发出自然人战士那样让人心烦的牢骚抱怨。

夜深了，凯丽少校指示：启动所有的照明设施。很快，整个高地就变得灯火通明，在这片黑暗的土地上显得极为显眼。这是违反作战条令的举动，但现在自有其道理，诱饵的香味必须越浓越好。

凯丽疲倦了，她与自己的部下不是同类，难以和他们奉陪到底。"弗朗西斯，我该休息了，通知各哨位，加强警戒。"

弗朗西斯点头称是。

"弗朗西斯，你不休息一会儿吗？"凯丽觉得即使是电子仿生人，连续工作70小时以上也令人担心。

"谢谢，少校，我一切良好。"弗朗西斯头也未抬地回答，继续沉浸于大量的事务性工作之中。他们以此为乐，倘若长时间没有工作可做，他们便会陷入焦虑之中。这样的设计凯丽认为颇为人道，使得他们不会如自然人一般产生物化之感。

凯丽躺入壁柜一样的小床，心想不知自己还可得几日之安枕？司令部再三保证这个地下指挥所受到重重保护绝对安全，但这种保证并不能阻止噩梦侵入此地袭击凯丽。

不过今晚噩梦看来另有主顾，凯丽梦见了另外一些东西。她非常罕见地梦见了自己的父母——尽管他们只是两个模糊的身影，她还梦见了被夷为平地的殖民村的残骸，听见了自己的啼哭声……然而这一切并非她所亲见，它们都诞生于这些年她脑中的想象。父母所在的殖民村遇袭之时她还小得不能使看到的一切在脑海中留下记忆的影子。不过这一点并不妨碍她确立自己一生的使命，也就从那一天起，注定了凯丽的生命与"复仇"缚在了一起，永世不得解脱。

接着她梦见了地球上那个自己居住了十余年的偏僻小镇，故地重游凯丽心中不免悸动。然而故乡也并非什么世外桃源。几乎所有的公司都参与了军用物资的生产和经营，大多数资源被用于军队，整个地球变成了一个硕大无朋的兵营。孩子们一进学校就开始接受军事训练，严酷的训练取代了童年的纯真快乐，早熟的少男少女依靠性来及时行乐品尝生命的甜味，以使自己不至于带着遗憾走入这场前所未见的可怕战争……地球的文化也改变了，过去的影视、歌曲和小说、诗歌中爱情是主旋律，但现在都在歌颂战争和厮杀，在嗜血尚武的歌声中，一批批年轻的职业杀手杀气腾腾地迈入星空。他们义无反顾。凯丽看见在小镇火红的夕阳下，一个女孩子在苦苦哀求高她一个年级的情人不要离去，她的一头金发使她看上去可爱又可怜，但她的情人却不为所动，表示他依然爱她，但肩头的使命令他无法推卸。女孩紧紧握住男孩的手说，不，你不爱我，你要是真的爱我你就不会走。男孩却使劲抽回手说，不，我爱你，但我必须走，总有一天，你会明白我的选择的！

这时凯丽醒了，她感觉自己没有睡好，心中责怪自己忘了服用镇静神经的药片，不能保证足够的有质量的睡眠便不会有足够的精力。凯丽一边用毛巾擦拭身上的汗水，一边心想不知道喀斯特的灵魂在沙克特星找到了归宿没有？沙克特星早已沦入 Zerg 族之手，成为它们的主要基地之一已经许多年了，却要当年一出校门即战死于此的喀斯特和他的战友们魂归何处？

凯丽点上一支烟，半躺在床上等待提神。梦见这些东西绝非吉兆，这些容易令人心神散乱的东西会干扰指挥作战的。回忆会令军人留恋生活，这样就必然减低他们的生存概率。要知道先下手为强，在战场上只有一心杀敌才可能渡过难关，而一心想活命则肯定完蛋。

走下床，弗朗西斯立刻报告说帕克斯顿已于一小时前率领他的队员乘运输机出发了。耳闻此信凯丽心脏一跳，她似乎听见了自己血流增速的声音。这感觉很像当年喀斯特离去之时的感觉……怎么自己竟会对那个轻浮的花花公子心生牵挂？凯丽颇为不解。多年以前她就对儿女之情视之漠然，即使回忆起与喀斯特相濡以沫的情景亦心如止水。凯丽明白自己已被战争所扭曲。这是学会战争中的生存之道所必须付出的代价。凯丽并不想变成一部杀人机器，也无意以此为荣。她曾想设法寻机挽救自己的心，但收效甚微……可为什么现在这感觉如此轻易便出现？毫无征兆也太过容易，凯丽略一思索，将这种反常现象归结为大战爆发前夕的神经紧张。人一紧张就容易情绪失控，就会产生许多莫名其妙的冲动，比如总是沉浸于某支歌曲的某段旋律，或者渴望如上古武士一般冲入敌阵挥刀砍杀，又或者……同情某个从来也不打算同情的人。

走出指挥所，凯丽在晨光中远眺杀机密布的重重群山。帕克斯顿就在那里率领他的一帮哥们儿行走于刀锋边缘。轻浮归轻浮，凯丽对帕克斯顿仍然怀有袍泽间的敬意。成为一名幽灵战士并不容易，能活着回来勾搭 MM 更不容易，他们有权力在舞会上那样做。

一队状如鹰隼的幽灵战机呼啸着掠过凯丽头顶，向高空冲去，似乎想刺穿大气层。它们将在下一步行动中担负争夺制空权和接应的任务。

回到指挥所，凯丽一边继续调整自己的部署，一边静待帕克斯顿他们送来情报。

快到吃晚饭的时候第一批情报送回来了。凯丽一边咀嚼着简单的军用口粮，一边分析陆续收到的情报，面色凝重。

情况确实糟糕，特克斯山脉几乎已经完全变成了 Zerg 族的巢穴，山谷和峭壁上到处都是孵化中心；行动快如闪电的迅猛兽挥舞着镰刀一般的坚利刀足成群穿梭于山脊陡坡，鼠类的本能使它们视峭壁为坦途；自杀蝠则在群山上空肆意飞舞，犹如夏日河边的蚊虫，威胁着星空中任何异族的飞行器；靠喷射腐蚀液杀敌的刺蛇成群结队把守着各个山谷的出入口，不时发出凶狠嘶哑的吼叫。凯丽没有看到维德布斯星的本土生物。Zerg族就是这样，寄生虫与生俱来的贪婪和残暴驱使它们疯狂吞噬宇宙的一切生物，摄取人家的DNA，用来制造为自己的野心服务的高效杀手。每占领一个行星，所有的一切都会被它们榨干，留下的只剩一堆死气沉沉的残渣。凯丽知道人类有段时间也是这样的，但人类知道这样做是错误的，所以早就摒弃了这种疯狂的发展方式。在建立外星殖民地时，人类一直竭力保证当地生态不受破坏。而Zerg族却是毫无节制的，它们的目标就是要将宇宙所有生物都纳入自己的控制之中。面对这样野蛮残暴的生物，反战之声无人附和。假若放弃抵抗，结局只能是种族灭绝，连当奴隶的机会都不会有。

随着帕克斯顿他们发回的情报多了起来，凯丽的脸色也变得越来越难看。形势之严峻令她吃惊，她根本顾不上身体的疲倦。夜半时分她觉得不必再分析下去了，现在可行的选择只有一个，那就是进攻！而且必须尽快。倘若任此地的Zerg族发展到羽翼丰满之时，恐怕除了动用成千上万枚超级核弹将这颗行星炸为焦土外再无良策消灭它们，而走此下策实际上等于在星图上抹掉了维德布斯星。

凯丽向司令部申请马上发动骚扰袭击。她立刻获得了批准。

一刻钟后四辆重型攻城坦克分乘两架运输机起飞，趁着夜色扑向凯丽选定的目标。

目标区的 Zerg 族生物都未能发现处于隐身状态监视着它们的幽灵战士。Zerg 族扩张太快，防御体系漏洞甚多，运输机噪音轻微，未为 Zerg 族生物所注意。直到那四辆攻城坦克空降于那个宝塔一般模样的孵化中心附近的一处悬崖之上，它们仍未发现。

那些攻城坦克毫不迟疑地展开座板支起主炮，霹雳一声将大团火球掷向正在埋头采集晶石矿的甲壳虫一样的 Zerg 族工蜂们。在炮弹爆炸的火光声中，几名工蜂顿时化为难看的血肉残渣。

但是工蜂们反应很快，炮声一响它们立刻散开逃逸，很快逃到了安全地带，并钻入地下。同时原先躲藏在地下未被幽灵战士发现的十余只迅猛兽跃出地表，向着坦克所在之地高速冲去。

凯丽见状心一沉，指挥此地 Zerg 族生物作战的脑虫是个会打仗的家伙，凯丽心中开始为这个计划能否成功诱使它上钩而担忧。

狂怒的迅猛兽们在高浓度肾上腺素的刺激下疯狂地冲向正在喷吐耀眼火光的坦克。但是它们冲到悬崖之下后却无计可施。这绝壁是如此陡峭，竟使得灵活敏捷的它们也徒叹奈何，只能仰头发出愤怒的嘶叫，挥舞刀足将石壁刨得火星四迸碎屑飞溅。

凯丽见状不禁冷笑，当即命令坦克不要理会那些迅猛兽，集中火力尽快摧毁那个孵化中心。于是四辆坦克立刻锁定目标展开急促射击。不大工夫，那个孵化中心便轰然炸裂，化为弥漫的血雾和碎屑。

凯丽下令坦克乘机火速撤退，同时命令巡弋于近地轨道上的那队幽灵战机启动隐身装置俯冲下来接应运输机撤退。

果不出凯丽所料，那队幽灵战机将蜂拥而至欲追杀运输机的自杀蝠拦个正着。一排威力强大的格斗导弹立刻将冲在最前面的一批自杀蝠打得凌空炸裂，化为细碎的血肉碎末纷扬坠落。但由于自杀蝠无法发现处于隐身状态的幽灵战机，所以它们对遭到的突然袭击不屑一顾，毫不停顿地继续向运输机猛扑。幽灵战机赶紧打开加力全力拦截。所幸自杀蝠威力虽大，自身防护能力却并不强，此刻数量也不是很多，所以在幽灵战机的不停暗算下很快损失殆尽，未能伤到运输机毫发。

第一个回合凯丽获胜，得分点数遥遥领先，但凯丽无法露出笑容。这点儿战果在 Zerg 族巨大的繁衍能力面前意义不大，现在她得立即采取措施防范 Zerg 族的报复。

此地的脑虫果然是根老油条，它立刻做出了正确的判断，将大批刺蛇分为许多小队，每队配属一名领主，漫山遍野进行拉网式的搜索巡逻。领主是所有隐身兵种的克星，这种悬浮在空中的章鱼形巨大生物拥有强大的精神能力，能够在较远距离上感觉到幽灵战士的存在。凯丽一面指示弗朗西斯帮助所有幽灵战士达成信息共享协调行动，一面报请司令部允许少量启用核弹。凯丽认为，面对很有经验的对手，再进行刚才那样的偷袭行动实为不智，现在只有启示录级核弹，才是唯一能让 Zerg 族深刻理解 397K 高地价值的东西。

但是上级目光高远，认为不宜过早暴露这种终极武器，以免打草惊蛇。凯丽两手一摊，无话可说。他们或许言之有理，但凯丽不能拿自己的部队去冒险，在即将来临的防御战中，每一个人、每一支枪都是重要的。凯丽将帕克斯顿他们发回的音频视频信号全发给了司令部，觉得这样或许能让他们获得切身的体会。

尽管帕克斯顿他们拼命躲藏，尽管弗朗西斯竭力配合，一夜下来他们还是失去了两名同伴的信号。凯丽依上级指示派出的对Zerg族领主进行敢死猎杀的一队幽灵战机也被刺蛇酸液腐蚀得遍体鳞伤，几乎失去战斗力。凯丽瞥了一眼早已装满的烟灰缸，将手中的烟头狠吸了一口，小心地放了进去。

天明时分，司令部终于有所松动，批准启用两枚核弹。

凯丽决定好好利用这两枚核弹。帕克斯顿亲自出马，在喝了两口封闭式战斗服生保系统提供的营养液补充足了体力后他提着脑袋大胆穿插，向Zerg族腹地摸去。途中他又听见了一名部下垂死的惨叫，他面色发白但步伐未受影响，这一夜他大开眼界，所学到的东西比以往要多得多。

帕克斯顿选中了一个采矿工蜂众多的孵化中心，由于巡逻部队的大量派出，此地仅有一名领主，不足以搜索得天衣无缝。帕克斯顿狡猾地将导引激光的投射点点在晶石矿的岩缝之中，等待核弹从天而降。

这种时刻最为令人提心吊胆，若被发现，自己横死当场倒也罢了，珍贵的核弹也会因失去制导而浪费掉。Zerg族特有的生物性地毯组织踩上去有如肌肉，轻微的蠕动从帕克斯顿脚下传来，令他紧张不安。他真害怕这种组织已经进化出了神经系统。

一只刺蛇无意间游走到了帕克斯顿附近，双方距离是如此之近，帕克斯顿都可以看清它坚硬甲壳上的枪弹伤痕。或许这是不久前侦察部队留给它的纪念……帕克斯顿刚冒出此念，那刺蛇突然不安地摆动它硕大的头颅，似乎从空气中嗅到了什么。帕克斯顿冷汗淋漓，闭目听天由命。

但领主的阴影并未覆盖帕克斯顿，刺蛇也摇摇摆摆地离开了。帕克斯顿睁眼仰望天空，看见针尖般的闪光刺破苍穹。"上帝的惩罚……"帕克斯顿低声自语，关掉激光导引装置借助战斗服上的行走辅助装置高速逃之夭夭。导弹已进入末段惯性制导阶段，无须引导了。

核弹爆炸的巨大闪光凯丽在高地上都看见了。即使无人汇报战果，她也知道那个采矿场已经瘫痪。除了建筑物之外，Zerg族目前还没有什么东西能扛得住这种终极武器的一击。工蜂的损失殆尽使采矿场的生产能力要过很久才能恢复，这比直接杀伤敌军的战斗兵员还要致命。

一刻钟后，另一枚核弹在另一名战士的引导下在另一处采矿场炸响。

Zerg族真被打疼了！整个特克斯山脉变成了一锅开水，Zerg族战士掘地三尺疯狂搜索。凯丽意识到再让帕克斯顿所部在山里坚持下去简直等于谋杀，于是她果断地下令召回他们。

回来也并不简单，帕克斯顿他们舍命夺路而逃，在又失去了两位战友后才冲出山口。

当他们在凯丽面前显现原形之时，凯丽恍然觉得他们似乎真是从地狱返回的鬼魂。有两人受伤，医疗队冲上去给他们进行治疗。其中一个显然受的刺激太大，不停叫喊："他妈的，它们来了，它们来了！成千上万！我们完了，这次我们死定了！漫山遍野到处都是……"

凯丽皱眉示意卫生兵给此人注射镇静剂。即便她的手下全是克隆战士，她也无法宽容这种动摇军心的行为。

凯丽回头注视帕克斯顿，发现此人神色严峻，不久前的那股纨绔之气消失得无影无踪。确实如此，任何人亲身经历了使自己的部队损失近半的战斗都会有所改变。"才短短两天，你的眼神就变了，真是不错，比我学得快，就这样，只要你能学会把握战争，你就能成功地活下去……"凯丽希望帕克斯顿能在这场屠杀中活下来。她觉得自己或许有点儿喜欢这个小男孩，看见他平安回来她的心里有如释重负之感。凯丽不想放过这个可以使自己避免被战争彻底吞没的机会。

凯丽等待帕克斯顿向她索要她答应给予的奖励，但帕克斯顿似乎已经忘记此事。他久久凝望远方血红阳光下的特克斯山，他的五名部下丧命于此。凯丽又等了等，终于转身走回指挥所，她不想打扰帕克斯顿静思。此时最好容他自己慢慢领会所经历的一切，这样他能学到尽可能多的东西。凯丽觉得帕克斯顿有这样的悟性。

Zerg族确实重新深刻认识了397K高地。天还未黑，它们的以刺蛇和迅猛兽为主力的先遣部队就出现在了山区前面的平原上。随着时间的推移，它们所集结的部队越来越多，并互相掩护稳步向高地推进。

借用探测雷达的帮助，凯丽认为敌军已经上钩。看着敌军步步为营逼近过来，凯丽觉得不能让它们顺利地准备就绪。她派出四辆兀鹫战车，打算逗引敌军在高级兵种还未跟上之时就贸然闯入攻城坦克的炮火杀伤范围。

这四辆兀鹫战车趁夜色高速冲到敌军集结地，在对最前列的刺蛇射出一排炮弹之后立刻掉转车头后退。凯丽很高兴地看见大批刺蛇闻风而动追击而来，她指挥兀鹫战车利用自己无与伦比的高速度边打边退，牵诱着敌军追击，牢牢掌握着主动权。

不料兀鹫战车后方突然有一队迅猛兽从地下跃出，成功截住了猝不及防的兀鹫战车——原来它们才是大部队的岗哨，刚才不动声色放敌人过去了，此刻突然发难，果然抓个正着。为追求高速度而牺牲了防护能力的兀鹫战车的薄皮装甲很快被迅猛兽的坚利刀足撕得稀烂，发动机当场熄火，驾驶员也被如同苹果中的虫子一般拖出来剁成碎片。另两辆战车舍命狂奔，方才绕开疯狂的迅猛兽夺路而逃。追击的迅猛兽在第一只同伴被炮火炸碎之时就立刻停住脚步退了回去，那些刺蛇也没有进入炮火射程之内。

凯丽不得不承认此招高明，敌军是有防备的，不能奢望利用一些小花招暗算它们。她思索片刻，下令各单位严加防范采取守势，不再试图冒险出击，同时向司令部请求空中支援，现在战斗随时可能打响。

又忙了一阵子，凯丽觉得应该抓紧时间去睡个觉。她并不担心敌军的突袭。以敌军现有的兵力结构只能发动地面冲锋，而在密集的炮火面前如无大量雷兽则成功的希望渺茫。凯丽安然睡去，准备养足精神迎接即将到来的大战。

清晨的薄雾散去，出现在凯丽望远镜中的 Zerg 族大军已比昨日庞大许多，而且空中除了飞蝗一般的自杀蝠外已经出现不少扑打着半透明双翼的飞龙。凯丽甚至可以断定自己已看见了 Zerg 族女皇的身影。凯丽放下望远镜，自己有如俎上之肉之感油然而生。

接近正午时分，云层中传来有如雷鸣的引擎声。维德布斯地区太空舰队的出现令高地上一片欢呼雀跃,但凯丽并不激动,她知道这不过是佯动而已。出动珍贵的地区舰队并非是要和 Zerg 族在此地决战,而是要造成人类为争夺高地不惜一切代价的假象,使敌军尽快毫无顾虑地冲上铁砧。

舰队高度渐渐降低,地面上的人已经能看见巡天舰的硕大身影,身材粗短的女武神护卫舰紧随在周围,保护它们的安全。它们的目标是空虚的敌军腹地。凯丽举起宏观望远镜,看见巡天舰舰首的红光渐渐明亮。这种聚能炮威力巨大,用来摧毁防御堡垒和建筑物十分理想。

大批自杀蝠急不可待地从四面蜂拥而至,看来它们等的就是这一天。忠实的女武神护卫舰们射出密集的导弹弹幕,企图螳臂当车。巡天舰队发射完聚能炮看见自杀蝠争先恐后扑来立刻掉头就跑,就像被打怕了的孩子。每只自杀蝠就是一枚威力巨大的活导弹,一段基因代码和一点儿廉价的资源就取代了精密昂贵的制导设备和动力系统,珍贵的大型战舰相当害怕成为这种悍不畏死的 Zerg 族生物兵器的廉价牺牲品。

尽管巡天舰队开足马力,还是有一艘倒霉的巡天舰被撞得凌空当场爆炸,巨大的爆炸声犹如被毒蜂蜇死的巨人临死前所发出的无奈的怒吼。其余战舰也几乎个个带伤,狼狈不堪落荒而逃。不幸未能与敌同归于尽的自杀蝠不依不饶穷追不舍,女武神护卫舰们如同猎犬般尾随狂奔而去。

一艘战舰终于支撑不住，在挨了致命一击后速度下降，当即被自杀蝠包围。很快，它就冒着滚滚浓烟向群山坠去，那场面让凯丽觉得很像水中的玩偶在向鱼缸底部沉落。

不过它挽救了舰队。自杀蝠为猎杀它也降低了速度，终于给了女武神护卫舰发射导弹的机会，不一会儿自杀蝠的数目就不足为虑了，舰队因而得以逃之夭夭。

地区舰队损失惨重出尽洋相，但凯丽心中赞叹司令部做事能屈能伸，不惜血本下如此赌注。击败人类的巡天舰队是个辉煌的胜利，凯丽觉得现在即便是换了自己也未必不会上钩。

沉寂了较长一段时间后凯丽接到了维德布斯最高防务司令的直接命令：高地上的幽灵战士全体出击，为核弹指示目标，杀伤集结的敌军。

凯丽不禁叫绝。此时欲以如此战术偷袭防范极其严密且队形分散的敌人无异于飞蛾扑火，即使侥幸成功所收战果也不会很大，这样便可使敌军产生人类已黔驴技穷之感，并打消它们对核弹的疑惧心理，放心大胆投入进攻，所以损失一些战士和几枚核弹十分值得。

"我认为帕克斯顿必须留下。"凯丽提出自己的要求。为了最后的胜利当然必须不惜一切，但若只是执行送死性质的惑敌任务则有所保留亦无不可。凯丽希望帕克斯顿能和自己一起渡过难关,因此她觉得有必要小小地运用一下自己的职务特权。

"为什么?"少将问道。

"他的经验。"凯丽回答,"他可以成为一个优秀的指挥官。让他就这么去送死过于可惜。"

"那就这样吧!"少将漠然地说,随即中断了对话。

幽灵战士们沉默地投入了有去无回的绝命攻击。帕克斯顿对自己不能与部下共同进退表示不解,凯丽告诉他上面需要有人在最后关头指示目标,但看来他并未完全相信。397k 高地的精确方位早已测定,并不需要人在最后关头进行目标指示。

幽灵战士的出击很快被证实为一场灾难。Zerg 族大军的严密防范使他们无隙可乘。由于吃过幽灵战士的亏,敌军采取措施增强了领主的精神能力,大大拓宽了领主的视野探测范围,这让幽灵战士的行动更加困难、更加危险。帕克斯顿目睹自己的部下一个接一个消失在刺蛇的恶毒酸液和迅猛兽的锋利刀足之下,面部肌肉抽搐。凯丽知道相识仅仅数百小时相互间沟通的内容不过是一起玩玩电子游戏、喝喝啤酒,似乎很难成为至交,但同生死共患难的经历却足以使人铭记一生。军人之间的友谊是非常真挚的,有时,他们甚至愿意用自己的生命换取朋友的生命。

所有幽灵战士都是好样的。虽损失惨重却无人后退,依然前仆后继全力试图完成任务。其舍生忘死的勇敢精神令凯丽这样饱经战阵的老兵也不禁动容。凯丽慢慢品尝着自己体内激素的味道，放纵自己血液的温度逐步升高，沉浸于战争所提供的感动之中。战争会暴露人类社会的痛疮，但也能展现人类品质中的优秀成分。没有自我意识的 Zerg 族战士要做到视死亡如无物易如反掌，丝毫不会令观者叹服，因为它们只是工具，自己根本不知道自己在做什么。然而人类不一样，他们有自己的生活、自己的爱恋、自己的梦想，要在一瞬间决定放弃这一切投身于死亡，不是一件容易做到的事。

在浪费了两枚核弹之后，最后一名幽灵战士终于成功地引导一枚核弹落在了敌人头上。但战果微小，连一支敌军巡逻队也未能完全歼灭，他实在没有机会接近敌人的主力部队。

凯丽命令他撤退，她认为现在此人有权利活下去。但是这名战士已经暴露在了闻风而来的领主的视野之中。凯丽无可奈何地摇摇头，心想这支小小的特种部队到底没能逃过全军覆灭的结局。

但奇怪的是那个战士附近的迅猛兽并没有追上去扑杀他，而是给了他足够的时间往回逃窜。它们并非没有发现他，那个领主一直在他头顶不远处飞行，跟随着他。凯丽当然不相信嗜血成性的 Zerg 族生物会突然良心发现大发慈悲，她耐心观察，果然看见 Zerg 族女皇那颇似什么动物的内脏一般的身影一闪而消失。

凯丽于是命令阵地上的炮手们，当那个幽灵战士进入火炮射程之内时立刻开火将他击毙。

命令被很好地执行了,那些充当炮手的 B 级克隆战士炮术奇准,干脆利落地用炮火将那个幽灵战士吞噬,相信他没有经历什么痛苦。

"希望你明白我为什么要这样做……"凯丽对帕克斯顿说。

"我能理解。"帕克斯顿点点头,"他已经被敌军的孢子感染,倘若让他回到阵地他所看见的一切都将为敌所知……你只不过是在阻止敌人窥探我们的虚实而已。"帕克斯顿的理性认识并不能掩饰他语气中透出的痛苦味道。

凯丽望着他,想了一下,还是问道:"其中有你的好朋友吧?"

"没有。"帕克斯顿摇摇头,"从军以后我就不再让友谊或任何类似友谊的东西发展下去了,因为一旦有了朋友,我就会害怕失去他。"

凯丽点点头,军中很多人都用这样的方法对待友谊。

"可是现在我仍然感到痛苦。他们都是好样的,可他们都死了,而我却还活着……我该怎么做?"

"活下去,并学会利用战争给予你的情感,将自己融入战争这部机器之中,这样,才能为他们报仇。"凯丽将自己所悟出的诀窍尽可能简短地传授给了他,"而且我们还要做到不被战争彻底吞没。将来战争结束了,我们还要回去结婚,组建家庭,养育孩子，重新学会生活，确保我们的文明不会被扭曲……"

"你真的以为经历了这一切，我们还能回去继续生活吗？"帕克斯顿森然说道，"不要以为我什么也不懂，我不是小孩子了……仗打多少年了？击败 Zerg 族仍然遥遥无期，可我们已经付出了巨大的代价。每一个人的生活都被改变了，每一个人都被迫进入了战争。生活的内容变得简单而无味，就是为战争服务，不能适应的人很快就被淘汰……我早看出来了，战争在扼杀我们人类的精华，那些热情、敏感、奔放、多情、天真、可爱的人都在这种荒谬的选择机制中被杀死了，只有那些铁石心肠冷酷无情狼心狗肺心如死灰的人才能活下来，继承并发展我们的文明……你能想象他们会发展出什么样的文明吗？上帝为什么要这样安排？我们现在正在被改变为撒旦而不是天使啊……我不要这样！"帕克斯顿沉痛地低下了头。

凯丽点点头："你说得不错，我也很遗憾，但是我们没有选择的余地。现在在已知的星域中，只有地球，才能够挡住 Zerg 族的侵略步伐。我们不仅是在为自己而战，也是在为宇宙中许许多多的种族而战，我们不可以逃避。拯救苍生是要付出代价的。我们的痛苦在所难免……我们不仅要和 Zerg 族作战，还必须和战争本身作战，努力使自己不被扭曲。能够生存下来而又不被扭曲的人，才能算是勇士。"

"可我做不到，"帕克斯顿摇了摇头，"我一直在全力保持心中的活力和脸上的笑容,但我望着舞会上女孩漂亮的面容心中却无法摆脱战友临死前的双眼,愤怒和恐惧无时无刻不在干扰我的生活。"

凯丽默然无言,她知道这种滋味,一直在恐惧和愤怒中生活是件痛苦的事,没人能保证自己可以完全不受影响,她亦不例外。

"嗨,少校,听说你从地球来?是吗?"帕克斯顿转头望着凯丽。

凯丽点点头。

"地球什么样?真的是虚拟现实系统所营造的那个样子吗?我出生在瓦利斯星,到现在,都还没有机会回母星一趟。这是个遗憾。看来我到死都不能看到我和我的战友们付出生命所要保卫的东西啦……"帕克斯顿脸上挂着勉强的笑容说,话音中浸着悲凉。

"并非毫无机会,只要你能活着就可以了……到时候,我们……一起回去。回地球。"说完这话凯丽感到了心跳和脸红,她奇怪怎么久已消失的热情又回到了自己的血液之中?

"地球上的人们生活得快乐吗?"帕克斯顿仿佛没有听见凯丽的建议,又提了个问题。

"现在哪儿的生活都一样,那些快乐的人其实也只是在苦中作乐……"凯丽有点儿失望,她随口回答。

"那么，我也就不遗憾了。现在，我已经受够了。"帕克斯顿一把攥住自己胸前的护身符，将它扯了下来。"我已经失去了太多东西了，包括给我这个护身符的女孩子……我不想再这么痛苦地熬下去了，我一直在等待一个解脱，今天我看见它了，它就在这里。"帕克斯顿将护身符的吊绳慢慢缠绕在自己的左手手掌上。

凯丽感到自己的胃在收紧，看来这个男孩是必死无疑了……她在心中轻叹一声，庆幸自己没有陷得太深，不然必受伤害。凯丽不明白为什么男人都这么冲动轻率没有韧性？相比之下女人在这方面就要好得多，也许正因为她们身体柔弱，上帝在精神上给了她们补偿，使得她们比男人更能忍耐更能经受住苦难，因而更有可能熬过难关。凯丽忽然想到，如果战后以女人为主导继承人类的文明的话，人类或许能很快恢复正常……

天快黑了，凯丽估摸最后的时刻就快要来了，对面的敌军兵力结构越来越齐全，杀气也越来越盛，就像一张已经绷紧到极限的长弓，随时可能射出致命的利箭。

凯丽少校下令，给所有人员分发一支蜡烛。很久以前人类社会就形成了这样的风俗，相信在悼念亲人的时候，为灵魂点上一支蜡烛，烛光将能够照亮前路，引导亲人的灵魂步入天堂。凯丽参加过悼念阵亡将士的集会，那似乎无边无际的烛海在令她悚然的同时，几乎真的让她相信烛光可以引导亡灵。

然而不会有人为克隆战士点上一支蜡烛的，所以凯丽要他们自己为自己点,只是不知道上帝是否会将这些不是出自自己之手的子民拒之门外。

397k 高地逐渐亮起来了,不过这次不是电力照明设备,而是由摇曳不定的烛光照亮的。从远方看去,整个高地仿佛在缓慢地燃烧。烛光照亮了克隆战士粗粝的面容。

"真是漂亮……"弗朗西斯赞叹道。大战前夕,凯丽命令他出来透透气,参与亡灵的引导仪式。

"我建议,报请上面给这个目前还未正式命名的高地起个名字。"弗朗西斯的语气中透出兴奋,"我看……就叫烛光岭吧!"

凯丽认为对这位电子人副官来说这可是个进步,他们有学习的能力,尽可能地接近人类的思想和行为是他们毕生的目标,能够触景生情说明他的进步已经不小。于是她点头称是,这个名字确实不错,以此铭记死于此地的战士不失为一个好主意。

"等战斗结束,这个高地就不复存在了。"帕克斯顿生硬压抑的话音载着微弱的烛光飘入凯丽的耳中。这句话令高地没入沉寂之中。凯丽低下头,深感此人言之有理,但她也知道,此人心已死去,生命之火已在他体内消失,凯丽为此感到黯然。弗朗西斯也在低头沉思,看来他已经能够像人类一样理解恐惧和危机了。

夜风不知疲倦,高地上的烛火一点点熄灭了,高地最终被黑暗彻底吞没。

凯丽回到地下指挥所坚守岗位,她不敢去睡。于是这个夜晚显得分外漫长。凯丽忽然想起了少年时她在某个虚拟社区的留言板上看见的一句话,许多自知人生苦短的男女都希望那里能使自己生命的某个片段得以不朽。凯丽不知道那句话是谁说的,但它于悄然间刻在了她的脑海中:夜太长,月光都会冷透。

战斗在黎明时分爆发。骤然炸响的炮声如同上帝的怒吼,猛烈击打着维德布斯星浓稠的大气。凯丽大口喝着冷咖啡,冷静地注视着指挥所的众多终端显示屏。来袭之敌只是一些迅猛兽组成的先锋,分为数支小队从不同的方向向高地发动了冲击。

在密集的炮火轰击下,这些敌军很快就完成了由生物到原生质碎片的转换。凯丽知道它们这是在试探高地的虚实,收集情报,大规模的进攻马上就要到来。

当凯丽看见天空中移动缓慢但体形巨大的黑影时,她产生了无力之感。这是 Zerg 族的终极空中打击兵种——守护者,它射出的球形黄色酸液弹威力巨大,但这还不是最恐怖的地方,最可怕的是它的射程极远,连防空导弹塔都对它徒叹奈何,只有挨打的份儿。地面部队很难与它对抗,只能倚仗空军的威力了。

一队队幽灵战机从高地机场垂直升上天空,大批的女武神护卫舰也从外层空间冲入大气层。这是地区空军的主力。必须保证诱饵不被敌人的空军很轻易地吃掉。

激战在高地前方的上空爆发。这是一场硬碰硬的决战。人类的战斗机群不顾死活地直扑威胁着地面部队的守护者,而 Zerg 族的自杀蝠和由飞龙蜕变为的喷吐酸雾的吞噬者则迎上来接战。各型导弹、各种颜色的腐蚀弹、横飞的血肉碎块、支离的金属残片立刻充斥天空,混杂着巨大的爆炸声,仿佛那里正在下着一场怪诞的雷阵雨。

敌军的刺蛇群出动了,它们喷出的强劲酸液射程极远,能够打击空中目标,Zerg 族空军后退一步,与陆军形成空地一体打击结构,人类空军顿时处于劣势,被迫后退。刺蛇群追击而来,一进入坦克的火力圈,它们立刻遭到排炮的猛烈射击,对空火力顿时减弱了下来。人类的空军马上反身杀回,全力猎杀笨拙的守护者。双方的空军就在人类地面火力最大射程线附近展开拉锯战。

没过多少时间,空战结束了,Zerg 族的守护者大部被摧毁,剩下的也伤痕累累,已经没有战斗力可言了。不过人类的空军也付出了不小的代价,冲在最前面的隐身战斗机几乎损失殆尽。由于目的已经达到,受伤最轻的一些女武神护卫舰掩护着空军主力转向撤离了战场。

凯丽知道沉寂不会保持太久,但她心中颇为振奋,空军打得漂亮,失去了空中打击力量,Zerg 族只能从地面发动强攻,这意味着计划成功的可能性大大增加。

不料等待竟持续了几个小时。长时间的戒备消耗了凯丽不少精力，又加上没有睡好，她只好服用了点儿兴奋剂。

然而她的部下并不像她那样容易疲劳。当 Zerg 族的妖魔们全军发起冲击时，战士们立刻做出反应开了火。

冲在最前面的是有"猛犸"之称的 Zerg 族生物战车——雷兽，它们有着令人难以置信的抗打击能力，坦克的巨炮也不能对它构成致命的威胁，然而它们仍然是生物。这些活堡垒的作用是吸引炮火，掩护后面相对脆弱的刺蛇和迅猛兽。炮手们惊恐地看见炮弹直接落在它们甲壳上爆炸却只见碎片飞舞而不能减缓它们冲击的速度，只激起了它们狂怒的巨吼，几乎将炮弹的爆炸声压住。

凯丽马上命令最前列的火炮进行拦阻射击。于是一排排炮弹越过雷兽落在后面的刺蛇群中，飞溅起的肢体残块甚至比爆炸的火光更加醒目。后排火炮依次在最大射程上开火，形成了数道火墙。

但是 Zerg 族的集团冲锋能量实在巨大，尽管炮火杀死了许多敌军，可依然像是往海浪中扔了些石头而已，不起多大作用。凯丽觉得自己这些天构筑防御体系的苦心显得实在可笑。兵力太过悬殊，自己的阵地只是个鸡蛋壳，而敌人的巨大兵力足以粉碎巨石，一个冲锋肯定就能见分晓，唯一的悬念只是吃掉这个高地要多久。不过这也是敌军必将失败的原因。

这时通信系统传来总部传令兵冰冷的声音：核弹已经全部发射完毕。凯丽心想等会儿若有 Zerg 族战士侥幸存下来，它就会明白是什么原因促使人类犯下如此错误,将并不多的兵力放在如此容易被吃掉的地方了。

眼下还得再坚持一段时间。没有了后顾之忧,凯丽索性放开手脚全身心投入指挥之中。尽管现在防御战打得好不好已经不怎么重要,但她觉得这是个挑战自己的好机会,现在经验是最宝贵的东西,经验越足,活下来的可能性越大。

体形巨大的雷兽速度却惊人,简直可以和迅猛兽媲美。它们高视阔步,勇猛地闯过一道道火墙,很快就将和防线最前沿发生接触战。这时平地冒出许多智能地雷,迎着雷兽飞了过去。雷兽没料到这一手,最前面一些已受重伤的顿时被炸得支离破碎。

然而地雷很快耗尽了,地堡的枪眼开始一起喷吐火光。在敌军巨大的兵力优势面前,任何战术都形同花招。凯丽觉得在巨兽的怒吼和猛烈的爆炸声中显得十分微弱的机枪射击声听起来像是玩具枪在发言。

凯丽飞快地发布一道道指令,在她的直接指挥下,大批机械工程兵赶往各支撑点,抢修正在遭到雷兽可怕巨牙打击或因火炮迫近射击而受波及的地堡。然而这些都是徒劳,雷兽的数目虽然已经不多了,但它们成功地减少了刺蛇和迅猛兽的伤亡,现在该后续部队施展本事了。尽管许多刺蛇和迅猛兽经受了炮火的洗礼都已带伤,但毫不畏惧密集的枪弹,凶悍地猛冲掩护坦克的地堡。在幸存雷兽较多的地段,可怕的密集打击令地堡很快被摧毁,几个机械工程兵一起抢修都无济于事。凯丽急忙调动后方预备队的步兵战斗群、机甲巨人和兀鹫战车冲上去迎战并发动反冲击，暂时稳定住了防线。

但稳定只是暂时的，现在只是水坝上出现了几处裂缝，很快漏水的地方就会多起来，最终……溃堤。凯丽非常明白这个最后时刻就会在自己的预备队消耗殆尽时发生，所以她尽量节约使用兵力，亲自将命令下达到每一个士兵那里，竭力不让一名士兵做出无谓的牺牲。

很快她就打出了感觉，完完全全沉浸在了指挥作战之中。她已经心无旁骛，仿佛自己是一名艺术家，正在绘制自己一生中最重要的画作，或是在雕琢王冠上最大的那颗钻石。她没有时间去理会恐惧和部下临死前的惨叫，也感觉不到时间的流动。她的思维完全被"指挥"这个词管住了，此刻她只想打出最完美的防御战。

随着坦克的逐渐损毁，炮火渐渐减弱，越来越多的敌军冲上防线，连杀伤力巨大的形如蜘蛛的潜伏者都冲上来钻入地下对防线展开攻击……预备队渐渐不敷使用，凯丽已经连向最危险的地区派几个人都做不到了。于是凯丽毫不犹豫地命令自己的警卫队上到地面，去增援防线。同时她条件反射般地拔出自己的自卫手枪，推弹上膛，放在桌上。虽然它发射的子弹连迅猛兽的甲壳也无法穿透，但凯丽没有闲心想到这一点，她更没空想到，她的那些警卫曾两次救过她的命。

但身边的异常响动还是惊醒了不能自拔的凯丽。她转过头，看见弗朗西斯正在穿戴臃肿的封闭式步兵战斗服，他瘦小的身躯显得与这战斗服很不协调。"你要做什么？弗朗西斯。"凯丽问道。

"我也要去增援防线，我看你完全可以不需要我的辅助。"弗朗西斯说。

"你不是战斗人员，没有必要去！"

"不，现在外面需要我，需要每一个……人。电脑里备份有我所积累的经验，所以失去我部队不会蒙受损失。我一出生就被告之在人类遭遇危险时必须挺身而出……所以，再见了，少校。"战斗服的面罩放了下来，弗朗西斯的面容被反射的灯光所取代。

凯丽说不出话来，她沸腾的血液开始降温。

"他们曾告诉我，总有一天，我会进化得和人类一样，到那时，我就会被人类所接纳，拥有人类所拥有的一切。但是我知道，人类一般是不会在别的人类遭遇危险的时候挺身而出的，所以……我到底还是没有变成人类。我感到很遗憾。"弗朗西斯说完停顿了一下，然后有点儿困难地提起高射速机枪，向外走去。

凯丽目送她的副官走向地狱，她没有看见他最后的表情，这是件幸运的事，可以避免这表情闯入她的梦境。

但是现在凯丽再也难以集中精神指挥作战了，她心神已乱，原本无暇顾及的各种情绪和思绪在脑海中四处飞舞。猛地,她想起了帕克斯顿。顿时她的心仿佛被狠狠捏了一把。他在哪儿?凯丽四处察看。很快她就看见了一头被冻结住的雷兽。只有幽灵战士才能做到这一点,而帕克斯顿是现在高地上唯一的幽灵战士。一秒钟以后凯丽认出了地上散落的幽灵战士的装备残骸和血肉碎末,她甚至认出了他的那个钛质星形护身符。凯丽感到自己的心脏似乎被塞入了一块燃着的木炭,发热的眼眶使她多年来头一次意识到自己原来是会流泪的。是的,帕克斯顿得到了解脱,就以如此简单的方式,而留下她继续生存、继续战斗……

凯丽放弃了指挥,她茫然地注视着自己的部下不成章法地各自为战,自己的防线被疯狂的敌军越撕越烂,心中空空如也。

Zerg族虫海已经淹没高地,只剩一些被机械工程兵死死围护住的地堡还在顽强地喷吐火舌。Zerg族战士已经发现了高地上层的兵器和建筑都是伪装品,但并没有马上做出反应。

这时天空中出现了上百粒闪烁的光点,如同上帝撒下的一把流星。

Zerg族大军愣了一阵,然后开始了疯狂的大撤退。

晚啦!凯丽冷笑着,观看因惊慌失措毫无章法地撤退而拥挤一团的虫子们出尽洋相,这让她心中产生了些许复仇的愉快。

地下指挥所突然陷入了彻底的黑暗之中。灯光都灭了,指挥系统的各显示终端也失去光芒。片刻后应急备用电力系统启动，昏暗的灯光才回到指挥所。凯丽意识到，都结束了。

沉寂中凯丽感到了疲乏，她的精力早已透支了。凯丽很想抽支烟，但她连空烟盒都找不到了。于是她只好蜷缩进宽大的皮椅，闭目休息。等待总部救援队的救援。

可能是温控系统电力不足，也可能是灯光昏暗，还可能是体力透支，凯丽感到了寒意，她抱紧双肩，缩成了一团。

残阳如血，通红的天空和大地弥漫着异星球的迷幻色彩。凯丽接受完健康检查后被获准出外散步，她走出这个基地的野战医院，走上医院后面的小山包，远眺烛光岭。

她什么也没有看见，就像在获救前一样，当时她以为自己会梦见点儿什么，但她失望了。

血红的世界让凯丽感到难以自制的悲哀和伤感。仗打赢了，可她失去了一切，她失去了她的副官，失去了她的卫队，失去了她的部下，失去了……刚刚获得了她的好感的人。或许，连她希望聊以纪念他们的烛光岭，也已不复存在。凯丽不知道，在似乎永无尽头的战争中，她还会失去些什么？

凯丽突然觉得委屈得不行，她感觉自己现在就像小的时候心爱的玩具被人抢走时那样孤弱无助。这委屈混杂着绝望在她体内弥漫，吸走了她的力量。凯丽双膝一软跪在地上，低头捂着嘴无声无息地哭泣起来。

凯丽的身躯抽动着,泪水成串地滴落在膝前,喉咙里间或发出如同溺水者临死前被硬挤出的那种声响。凯丽不想压抑自己的情感,她知道自己这时候需要发泄。她感到无比地委屈和绝望,但她知道任何人都不该为此负责,她只能像帕克斯顿所说的那样,质问上帝为什么要这样安排……

凯丽使劲地哭泣着,哭声压抑而尖厉,如同一只受伤的母兽。她痉挛的双手死死攥着自己胸口的衣服,仿佛在搓揉自己的心脏。她要把自己体内的软弱和绝望化为泪水统统挤出去。凯丽很久以前就已经知道自己没有选择的余地,现在能阻挡野蛮邪恶的 Zerg 族侵略脚步的,只有人类,所以她没有权利软弱,没有权利绝望。她唯一的权利,就是哭泣。

一支军容严整装备齐全的机械化部队从基地旁边高速驶过,直奔特克斯山脉。已经恢复了常态的凯丽面无表情地看着战车上的战士向她庄严地行着军礼,目送他们远去。这是陆战 9 师的部队。战功赫赫的 9 师有着极其坚硬的牙齿和无比强健的肠胃,他们杀气腾腾地扑向残余的敌人,要把它们生吞活剥。凯丽的目光越过他们望向远方,仿佛看到乌云般的运输机正把精锐的 323 空中突击师投放到 Zerg 族的大后方,剽悍的伞兵们在那里欢快地尽情杀戮毫无还手之力的 Zerg 族工蜂和建筑。

这一切都要归功于凯丽少校,以及曾驻守于烛光岭上的那些战士。正是他们的生命,使得这一切具有了可能性……凯丽有权利获得战友的致敬和人们的尊敬。

然而凯丽对这些意兴阑珊。她看看天色已暗,认为可以为亡灵们点上一支蜡烛了。

那一夜风不小,但小山顶上的微弱烛光却摇曳了很久不曾熄灭,令发现了这一点的人感到奇怪不已。

桦树的眼睛

万物有灵

赵海虹

实验证明，音乐对植物的生长有明显的影响，青年女科学家瑟瑟进一步发现了植物也有情感。然而，她却突然死于"心肌梗死"……

瑟瑟姓许，是一个文静的女子。她不仅是我少年时代的好友，成人后亦是我难得的知交。

瑟瑟是一个很好的说话对象。她很有耐心，即使我接连几个小时滔滔不绝地发牢骚，她也会一直面带微笑地倾听。

她是研究植物学的，拥有一个设备完善的个人研究所，房前还有一片白桦林，四季风景如画。她细心地照料自己的植物，连同那片小树林，并用无比的耐心等待它们的回应。

她很早就说过，植物也是有感情的。

许多人对此都付之一笑，包括顾世林。

顾世林与我俩是青梅竹马的老朋友，我们三人从小就是邻居，时常一起到海边拾贝壳、堆沙堡。我们缘分不浅，又在同一所小学、中学读书。成人后，我当上了世界畅销周刊《默》的海外记者，周游列国。世林定居香港，只有瑟瑟仍留在北方的海滨城市 A 市，从事默默无闻的研究。

瑟瑟的表情总是平静如水，只有两件事能让她平凡的脸生出光彩。头一桩是在她说到植物的时候。

她说，清代《秋坪新语》中有记载：当夜深人静时，有个叫侯崇高的读书人在他"异彩奇葩、灿列如锦"的菊花书斋中，弹起了悠扬悦耳的古曲。没有多久，四周的菊花"闻琴起舞，簌簌乱摇"起来。这时，"风静帘垂"，纹风不进。为什么菊花会"动"起来呢？侯崇高停指歇弦，菊花安静如常，复弹则又摇动，吓得他推琴而起，不敢再弹了。这种现象，过去一直被认为是无稽之谈，现在则被一些科学实验所证实了。

每当提到这类事情，瑟瑟便脸色微红。有一次，她还兴致勃勃地说："我这儿有许多资料：印度做过植物对音乐反应的实验，发现一种'拉加'乐可以使水稻、花生、烟叶的产量大幅度提高。N国也做过一个实验，在两间长着西葫芦的屋子里分别播放摇滚乐和古典音乐，结果放摇滚乐那间屋子里的西葫芦背向收音机，而播放古典音乐那间屋子里的西葫芦的茎蔓则缠绕在了收音机上。可见，植物也有喜欢和讨厌的感情，是吧？"

那时瑟瑟的表情，让我看了忍不住也兴奋起来，进而也对植物产生了兴趣。

还有一种情况是当她提到顾世林时，语调中总有种深切的关怀，眼波流动，透出浅浅的温柔。我若是男人，见到这样的姑娘，一定会怦然心动。

但顾世林是个傻子,这么多年也未看出瑟瑟的心。我曾想告诉他,但瑟瑟不答应。

"你不让我说,那你自己告诉他呀!"

"他呀,他已有了所爱的人。"

我闻言一呆,顿时为瑟瑟伤心起来。此后,大家分散到各地工作,我也再没有机会为瑟瑟做些什么。或许,当时我应该告诉世林?

2006年12月9日,也就是两周前,许瑟瑟死于心脏病,年仅二十七岁。

瑟瑟的未婚夫白朴立刻打电话通知了在N国定居的我,但我直到今天才处理好手头的事务,赶到A市。

下午3点,我刚下飞机就给白朴打了电话。

"喂,请找白朴先生。"

"我就是,你是陈平吗?我分辨得出你的声音。"

"是的,我刚到A市。瑟瑟她……"

"对不起,无法让你见她最后一面。前天……把她火化了,骨灰已葬在海滨公墓。"

"我想看看她。"

"嗯，我带你去。"

见到白朴的时候已近黄昏。海边的天色很美，天空好像喝醉了酒似的，天蓝中带着橘红。海风很大，呼呼的风声中夹着海浪拍岸的声音。一位身着灰色长大衣的男子，手里拿着一束白色的鲜花，静静地站在海边。他一见到我就迎上来问："你是……"

"我是陈平。"我也分辨得出他的声音——低沉的男中音，"你好，白先生。"

"请叫我白朴。"

这是我第一次见白朴。半年前瑟瑟才在信中提起他，说他是她父母安排的结婚对象。她从不愿意细谈他的情况，只说他是她父亲的学生，在Ａ市一家Ｎ国与我国合作的研究所工作。她说："那人虽不讨厌，但也只是我父母喜欢的人，不是我喜欢的。"或许，她中意的男子永远只有顾世林一个。

"我带你去看瑟瑟的墓。"白朴转身向前走去。我回过神来，跟在他身后，不一会儿，就看到了那块嵌着瑟瑟二十七岁生日照片的白色大理石墓碑。

白朴把花放在墓前，一言不发。那是一束洁白的百合花。

"花一摘下来就失去了生命，瑟瑟不喜欢摘下来的花。"我忽然说。

"就算她不接受好了,但这是我的表达方式。"白朴的神情变了,目光中流露出他的痛苦,"她在乎她的植物,却不在乎我。"

我心中黯然,觉得他很可怜。但瑟瑟呢?她的感情呢?我望着瑟瑟的照片,年轻的瑟瑟,你爱情的秘密已永远埋在了地下。我的鼻子发酸,眼眶也禁不住湿润了。

"有件事我不太明白:瑟瑟是因心脏病发作而去世的,那么她应该患有先天性心脏病。但我和她是二十多年的朋友了,我从未听说过她有这种病,也从未发现她的心脏不好。"

"医院的检查结果是心脏病致死。医生也不明白,这么年轻的女性,以前没有心脏病史,怎么会心脏病发作。我希望他们能再仔细研究一段时间,但瑟瑟的父母不想再拖下去了。瑟瑟之死对他们而言是难以承受的打击,他们只希望让瑟瑟早日安息,不要再徒留人世供人解剖研究。"

白朴停顿了一下,继续说:"瑟瑟的父亲是我的恩师。我父母早亡,在北京大学就读时,许教授夫妇在学习上、生活上都给了我许多帮助。我毕业回 A 市前,他们告诉我,他们的独生女瑟瑟还留在 A 市,要我照顾她。言下之意当然很明白。"

"是这样,瑟瑟很少提这些。"

"我回 A 市后,和瑟瑟接触了一年。许教授夫妇还曾特地从北京赶来,希望我们能确定婚姻关系。可是,才半年她就……"

我转向白朴，抬头望着他，不想漏过他任何细微的感情变化，"那你，爱她吗？"

"我不知道。"白朴的目光顿时暗淡了，微锁的眉头似乎带着难言的忧郁，"她一心一意只为工作，我们见面的机会不多。而每次见了面，她不是谈植物的感情问题，就是怀念她逝去的少女时代，使我感到，我在她心中没有任何位置。陈平，其实我很早以前就认识你了。她常常说到你，讲你生活中的一点一滴，关于你的趣事仿佛特别多，使从未谋面的你在我想象中活生生地笑着、说着、生活着，以至于我和她一起时，常常觉得仿佛是在和你约会。"

这一瞬间我恨白朴。但听到瑟瑟是那样深情地怀念和我共同度过的青春岁月，我的心中又充满了甜蜜的哀伤。

白朴犹豫了一下，又说："但是，从瑟瑟的回忆中，我总觉得还有一个男人的身影，从未离开她的身边，好像已经根植于她的心灵深处。我不知道那个男人是谁，但我清晰地感到了他的存在，明白只要有他在，瑟瑟的心中就永远不会有我的位置。"

说到这儿，白朴忽然转头背对着我，不让我看到他的表情，"我告诉自己不爱我的女人我也不爱她，我以为我做到了，可是……她死了，她再也不会对我说见鬼的植物情感，她再也不能对我讲述她的过去……我受不了这样！"

我的视线一下模糊了，我的悲哀与白朴的情感找到了契合点。我顿时觉得自己了解他了，自己完完全全地了解他了，包括他的悲伤、他的无奈、他的痛苦！

我哭了，极少在人前哭泣的我哭得泣不成声。白朴也哽咽着，泪水顺着脸颊往下淌。我从没想到我会看到这样的景象：我和一个刚刚谋面的男子在瑟瑟的墓前一同哭泣。

我们只有一个共同点：我们都爱瑟瑟。

快到家时已近8点。我在A市还有一套旧房，这次回国就住在这里。此时，我的情绪已经稳定下来，我掏出钥匙正要走进单元楼，耳边忽然响起一个熟悉的声音："陈平，是你吗？"

我回过头，那人是顾世林。

"我接到你的电报就想来的，但手头还有一些紧急的工作，所以……"

"我也是今天刚到。我们都是成人了，不比以前那么轻松。三天后，我就要回N国，为太空英雄诺曼一家做专访。"

"我住在白桦旅馆，也是只预订了三天。我想你应该早到了，所以到这里来找你。"

我们绕来绕去，谁都没有吐出那个令人心痛的名字。

"世林……"我开了口,又说不下去。我能说什么呢?说瑟瑟对他的感情?

突然间他的目光变了,变得那么忧伤。他开始说瑟瑟,说我们三个人以前的故事,说到动情处,他握住我的手,泪水一滴滴落在我的手背上。我轻抚他的头,好像安慰一个孩子。我的悲哀已在今天下午瑟瑟的墓前痛痛快快地倾泻了出来,与白朴共同分担了。现在的我没有哭泣,只在心中哀哀地叫着:"瑟瑟呀,瑟瑟呀——"

第二天清晨,我带顾世林去海滨公墓为瑟瑟扫墓,之后我又独自赶到市红十字会医院了解瑟瑟去世时的具体情况。

"瑟瑟被送到医院时,心脏就已停止跳动。当然,我们还是尽力抢救,希望能出现奇迹,但最终没能抢救过来。她的死因是心肌梗死,而她以前从未有过心脏病史。她的未婚夫倒是提出要查清病因,我们也希望家属能贡献瑟瑟的遗体供解剖研究,但她的父母不同意。"

我完全理解伯父伯母的心情。女儿已经死了,再也活不过来了,何必再让她受苦呢?

"是否有可能是药物引起的心肌梗死?据我所知,尼古丁就能造成中毒者心肌梗死,在短时间内死亡。"

"是有这样的药物,但经过我们的仔细检查,病人死前从未注射、服用过任何有害药剂。"

我总觉得瑟瑟的死亡像非正常死亡。那么难道这是谋杀？如果是谋杀，那就必定有凶手和谋杀动机。与世无争的瑟瑟，她的存在会威胁到谁的安全呢？我决心弄个水落石出。

下午，我又去了瑟瑟的个人研究所。两年前，我回国休假时来过这里，此次故地重游，却已物是人非。

研究所坐落在郊外，规模很小。研究所不远处有一片白桦林，瑟瑟把林子也布置成实验区，在那里安装了一些实验设备。

"这些白桦树都是我的朋友！"瑟瑟的笑语犹在我耳边回响，让我想起"人面不知何处去，桃花依旧笑春风"的诗句。

瑟瑟喜欢白桦树，她说桦树干上的黑色斑块像无数双友善的眼睛。

"这是你的眼睛，像不像？"瑟瑟仿佛正站在我身边，指着一棵白桦树说，"我常常站在这儿看着它，就像看到了你一样。"

此刻漫步林间，每一棵桦树上似乎都有无数只眼睛在闪动，每一只都像是瑟瑟的眼睛，温柔美丽的眼睛。阳光透过枝叶照进林间，在碎石小径上洒下点点跳跃的金斑。本来是晴朗无风的天气，桦树的枝叶却在微微颤动，发出瑟瑟的声音，空气中仿佛飘荡着一股令人怀念的气息。瑟瑟已匆匆离去，离开了她热爱的生活,离开了她热爱的世界。但为什么此时此刻,我却感到她还活着,与那桦树林一同在我身边低唱?我的心中涌起难言的情感,有怀念,有悲哀,还有追忆往事时的怅惘。

小路的尽头就是研究所,那是一排乳白色的平房。所有的房间都是互通的,只有一扇对外进出的门,使用二十字密码锁。整个研究所有严密的保护措施,如果不通过正门,绝对无法进入其中的任何一间。

我忍不住敲了敲正门,好像瑟瑟还会像两年前那样喜出望外地开门迎接我。

我一声声地敲,一声声地唤:"瑟瑟,瑟瑟,开门呀!"

没有回音。泪水顺着我的脸颊往下流,我的手无力地垂下来。我这才完全醒悟了——瑟瑟死了,我最好的朋友真的死了!

我的目光停在那锁上,我恍惚看到了有一行字:"输入既定的二十个数字。"我的脑海中飞速掠过一些印象,随即蓦然想起瑟瑟的最后一封信:"平,还记得我们三个共同毕业的日子吗?请牢牢记住。"

我们,我、瑟瑟和世林,我们共同毕业的日子。小学毕业日:1991年6月30日;初中毕业日:1994年7月3日;高中毕业日:1997年6月21日,刚好是二十个数字。是巧合吗?

我用颤抖的手指输入了这二十个数字，仿佛冥冥中受着瑟瑟的指引。我有一种预感，如果能打开这扇门，我一定会有极其重要的发现。

咔嗒。门果然开了。

研究所共有十三间房，我感兴趣的仅有两间：瑟瑟的卧室和中心实验室。

瑟瑟的卧室不大，只有很少几件家具，摆放得很整齐。瑟瑟死后，无人打扫，家具上都蒙着一层薄薄的灰。瑟瑟一向独处，这间卧室只有我两年前来过。据她的来信说，连白朴都从未获准进入过。

床头的书桌上摆着一个镜框，放着一张瑟瑟、世林和我高中时的合影。我深深体会到了瑟瑟对世林默默付出的爱情。

我又试着打开了书桌抽屉。我相信是瑟瑟召唤我来查明一切，她告诉我"我们三个共同毕业的日子"肯定不是无心的，我一定要把她托付给我的事办好。

一张放在抽屉深处的画片吸引了我的注意力。仔细一看，原来是从一本杂志上剪下来的"青年植物学家白朴"的照片。我一下呆了。

白朴，瑟瑟的心中也未尝没有你的位置呀！确实，性格内向的瑟瑟会向白朴讲述自己的过去，本身就说明她没有对白朴紧闭自己的心扉。

我缓缓地把画片放进提包。我想把它交给白朴，这也许能令他得到一点儿安慰。

紧接着，我又走进中心实验室。两年前我曾在这里消磨过两天时光，瑟瑟教会了我几种仪器的简单操作方法，我最喜欢"玩"的是植物情感变化测定仪。

20世纪，许多世界知名的植物学家都做过关于植物情感的实验。如"植物对痛苦感受"的实验：把植物根部置入热水中，从仪器中立即传出植物绝望的呼叫声。又如"植物与记忆力"的实验：把两种植物并排置于屋内，让一个人当着其中一株的面毁掉另一株，然后让这个人混进由六人组成的队伍依次走过来（这些人全部戴着面罩），当毁坏植物的人走过时，那株活着的植物便在记录纸上留下强烈的信号指示。由此可见，植物不仅有喜怒哀乐，而且也会表露感情。

瑟瑟设计制造的植物情感变化测定仪比20世纪的任何同类装置都要先进，在当代也属世界前列。这台仪器与桦树中的若干台观察仪相连，可以接收到桦树感情波动的信号。仪器还与智能电脑合为一体，具备多种功能，操作方法比较简便。此时，我又试着开动测定仪，仪器的显示屏上立刻出现了许多信号。我忽然想到：既然这台测定仪以前每天二十四小时不间断地接收桦树林中观察仪发出的信号，并自动储存记录，那么，我应该可以查到瑟瑟死亡当天桦树的感情信号。瑟瑟是在桦树林中突然"发病"死亡的，也许我能从中找到什么线索。

我按下"人机对话键"："我要看今年12月9日晚10点至11点桦树林实验区的信号记录。"

显示屏上出现了无数条波动的线条，刚开始是剧烈地上下波动，不久变为激烈颤抖的线条，如同病人心脏病发作时的心电图。

我倒吸一口凉气，继续命令："总结这一时期桦树林观察区的信号变化，并进行'情感辨识'。"五秒钟后，我看到了这样的字样：

"忧虑—愤怒—仇恨、恐惧、痛苦—极度的悲哀。"这就是那晚10点至11点桦树的感情变化过程。

我的疑虑被证实了。根据这样的记录，瑟瑟只能是被谋杀的。从颤抖的线条中，我仿佛看到了凶手与瑟瑟激烈的争执，看到他要伤害瑟瑟，瑟瑟极力挣扎，凶手得逞，瑟瑟死去……

瑟瑟，相信我，我一定会找出真凶，将他绳之以法！我一定会为你雪恨的！

可我在A市只有两天时间了，却对凶手以及谋杀的动机、方法一无所知。公安部门不可能将仪器显示的结果作为瑟瑟死于谋杀的证据而立案侦察,我只有靠自己了。

"请显示今天下午 3 点至 3 点 20 分桦树林实验区的植物感情变化。"这是刚才我通过白桦林的大概时间段。如我所料,显示屏上出现的是微微波动的线条,如同春天的湖水泛起的轻波细浪,辨识结果:"友好,轻度伤感,怀念。"

我为这新的测试结果喜不自禁,无意间触动了一个按钮。显示屏上的图像变了,又出现了起伏很大的线条,不仅频率高,而且波强远远大于刚才。我大吃一惊,看清显示屏上同时显示出 4 点 38 分的时间。是桦树林区此时此刻传来的信号,发生了什么事?

情感辨识:极度反感。

一个念头疾速在脑际产生:凶手来了!凶手正穿过桦树林向这里走来!

正在这时,我听到敲门声。

瑟瑟不喜欢门铃,她说门铃声对她和植物都是一种有害的刺激。因此,她在研究所内装上了"回音"设备。那种设备使来人的敲门声和呼唤甚至说的话都能清晰地传到研究所的每一个房间。这时,我还听到了这样的话:"有人在吗?我是 CN 研究所的马吕斯博士,与这里的前任研究者许小姐有些业务上的往来。如果你是下一任研究员,我想跟你商量一下以后的合作,以及上月交换的实验植物的问题。"

CN 研究所？这是白朴工作的研究所呀！这个马吕斯是否就是白朴的合作者？

"有人在吗？中心实验室有人吗？"马吕斯继续问。

是灯，我开着的灯暴露了我的存在。我该怎么办？我的心中迅速转过千百个念头。

如果这个马吕斯是凶手，他杀害瑟瑟的动机是否与植物研究有关？

CN 研究所是 N 国与我国合办的植物研究所。N 国的学者为什么要到我国来研究植物？今天上午从医院回来，我顺便做过调查，CN 研究所仿佛正在研制一种什么生化制剂。

我在 N 国几年的工作中，触及过这个国家各个层面的黑幕，深知这个国家的科研、文化、体育活动等都渗透着政治目的。近年来，新闻界多次揭发 N 国采用与别国合作的形式秘密研制生化武器，一般由 N 国出资，合作国提供场所，以避免污染 N 国的环境。如今把生物制剂与 N 国相连，我脑海中冒出的第一个念头就是——生化武器！

我一下子兴奋了起来：假设 N 国的马吕斯以合作之名，暗中研制新型生化武器，并未让合作者白朴察觉，却被瑟瑟发现，她甚至掌握了他研制生化武器的证据，他是否就有充分的理由杀害瑟瑟？

绝对有！马吕斯很可能就使用了他新研制的生化制剂——这用一般的检测方法是无法发现的——杀害了瑟瑟。

如果事实真是如此，那么，既然瑟瑟已死，他的罪恶又不为人知，他为什么还要到这里来呢？他要寻找什么？是不是这里留有他的犯罪证据，比如：瑟瑟先前所掌握的他研制生化武器的证据？

想到这儿，我的目光飞快地在实验室中搜索。突然，我捕捉到了一抹不协调的色彩。那是一个很小的瓶子，瓶口密封，瓶里盛着大约二十毫升的液体，瓶身上半截是红色，下半截则是透明的。由于瑟瑟喜欢白色，中心实验室中使用的器具除透明的以外仅有白色，所以那一抹红就特别醒目。或者可以这样想：这不是瑟瑟实验室的药剂瓶。

敲门声停了，也许马吕斯已经离开，或者守在门口，危险还未解除。我打算暂时躲一躲，并利用这段时间更细致地调查一下。

我把小瓶子放在掌心仔细地瞧，发现瓶上还贴着一个小小的标签，上面写着"Danger"（危险），瓶底玻璃上浮出浅浅的"CN"字样。它使我对马吕斯就是谋杀瑟瑟的凶手的想法深信不疑了。但我该怎么办？马吕斯也许还不知道谁在这里，可如果我走出研究室，他必定会跟踪我的。而且，很可能他事先就从白朴那儿知道我与瑟瑟是最好的朋友，我一到 A 市他就注意我了，怀疑瑟瑟告诉过我什么。至少，他现在已知道我能开启密码锁，我掌握了他想要的密码！

马吕斯一定会有所行动，在此之前我必须采取主动。当务之急是查明小瓶中的液体，一旦证实它是一种可当作生化武器的新的原病毒，我将立刻通报国际组织，并与《默》总部联络。只要尽快把事实公之于众，马吕斯杀我灭口也就没有了意义。

我的心中有几种念头：一是为瑟瑟报仇，一是惩办这个制造生化武器的魔头马吕斯并声讨 N 国政府，一是为了自己的生命安全而斗争！我深知这事件幕后有 N 国的势力，斩草容易除根难，那将是另一场异常艰苦的战争。

这一瞬间，我胸中充满了战斗的勇气与力量，我不是孤独的，为瑟瑟讨回公道，将不是一场私人恩怨，而是与世界和平息息相关的重大行动。然而，此刻我一个人身在一间与外界隔绝的实验室里，身边都是冷冰冰的仪器与试管。研究所之外仿佛弥漫着罪恶与恐怖的气息，我内心深处有一点儿害怕，不，是非常害怕。

我的身体微微颤抖，我渴望得到谁的帮助，这时候我想到的第一个名字就是白朴。

为什么是白朴？也许因为他让我觉得，他是瑟瑟的男朋友，是一个可以信任和依靠的人。

我取出手提电话，正准备输入白朴的电话号码，耳边却又传来了马吕斯的声音——他果然一直等在门口："如果你现在不能见我,我还会再来造访。或者你用电话和我联系,我的号码是57326389。"

随后,植物情感变化测定仪上的信号证实:他又一次通过了白桦林并消失了。

我相信,这一次他是真的走了。他大概已知道我的身份,不怕我会逃出他的手掌心。

我松了一口气,又拿起电话。不能找白朴——心里有个声音这样说。我犹豫了半响,才按下顾世林的号码。

为什么不找白朴?因为他的电话很可能被马吕斯监听,他的一切活动,说不定也都受着马吕斯的监视。这个推理合乎逻辑。

"喂喂,我是顾世林。"

"是我,陈平。"

"平,我刚才去找过你,但没有找到。我有事要告诉你。我现在过来可以吗?"大概是感觉到我的犹豫,他做了解释,"是这样的。中午我接到一个电话,请我们两个明天上午9点一起去CN研究所。平,你去吗?"

CN研究所?"是谁打来的电话?"

"对方没有说明。他好像很急,只说请我们去就匆匆挂断了电话。不过，CN 研究所不就是瑟瑟的未婚夫白朴工作的地方吗？也许是他请我们去的？"

"你打算去吗？"

"我想见见瑟瑟的未婚夫，看看他是个什么样的人。"

我飞快地思考着——如果是白朴打的电话，他一定会留下姓名。那么，会不会是马吕斯设下的圈套？

不，我们不能去！

但是，如果是白朴打的电话呢？这也不是不可能的。今天我在电话里对他说过，瑟瑟还有一位朋友到了 A 市，还把顾世林房间的电话号码告诉了他。也许白朴已猜到顾世林就是那个在瑟瑟心中占有重要位置的人，所以打邀请电话的时候，出于某种心理而没有自报姓名。

当然，假如是马吕斯的约会，我们去将会是很危险的。谋杀并不难，尤其是凶手掌握了不留痕迹的新式杀人武器。但这样也好，这正是一次我们互探虚实的机会。可我不能让顾世林去冒这个杀身的危险，我需要想个理由。有了，正好有一件事可以交给他去做。

"世林，拜托你一件事可以吗？"

"尽管说好了。"

"世林，你是知道的，我能留在这儿的时间只有两天了，可我还有其他事要做。明天上午，我本来应该去找一位化学家，请他帮我检验某种药品的成分，这是一件非常重要的工作。当然我更希望去CN研究所。"

"你的意思是——"

"明天我代表我们两个人去赴白朴之约，请你代我去找那位化学家，可以吗？"

"平！"世林在电话里的声音变得怪怪的，许是觉得我有点儿蛮不讲理吧！

"我们是老朋友了，就帮我这个忙吧！"

"平，我不是怪你提出的要求不合理。我想你这么决定一定另有原因，你为什么不告诉我呢？有问题我也可以帮你解决嘛！"

我的心中涌上融融暖意，世林对我的理解比我想象的还要深呀！但是那个原因我不能告诉他，否则他一定要孩子气地和我共同冒险。

"那么你是答应了？"我趁势问。

"是的。"世林的回答颇有几分心灰意冷。

我对他有些抱歉，但我不希望他涉险。他是我的好朋友，我没能救瑟瑟,我至少要救他。

我把贴着"危险"标签的小瓶放进包里,站起身来,最后把实验室里各种实验器具细细察看了一遍。我事先并没有想到还会有新的发现,这发现后来改变了我的命运。

那是一个白色大圆筒,打开盖子可以看到,筒里装有一个绿色的密闭容器,我认得这是一种恒温器,可以使容器内部保持特定的温度,而我手中的这个恒温器内部竟保持了零下六十七摄氏度的低温。筒内大约有五百毫升的液体。可以想象,这种液体在常温下呈气态。我盖上盖子,一字字地读出瑟瑟贴上的标签说明:桦树之酒——植物兴奋剂——现仅证明对桦树有效。

那么瑟瑟成功了!

她曾对我谈起她的设想:植物表达感情的方式很难被人类所察觉,但只要研究出一种能使植物兴奋的物质,把它们的情绪充分地显露出来,人类终究会认可植物也是有情感的。如果发明了这种物质,她要把它叫作"酒"。

虽然这种"桦树之酒"只对桦树有效,但这发明已能震惊世界——这是植物的兴奋剂呀,能让我们的世界变成一个有更多的声音、更多的情感、更丰富、更快乐的世界。我要把这件事通知瑟瑟的父亲,他一定会为瑟瑟感到骄傲。我也希望他能以自己的国际知名度,帮助瑟瑟实现她生前的愿望——把"植物之酒"推上世界植物学研究的高峰，而瑟瑟的名字将被载入史册。

当夜，我秘密地离开了瑟瑟的研究所。第二天早晨，我便把那可能盛放着新病毒的药剂瓶交给了顾世林，请他按我给的地址去找那位化学家。然后，我只身前往 CN 研究所。

CN 研究所占地不大，从外观上看与其说像研究所，不如说像一幢高级别墅。

迎候的人果然是白朴，我顿时松了一口气，悬着的心落到了实处。"你好！"

"早上好。怎么，只有你一个人吗？"

"世林另外有急事要做，他让我向你代为致歉。"

"请进来坐。"我跟在白朴的身后走进实验大楼，"会客室在一楼，我的卧室在二楼，或者你想看看我的工作室？"

"不，我想去你的卧室说话。"我轻声说，"这幢楼里还有别的人吧？有些话我不想在会客厅里说。"

"这里还有我的合作者马吕斯教授和他夫人。"白朴望了我一眼，接着说，"那就按你的意思，到我卧室去吧！"

一进他的卧室，我立刻关上门，取出一个小如火柴盒的仪器，在房间里四处寻找起来。

"怎么了，你在干什么？"

"嘘——"我示意他噤声。大约五分钟后，我解除了警报。

"我怀疑你被别人监视，不过你的卧室没有装监视仪和监听器，我可以放心说话了。"我见他的神情变得十分严肃，忙继续道，"我待会儿向你解释。你请我和顾世林到这里来有什么事？"

白朴有些犹豫，他缓缓回答："我……其实我是想证明自己的一个猜想。嗯，就是想证实顾世林是否就是瑟瑟一直爱的那个人，我想看看他到底是什么模样。"

"果然如此。"

"你总能了解我。"白朴笑了，他的微笑令人感到温暖，"所以我希望你也一起来。在这种情况下看到你，会使我不那么难过。"

我被他的话深深感动了。闲谈几句之后，我从包里取出那张从瑟瑟的卧室里找到的画片。

"这是瑟瑟的卧室里放着的画片，是你的照片。"瑟瑟虽然一直暗恋世林，但她终于也被白朴的真情感动了。这张暗藏的画片就如她深藏未露的情感，他一看就会明白。

他见状颓然跌坐在床沿，低垂着头，喃喃道："我明白那句话了……我真愚蠢……"

"白朴,别这样,你应该高兴,她也喜欢你呀!"我不愿看到他颓唐的样子,这令我难受。

白朴抬头望了我一眼,那目光中有种我不能明了的感情,是幸福?痛苦?还是悔恨?不,我说不清那是一种什么样的目光。我忍不住在他身边坐下,轻轻拍拍他的肩膀,当年我也是这样安慰瑟瑟的。

"请你支持我。"他说。他紧紧握住了我的手。我感到他的手是冰凉的,和我一样。

"让我们互相支持吧!"我说,接着向他讲述了我昨天下午的经历。

我省略了关于植物情感变化测定仪的部分,因为白朴说过,他认为植物有感情的说法是荒诞的。我强调说明,从瑟瑟的实验室里藏有 CN 研究所的剧毒制品、瑟瑟的离奇死亡以及马吕斯的出现这三点,就可以推断马吕斯有很大的谋杀嫌疑。

"今天下午我就能得到化验结果,只要那确实是一种新研制的病毒,单凭这一点,我就可以报告公安部门和相应的国际组织。但我还需要你的帮助,白朴。"

白朴握着我的手在剧烈地颤抖,我相信此时,仇恨与愤怒也正在他的胸中沸腾。

我需要白朴的帮助,而且他必须这样做,他必须协助我及公安部门、国际组织的各种调查,证明自己的清白。不管怎么说,他也是 CN 研究所的一员,至少在研制生化武器上有难以洗刷的嫌疑。

"我明白了。"他望着我,恳切而坚定地说,"我会去察看马吕斯的实验室。今天下午你如果得到了肯定的消息,请马上告诉我。"

"如果证实了那种液体是生化武器原病毒,我打算约马吕斯今晚在瑟瑟的研究所会面。"

"是我们与他会面,同时,我会联系好本地公安部门把他当场抓获。马吕斯如果拥有特殊病毒,很可能会像杀害瑟瑟那样杀害你的。记住,我们要并肩战斗!"白朴说。

"好,我们并肩战斗。"我有些哽咽了。

"这件事你没有告诉顾世林?"

"没有。"

"那就别告诉他。这次行动太危险,涉险的人越少越好。"

"我也是这么想的。"

白朴深深地望了我一眼,仿佛了解了我所有的心意。他的嘴角露出一丝笑意:"现在,把那二十字的密码告诉我好吗?"

现在是 12 月 25 日晚 7 点 20 分,我正坐在瑟瑟的中央实验室里等待白朴的到来。我的心情既紧张又激动,目光则停留在实验台上摆着的那个小小的药剂瓶上。

顾世林已为我带来了我想要的答案。这个看似普通的小瓶子中有一个可怕的魔鬼——一种类似艾滋病毒的新型病毒。它通过呼吸道和消化道感染,能使感染者自身的免疫系统在半个月内遭到完全彻底的破坏。这种病毒是以多种植物提取液加上动物激素化合而成,无色无味,是一种极其可怕的"隐形杀手"!

杀害瑟瑟的,应该是另一种毒剂,比起我面前的这种"隐形杀手",那种会使人心肌梗死的药物实在是"小巫见大巫"。而能研制出"隐形杀手"的人,绝对能够研制出那种相对"简单"的毒剂来。

我和白朴约好了 7 点半在瑟瑟的中心实验室会面,并约马吕斯今晚 8 点来此处。当然,白朴已通知了公安机关,从 7 点 40 分就开始对整个实验区实行监视。计划应该是万无一失了。

我现在的心情有如即将上战场的战士那么紧张和兴奋。

植物情感变化显示仪上的图像出现异状,有人进入了桦树林。是白朴吗?不,不是他。

桦树的感情变化是那么强烈，甚至超过了上一次马吕斯出现时的情况。屏幕上出现高频波状线，仿佛桦树颤抖的心，一如心肌梗死病人的心电图，连仪器本身也开始微微振动，并发出嗡嗡的声音。

"一模一样！简直一模一样！"我不禁叫出声来，脸变得煞白。这图像与瑟瑟被害时的记录极其相似。

我努力抑制自己心中的惶恐，对图像进行"情感辨识"。辨识结果："极度的仇恨！"

极度的仇恨！难道是马吕斯提前来了吗？但为什么昨日与今日，桦树的情感变化会有这么大的改变？这不符合逻辑！

不，不，冷静，我要冷静下来。从头至尾想一想，我觉得遗漏了什么，我的推理和判断是在哪一步出现了错误？

植物感情变化测定仪上显示的不是"极度反感"，而是"极度的仇恨"。难道，马吕斯不是真凶？

也许……也许还有一种解释。

真凶另有其人？我从不敢这样想，我甚至不忍心做这样的假设。

如果我敢于在心里吐出那个名字，一切问题就很容易得到解释，因为这个人可以比马吕斯更方便地杀害瑟瑟。

我心里乱成一团麻,甚至不能思考下一步我该怎么做,直到我听到了那个人的声音:"平,我来了。"

这一刻我如雷轰顶,心痛欲裂,全身战栗不已。

真的是白朴!马吕斯只是他的帮凶。而他居然叫我"平"!

他应该正在输入密码,他马上就要进来了!

我猛地跳了起来,把"隐形杀手"装进提包,又近乎下意识地带上那筒"桦树之酒",迅速离开中心实验室,冲进走廊斜对面的另一间房间。

这大约是间书房,屋里一片黑暗。我背靠着关上的门,微微喘息,心猛烈跳动,几乎要从嗓子眼儿里蹦出来。

我听到了走廊上的脚步声,只有一个人,他一个人来的。对了,他并不知道有一种仪器早已暴露了他的真实身份。他也许还要演一场戏,骗回"隐形杀手",然后,他的同伴马吕斯会到来,他们可以一起杀死我。

当然,不会有什么公安人员来协助我,我不会傻到此刻还指望白朴预先通知了公安机关。

我屏住呼吸,等待着白朴进入实验室的那一刻。这里所有的房间在每次开启后都会自动关上,我只等着白朴进入中心实验室,门一关,我就可以乘机离开这里,冲出大门,逃离研究所。

我把嘴唇咬出了血,带着一丝甜腥味儿。

随着咔嗒的声响后,又是嗒的一声——中心实验室的门关上了,我的等待已至尽头。我立即抽身出门,蹑足向走廊那一边的研究所大门走去。然而我疏忽了一点:书房的门也会自动关闭,那暴露了我行踪的轻轻一声嗒对我而言不亚于山崩海啸的巨响。我不能企望于白朴的迟钝,他一定听到了。我不再蹑足,而是飞也似的一口气奔出了研究所。

不知何时,屋外已下起了大雪,雪片如鹅毛般铺天盖地而来。没有风,但桦树林仍在颤动,想来是它们对白朴的仇恨之情尚未平复。

我奔入林中,在那条林间小径上拼命地跑着。

白朴追上来了,他急促的脚步声与越来越近的呼吸像原始部落祭祀之夜的死亡鼓点。

他马上就要追上我了,逃是逃不掉的。我要赶快想个办法,不然就只能引颈受戮。

提包里有件东西沉沉的,影响了我奔跑的速度。对了,那是"桦树之酒",这种低温存放的植物兴奋剂一旦脱离低温环境就会立刻汽化。

我站住了,每每在最紧张的时刻我会突然镇定。我取出"桦树之酒"，打开白色圆筒，又小心地打开内层恒温瓶的瓶盖。仅仅半秒，瓶中就腾出一阵水汽，在雪光的映照中仿佛闪着绿色的荧光。水汽散得很快，随风飘向林中的每一个角落。这时，白朴已到了我的身后。

我盖上两层瓶盖，"桦树之酒"大约还剩一半，我希望自己还有机会把这剩下的一半交给许教授。

"平，是你吗？"白朴问，"你在做什么？"

我把"桦树之酒"放回提包里，回身面对着他。

"平，你为什么躲着我？我们不是事先约好了……"

我只是望着他，无法提出可以自圆其说的借口。悲愤而痛苦的目光早已暴露了我心中的秘密。

"原来如此……"他喃喃地说，脸色也变了。

也许是我的幻觉，我觉得此刻桦树颤动得更厉害了，枝叶相击发出哗哗的响声。桦林仿佛正经受着龙卷风的袭击，连树干也开始摇晃起来。

白朴从大衣口袋里掏出一个小瓶，大约是某种喷剂。

"你都知道了？是的，是这么回事。瑟瑟发现我和马吕斯合作研制生化武器，还掌握了我们的犯罪证据，她约我在这个地方会面，逼我向公安部门自首。她把我逼得太紧了，我没有办法，只能杀了她。马吕斯没有出手，他只是冷眼旁观，看我执行任务。"

我没有流泪，我唇上的血也凝固了，我的心早已冰冷。我只是说："我真愚蠢。"

"我才真正愚蠢。如果我早知道她对我的感情，或许我会有别的选择。"白朴摆弄着手中的喷剂，好像还没有对我动手的意思，"我一直恨她对我毫不在乎。现在想来，如果我当时选择自首，即使入狱她也许都会等着我。我自小孤独，一无所有。马吕斯给了我一笔巨款，我想金钱或是爱情我至少该拥有一样吧？昨天你告诉我她对我的感情，我才真的后悔当初的选择了。"

桦树树干开始左右摇摆，在我们身边发出可怕的哗啦、哗啦的巨响。我的心中萌发出希望，但也未尝不为这种景象感到害怕。

白朴却依然不在意，他从不相信所谓的"植物情感"。他伸手拉我，我想甩开他的手，但他用右臂把我紧紧抱在怀里，左手已把那瓶喷剂凑到我的面前。

我不敢挣扎，我怕挣扎时屏不住呼吸会吸进什么可怕的气体，我知道如果那样，我会像瑟瑟一般死去。心肌梗死，不留痕迹地死去，公安部门即使怀疑也找不到证据。

"我没有骗你。"白朴用一种异常温柔而此刻却令我毛骨悚然的语调说，"第一次见面时，我说的是真话。我很早就认识了你，甚至很早就喜欢你。但这一次我没有选择了,我们之间只有一个人可以活命。"

我心里说:"他就要喷毒气了,他就要喷毒气了!"

此时,整个桦树林已如地狱,四面充斥着可怕的声音,摇摇摆摆的大树,纷纷折断坠落的枝叶,鹅毛般的雪片,仿佛都是有生命的,全都一起在我们身边怒吼!不,不仅仅是这样,它们也要战斗!

我们身边的几棵桦树更是摇摇欲坠,我们仿佛置身于即将倒塌的大厦底层。白朴也好像意识到了什么,他一手死死抱紧我,不让我逃脱,一手把喷剂对着我的面部狂喷。

我紧闭着嘴,屏住鼻息,甚至闭上眼睛。我害怕极了,我不知道自己还能强忍多久,再这样下去我没被毒死就先窒息了。无论是怎么死,我都已看见死亡的大门向我敞开……

忽然间,我听到轰隆一声巨响夹着一声惨叫,抱着我的手臂松开了。

我睁开眼睛,只见白朴倒在地上,一棵粗大的白桦树重重地压在他的身上。不仅如此,还有三四棵桦树剧烈地摇摆着,接二连三地倒在他的身上,发出一声声的轰然巨响。这是桦树的愤怒。

风停了，雪停了，桦树林里静悄悄的。有人在虚弱地呻吟着。

我缓缓走到白朴身边，蹲下身子，以悲喜交加的心情默默望着他的脸。他的头受了重击，血流满面。虽然映着地上的雪光，我却仍然看不清他的表情。

他就要死了，救不活了，他口中仿佛还喃喃地说着什么。我凑近他，想听清他最后的话。

"瑟瑟，那是瑟瑟的眼睛，到处都是……"

我抬头看，黑暗的林中仍可见到桦树干上无数的黑斑，仿佛无数只眼睛。

现在是 7 点 39 分。白朴已停止了呼吸。

马吕斯不久也会来吧？不要紧，我已向公安局报了案，他们即将赶到现场。

明天下午我就要回 N 国去，相信不久就可以在世界各大报刊上看到关于 N 国在我国开设研究所研制生化武器并被当地公安机关破获的新闻。这些将给 N 国的生化武器计划带来沉重的打击，不过，瑟瑟和白朴的名字将不会见报。

明天，我又得离开 A 市了，离开我亲爱的故乡。我想再见世林一面，和他好好谈谈，再一次追怀我俩和瑟瑟共同度过的美好时光。

我隐隐听到了警车的声音,仿佛落幕的铃声,宣告又一个故事将要结束。此刻的我,忽然想到两天前初见白朴的时候,昏暗的海边那迷人的天色……

　　我轻声对着天空说:瑟瑟,你可以瞑目了!

　　一颗泪珠滑过我的腮边。

外面的宇宙

梦想者

谢云宁

引　子

"梦想者"仍在向着前方无穷尽的未知突进。

此刻,他已抵达了银河系最边缘,这里的景致远比银河系中心来得荒凉空洞,稀薄的星际气流弥散着暗淡而苍白的光亮,一团团阴冷巨大的暗物质云盘桓其间,缓慢而肃穆地旋转着,宛如矗立在银河星系河畔苍老而嶙峋的界石。

在他视力所及、飞速掠过的星域中,那些稀疏、形态各异的古老星辰,与他目光接触的一刹,霎时从原本混沌、模糊、缥缈的状态中剥离,遽然显形……这一切恍如急遽摇曳在波光粼粼水面上的破碎倒影,在汹涌起伏中逐渐平复,最终定形。某种意义上,是他目光激起的涟漪勾勒出了这些星辰的面貌,进而塑造出了栩栩的历史。

就这样,银河系最后丝丝缕缕的光亮,回旋着,环绕着梦想者,但他没有停驻片刻,而是加速飞离了银河系。

渐渐地,银河系的力场远去了,但他能感受到,身后牵拽自己的那个柔和的力场正在以一种不易察觉的速度滋长。噢,那是整个银河系的能量在如冰川般迟缓凝聚——这一发现让他既欣慰又怅然。

可是这一刻的他无暇感伤，他截住游移不定的思绪，继续飞驰于空漠的虚空中，闪电般穿过前方一个个混沌未开的星系，亿万星辰只是匆匆一瞥……他已记不清楚自己这般飞驰了多少个世纪——漫长无尽的旅程已让他丧失了对于时间与空间的准确感觉，不过，他并未失去向前的方位感，以及那……最初的使命。

1979 年，约翰·惠勒提出了著名的延迟选择思想实验：在浩瀚的宇宙中，我们认知星空的媒介即是来自遥远的星辰、覆盖各个频段的光子，这些光子逾越了迢迢星海，穿过复杂天体引力所构建的曲折幽深迷宫，方才抵达地球大气层，被人类的视网膜以及天文望远镜捕获到。这些携带信息的光子是否与单电子杨氏双逢实验的光子一样，最终抵达地球的路径也由人类的观察所决定？

2008 年 4 月，约翰·惠勒在普林斯顿的家中去世，享年 96 岁。这一年欧阳初晴二十二岁，还在上海一所大学攻读理论物理学硕士学位的他，是从一份免费的地铁晨报上获知这一消息的——新闻的标题是"哥本哈根学派最后一位大师魂归量子世界"。那一刻，在挤挤挨挨的地铁车厢中，这个背挎行军包、体格瘦弱的年轻人，犹如被拥挤人流中的一股强电流穿过。他抬眼怔怔地望着车窗外飞逝的虚无的黢黑，过了良久，方才轻声地对自己说道：老船长走了。

上 篇

2014年，5月的伦敦，温布利球场，足总杯决赛，宇宙背景辐射温度：2.7K。

二十八岁的欧阳初晴置身在一片深红色的海洋中，他正随着四周狂热无比的球迷高举起手臂，疯狂挥舞手中的红白相间的利物浦队围巾，尽情高呼，欣喜若狂。就在一分钟前，利物浦的马斯拉德，用一脚荡气回肠的禁区外重炮轰开了曼联队守门员小舒梅切尔的十指，将场上比分扳为了1：1——此刻比赛已进入到最后的补时。

接下来，利物浦与曼联——英国足坛著名的红军与红魔——不得不精疲力竭地展开了加时赛的搏杀。不知何时起，欧阳初晴耳畔回荡起了震耳欲聋的歌声，这是利物浦的球迷齐声高唱起了"我们永远不会独行……"，低沉而又充满力量感的歌声，犹如刺破乌云的透彻阳光，响彻整个温布利，"当你在风暴中前行，请高昂起你的头——"欧阳初晴也忘我地跟唱了起来，一种伟大、激越的情绪哽咽在他的胸口。

在激昂的歌声中，三十分钟的加时赛很快过去了，两队拼尽力气，但最终，双方仍不得不接受互射点球的无奈结局。

足球场上的点球对决，残酷得如同疯狂的俄罗斯轮盘，谁也不知道哪一方会在哪一轮轰然倒地。但这一次,四轮过后双方均是弹无虚发,四发四中。

于是比赛进到入了最关键的第五轮,此时任何的闪失都将让己队之前的努力付诸东流。曼联第五个发球者是摩德里奇,只见这个以脚法细腻著称、气质忧郁的克罗地亚人缓步走向了发球点,在低头沉思片刻后,缓慢助跑,挥动左脚……

足球又快又直地奔向了球门的右侧……然而,这回塞赫赌对了方向,他如一柄掷出的闪亮飞刀,提前纵身跃出,在电光火石间,用手指的最末端将来球微微推了一下。

足球急遽旋转着,偏离了初始轨道,重重撞上右门柱内侧,弹离了门框。

在一片排山倒海的欢呼声与叹息声中,身为多年利物浦球迷的欧阳初晴呆立在了原地。不知为何,他心中并没有涌起预期之中的狂喜,相反,他感到了一丝不安。第一次现场目睹点球决胜,这稍纵即逝间脆弱而残酷的偶然性,如此真实地呈现于他的眼前,撕裂着他的心,视野中,那个消瘦而孤独的身影,正黯然向回走着。

利物浦第五位罚球者,苏亚雷斯,面无表情地走向了罚球点。一旦他将球罚进,比赛将就此结束,象征英格兰足坛百年荣光的足总杯今年将归属利物浦,而此前摩德里奇的失误,也将固化为其职业生涯一个永久遗憾。

想到这里,欧阳初晴的心止不住剧烈地跳动起来,他闭上了双眼,眼前缤纷的斑斓、人潮鼎沸的看台、夏日的金色天空……——隐去了,他濡湿的眼眶中,只留下阳光朦胧的碎片,突突地震颤;周遭的世界,则化作一种巨大而神秘的轰鸣声,紧紧笼罩着他。

苏亚雷斯会将球踢向球门哪个方向,左上?左下?右上?右下?抑或是射向中路的勺子射法?——种种可能性纠结在他的想象中,可实际上,在如此紧张的状况下,苏亚雷斯的选择更像是一次充满不确定性的赌博……

在潮水般涌起的惊呼声中,欧阳初晴恍然睁开了双眼,6:5 的比分赫然呈现于球场一侧的电子显示屏上——利物浦胜出了。远处的绿茵场上,苏亚雷斯正与队友们激情相拥。

"苏亚雷斯的球怎么进的?"他侧头望着身旁兴奋得手舞足蹈的艾根——艾根是他同一实验室的师兄,苏格兰人,同样也是利物浦的死忠球迷。

"哈哈,我也说不上来,苏亚雷斯射出的足球就像我们实验中那些发生了衍射的光子,从各个方向同时穿过了小舒梅切尔。"艾根夸张地摊开双手,以他惯有的苏格兰幽默腔调高声调侃道。

欧阳初晴微微张开了嘴,想再追问下去,但他望着重新投入到欢呼中的艾根,最终还是没有开口,他迷惑地转头朝球场望去,在球场的中央,激动的利物浦球员高举起了银光闪闪的足总杯,绚烂的礼花四溅,比赛就此完美落幕……这个时刻,可怜的摩德里奇又在哪个无人角落独自品尝失败的苦涩呢?

这一切很像是他终日捣鼓的波函数方程,波动着,如浪花般坍塌……

从始至终,他都不曾知晓苏亚雷斯踢出的足球究竟是以怎样的方式越过小舒梅切尔的手指钻入球网,但他清楚最终的结果,因为结果确切无疑地凝固在了闪亮的电子显示屏之上。

同样地,在位于剑桥大学卡文迪什实验室的一座绿树荫掩的小阁楼上,自己正进行的实验中,他也弄不清那一簇簇光子究竟从哪一条真实的路径完成了飞翔,但是他知道,当每粒光子坠落进接收者罗依的瞳孔,在她大脑神经元的海洋激起微澜的一瞬,它们的过去就被骤然决定了……

"欧阳,你又走神了——"一个娇嗔的声音从身旁传来,猛然将欧阳初晴从沉思中唤醒。

是罗依,她已经完成了实验,正睁大着澄亮的蓝眼睛望着自己,她是导师的女儿,一位个性率真的英国女孩。就读于美术系的她是来实验室客串实验对象的。"快给我瞧瞧,我的大脑究竟发生了什么变化?"罗依嚷道。

欧阳初晴忙不迭地从身旁的仪器中调出记录,这台脑成像仪通过激光分辨大脑中钙离子浓度的变化,将此前罗依观察光子流时脑细胞的活动清晰入微地呈现在了他们眼前。

他所进行的是著名单电子杨氏双缝干涉实验(单电子杨氏双缝干涉实验:当一个个光子射向双缝时,透过缝之后会发生干涉现象,这意味着每个光子自身都同时经过双缝)的一个升级版本:在宽敞的实验室中,使光子产生衍射的双缝被一组错落排置的人造引力装置取代,如此一来,从激光泵出发的源源不断的单光子流,将蜿蜒前行于被强大引力源扭曲的时空——空间中重叠的引力分布决定了光子通过各条路径的概率——混沌的光子潜流与交错的重力阱一同构成了一个纠结缠绕的量子系统。但对于单个光子而言,只要它尚未被观察者(罗依)观察到,它可以被认为从所有可能的路径同时穿越了空间。

闪烁的屏幕上,在最初光子尚未出发的时间里,罗依的脑细胞丛林里一片沉寂,唯有寥寥几丝光点,如是冬日夜空疏落的寒星,懒懒地忽闪着,但随着时间推移,光点苏醒般渐渐地变多,不断地聚拢,并此起彼伏地闪耀,最后竟如风车般飞快转动起来。

这一刻,罗依的大脑就如同一个群星闪耀的壮年星系。

"天啊,我的大脑变成了一枚闪光的螺旋。"罗依禁不住惊呼道。

"是的,人类的神经系统本质上也是一个相互缠绕的量子系统。就在你的目光触及由无数光子所形成的量子系统的一霎，两个量子系统形成了谐振，一种绝妙的谐振。"

"你的实验比我想象的有趣，"罗依新奇地嚷道，"我还以为只有坠入爱河的恋人才会在彼此的心灵上投下光影，激荡起涟漪，原来我们的心灵与大自然也能形成如此共鸣。"她那润湿的大眼睛闪烁出了异彩的光。

"那也不全是，"欧阳初晴耸了耸肩，在罗依饶有兴致的目光中他感到自己的嗓子莫名地绷紧了，"应该说通过观察，我们的大脑能与那些具有不确定态的量子系统形成共振，并使其波函数陡然坍塌。不过现实中，我们恰巧生活在一个秩序井然的经典世界中，周遭皆是形态稳定的经典物体，因而无法形成宏观上的量子效应。可是，在地球以外遥远的空间中，经典形态并非物质存在唯一的形式，宇宙的绝大部分能量更可能是以辐射态存在，它们恰如一个个量子系统……"

"这又意味着什么？"

"兴许是人类的观察决定了宇宙昨日的历史。换句话说，在我们天文望远镜视野未曾抵达的那部分宇宙，或许只是充斥着无穷无尽、漫无边际的不确定态。"他急切地说道，这突来的莫名激动让他自己也感到吃惊，"我们今天的观察，对宇宙历史产生的作用就犹如去推倒一列多米诺骨牌，影响或许可以一直回溯至宇宙的最初……"

"可是,这听上去如此因果混淆,"她嘟起嘴抗议道,俏丽的脸庞写满了迷惑,"我很难去想象,宇宙的过往兴衰是由我们此刻充满随机的观察所决定。"

"站在哥本哈根量子力学的角度,世上并没有一个绝对的过去是预先存在的,除非它被现在所记录与观察到。"

"这听上去太深奥,我一时也理解不了。"罗依对他淡淡一笑,笑容中似乎带着一丝倦怠,"不过从直觉上,我并不希望你的理论正确,因为你所描绘的不是一个合理有序的世界。"

"嗯,或许吧——"他含糊地点了点头,一时语塞,他望着罗依,真是可笑,他居然与眼前如此迷人的女孩交流起自己那些未经证实的虚幻理论。

于是他费劲地试图换个轻松的话题,这时他注意到窗外已是一片深浓的夜色。

"不早了,要不我送你回家吧!"他踌躇着开口。

"哦,不了,我待会儿还有个聚会。"罗依对他嫣然一笑,准备离去的她捋了捋耳际的秀发,像是又想起什么似的,她低垂下了眼眸,轻声说道:"星期六晚上我家院子有个露天派对,到时记得来啊!"

说完罗依转身如精灵般轻盈地离开了,只留下久久愣在原地的他。

未来在欧阳初晴眼中，就如是诸多不确定的叠加。

在内心深处，有时他也会对当初的选择感到奇怪，自己怎么会漂洋过海只身来到英国求学，而不是在国内按部就班地生活。从小自己就不是一个性格果断、敢于冒险的人，每次面对新环境新事物，他总是有着天生的拘谨与腼腆。究竟是什么力量促使他来到这个陌生的异国他乡？这样一个在鳞次栉比的现代都市之外还散布着古老的城堡，沉默不语的史前巨石阵，壮丽的森林与山巅，秀美的田园与沼泽，海风弥散的奇异国度。

或许是他所喜爱的激情四溢的英超比赛，或许是大学时代所迷恋的曲风清澈的英伦摇滚乐，抑或是他就读的剑桥大学的霍金、彭罗斯等人瑰丽的宇宙理论黑洞般的吸引力，但他觉得，更大的可能或许要归咎于他少年时代所阅读过的那些英国科幻小说——与充满商业意味、模式化的美国科幻迥然不同，英国科幻作家的写作风格更加清新纯粹，更趋于科幻的本质。除去威尔斯、克拉克这般深刻影响科幻进程的大师，他所钟爱的英国新生一代，斯蒂芬·巴克斯特，伊恩·班克斯，伊恩·麦克唐纳，伊安·麦克劳德，查尔斯·斯特罗斯……他们在20世纪末期掀起的那场被称为"英伦入侵"的硬科幻复兴浪潮，让在国内仅是阅读到一爪半鳞的他已是激动不已，从而对遥远的英伦大地充满了朦胧的向往。不过多少让他有些遗憾的是，当他真正身处2014年变化日新月异的英国,查尔斯·斯特罗斯所描绘的"奇点"并没有如期呼啸而至,而仍高悬于未来,闪闪发光,却又无法伸手触及;现实世界里,真正的科技则如陷入冰河期一般停滞不前。这甚至让他产生了一种时光错乱的恍惚感:几百年前曾经在英国这片广袤大地上演的科学与魔法、炼金术与蒸汽机针锋相对的争斗似乎正在反向重演——硬科幻的风潮正悄然褪去,而 J.K. 罗琳笔下的哈利·波特则骑着扫帚飞掣于云端,魔法的光雾从虚拟游戏、奇幻小说的交接处呲呲地漫涌出来,如泰晤士河面上氤氲的雾霭一般,与现代而古典的英国社会天然地交融在了一起。

当欧阳初晴赶到罗依的住处时,宽敞的院子已经挤了不少人,大多都是如他这般年纪的年轻人,大家一边品尝着美食与啤酒,一边在夜色中谈笑着,气氛惬意而热烈。

在院子的一个角落,一只摇滚乐队正在现场演出,他认出站在麦克风前的正是罗依,她是乐队的主唱。画着哥特妆的她一个人安静地吟唱着,她那特有的带着慵懒音质的声音抒缓、清澈、温暖,却又充盈着一种难以言说的尖锐力量感……

隔着随旋律有节奏轻摆的人们,欧阳初晴远远地望着罗依,闪烁的灯光碎落在她参差凌乱的褐色头发上,那双涂画着烟熏的眼眸看上去是如此遥远与迷离……

笃地,他感到身旁有人拍了一下他的肩,他慌忙转头,是艾根。

"看谁看得这么入神呢？"艾根一脸来历不明的微笑。

"噢，没啊……"他含糊地支吾道。

艾根犹豫了片刻，"欧阳，你说薛定谔的猫存在几种状态？"

"两种啊，非生即死。"他不假思索地脱口而出。

"不，是三种。你想过没有，还存在这样的状态——你选择了永远也不揭开盒盖，那只可怜的猫一直处于或生或死的叠加态。"

"你想说——"

"为什么不给自己一个机会，主动去消除生活的不确定态，这或许也是给别人一个机会。"

欧阳初晴呆呆地看着艾根，他当然明白艾根的意思，可对于他，要做出这样的抉择，远比去解答一道量子物理题目要艰难得多，他可以轻松计算出量子云分布的概率，却似乎永远也追赶不上罗依的脚步——是的，他与她完全是两个平行世界的人，光彩照人的罗依无论走到哪儿都是众人的焦点，她年轻的生命总是马不停蹄地寻找下一个新奇与刺激，而他自己，一个平凡的外国留学生，拥有一副极其普通的东方面孔，终日执拗于外人看来玄之又玄的科目中。不觉之间，从心底泛起的沮丧与挫败感啮咬着他。

新一轮实验的观察者是艾根，他将要观察的对象是整个夏日的夜空。

头戴脑成像仪的艾根郑重地推开了窗户。定定伫立于窗前的他，在铺洒进屋内的星光中凝聚成了一道高大的剪影。

接下来的时间里，他将目光投向了满布天穹的繁星。

欧阳初晴屏住了呼吸，目不转睛地注视着闪烁起来的屏幕。

这一次，显示仪上呈现的激烈程度远远超出了他的想象：艾根大脑被自己逡巡于星空的目光所激活，狂风怒号、电光闪烁的神经元网络远比之前漫不经心的观察者罗依要来得壮观得多。

有那么一会儿，他震撼得快透不过气来，他甚至觉得是艾根的观察支撑起了窗外那个斑斓的宇宙，漫天星潮恍若都在伴和着艾根那缥缈跳跃的意识，交相辉映着，灿如千万初生的超新星掀起的粒子狂飙，震颤闪耀。这一刻，宇宙与艾根似是同时跨入了相互作用的叠加态；宏观与微观，量子世界与宇宙事件原本泾渭分明的界限猝然消逝了……

"我越发相信惠勒理论的正确性，广袤的宇宙中同时存在着亿万种平行的可能事件，人类观察星空的意义则是穷尽其间所有的可能，从中遴选出一个最后成为真实的宇宙。"欧阳初晴兴奋地感叹道。

"当然这得有一个前提，"艾根转过头凝望着他，"除去地球上其他生物外，只有人类对宇宙进行了强观察，在整个宇宙范围里具有强观察能力的智慧外星生命压根儿就不曾产生过。人类独立探知星空的历史即是一部意识塑造宇宙物质的历史。起初，人类仅凭肉眼仰望像素稀少的夜空，对地球之外不定态的作用异常地缓慢、低效，但天文望远镜的诞生无疑是一个闪亮的转折点，在之前月亮或许也仅是一团混糅着少量经典物质的不确定函数。当伽利略在自家庭院中颤巍巍地举起自制的望远镜时，他恐怕还没意识到宇宙经典态的疆域前所未有地扩张开了，月球、火星、木星……在接下来的几百年中，又诞生出各式各样更为先进的望远镜。到了20世纪，射电望远镜的建造、空间探测卫星的升天，人类爆炸式地拓伸了自己视野。而你知道，'韦伯'过不了多久就要升空了。"

欧阳初晴点了点头，艾根所说的"韦伯"是即将上天服役的"巨无霸"天文探测器，被人们称之为天文探测器的"瑞士军刀"。这个超级探测器将如一道巨大的光环环绕在地球大气层外，以数万倍于过去探测器的分辨率不分昼夜地全方位扫描深空——其蕴盖了可见光、X射线、γ射线、红外光等几近所有的频段，上面甚至还安置有高能激光炮，用于摧毁可能威胁到人类安全的近地彗星。

不由地，一幅绮丽的景象展现在欧阳初晴的想象中：在分辨率急增的"韦伯"视野中，原来黢黑沉滞的深空变得生动了起来，那些幽影幢幢的不定态将如阳光下的露珠般无处遁形，过去如水雾般朦胧的星辰，飞一般凝结成了璀璨夺目的钻石阵列，流光溢彩，美不胜收……

可是莫名间，欧阳初晴又突如其来地感到了一丝不安。"你说我们的观察是否需要付出某种代价？"他的声音颤抖了起来。

他的问题让艾根的目光骤然变得异样起来，他也陷入了思考，几分钟后才再次开口道："我明白你的想法，如果我们的理论成立，我们的观察行为本质上是将宇宙渺远的不定态转化为了有序态，这如同我们试图对一张拥有庞杂信息量的硬盘进行格式化，现实中，我们需要消耗一部分电能，更形象地，当我们想要掀开薛定谔猫头上的盖子确定其生死，我们则需要消耗蕴藏于体内的热量。看上去，每次对不定态的确定过程似乎都伴随着一次不可逆转的能量消耗。"

"如果我们的观察真会破坏宇宙间的量子存储状态，导致其能量消耗，而假设整个宇宙是一个孤立系统，那么，这些消耗能量又从何而来？又将转变至何处去？"欧阳初晴疑惑地沉吟着，忽然间，一束思想的火花在他脑中擦亮：真实宇宙中，是否真的存在一种神秘的闲置能量，隐匿在了宇宙间那些庞大的不确定波函数间，而波函数的坍塌则会伴随这种能量的消耗……或是蜕变。

是否应在自己的毕业论文中再引入一个变量？

他将目光转向了夜空，人类对星辰的遥望可能触发宇宙结构变化的想法，让他感到惊奇的同时又多少有些不寒而栗。这种可能性背后的深远影响，一时他还无从把握。

不由自主地，他又不可救药地想到了罗依，要不了多久，罗依就将离开英国去法国做一年的交换学生，留给自己的时间已经不多了。可是要去消除弥散于他与罗依之间那暧昧的不确定态，是否也会付出某种不可预见的代价？他对罗依的好感或许只是自己天真的一厢情愿，如果她拒绝了他，他又该如何面对这段感情……不，他摇了摇头，无论最终是否能收获到幸福，他还是愿意鼓起勇气向罗依表白。毕竟在他心底，能够心安理得、没有遗憾地生活在一个消除了不定态的真切世界才是人生之幸。

傍晚，在校园中的一家格调浪漫的咖啡厅里，欧阳初晴与罗依面对面地坐着。柔和的光线中，他发现自己不敢正视面前那双充满雾气的瞳孔，该死的不确定态让他迟迟鼓不起表白的勇气。他犹豫不决的心情，就如同那只活蹦乱跳的薛定谔猫。他是如此害怕掀开盖子后的那 50% 的结局。

聪慧可人的罗依像是看穿了他的心思，"你今晚看上去有些心神不宁。"

你就是答案，他在心中说，可是在此刻悠恍恍的烛光中，他只是笨拙地耸了耸肩，"没什么，只是最近被毕业论文弄得有些焦头烂额。"

"我猜，是关于……"她微微皱了皱眉头，"那些不可思议的不确定态?它们即使存在,又与我们有何关系?欧阳,别让太过遥远的事物打扰到我们的现实生活。"

他木然地点点头,若无其事地微笑着,预先在脑海中练习过无数次的话语,仍久久地冻结在他的嘴角。

而此时的罗依同样也沉默了,似乎也陷入了某种遐思,时间在舒缓的音乐中一分一秒地流淌着。

不经意间,远处吧台悬挂的电视屏幕吸引了欧阳初晴的视线,电视里正在直播"韦伯"天文探测器的最新进展,忽然间他有了一个主意,"我们到外面走走吧,我有一份礼物送给你。"他郑重其事地提议道。

于是他们走出了咖啡厅,来到外面空旷的草坪上,并肩站在了晴朗夜空之下,他抬腕瞧了一眼手表,距离那个时刻只剩两三分钟了。"快闭上眼睛,"他望着罗依,故作神秘地说,"等我数到三再睁开,你就会见到礼物了。"

一头雾水的罗依半信半疑地闭上了双眼,星光下,她那好看的修长睫毛晶亮地跳闪着。

"一……二……"欧阳初晴高声记起数来,突然间,他拉长的声音顿住了。

罗依随之睁开了眼睛,被映入眼帘的景象镇住了:在一片恍若白昼的光辉中，一条幻觉般的光轮叠映在了洁净深蓝的夜空，犹如一串从地平线冉冉升起的音阶。这串音阶由无数颗晶莹闪烁的音符缀连而成，变幻着格点来回地跳跃、闪耀，令所有星辰都黯然失辉。

这是即将投入使用的"韦伯"打开了灯光，以这样的方式庄重地向地面上的人们致敬。人类历史的又一个里程碑，他对自己说。从此以后宇宙的不确定态将在"韦伯"的注视下渐渐消散，而此刻……自己依旧混沌的个人世界，他不由望了望身旁沐浴在皎洁光芒中的罗依，她正睁大眼睛入神地望着夜空，有一种过往他从未见过的感动凝在了她那张有着近乎完美轮廓的脸上。

这一刹那间，仿佛天上那个"大家伙"轻轻推了他一把，"罗依——"，接着，他终于听见自己说出了那三个让他生命波函数免于坍塌的单词。

霎时间罗依转过身来，飘舞的金发在从天流泻而下的辉光中摇曳生姿。她一脸愕然地望着他，但很快地，明丽的笑容绽放在了她的脸上，"我还以为你永远也不会说出这句话呢！"

"我会的……"他轻轻呢喃着，慢慢拉起了罗依的手，在夜空那道经久不散、令他俩毕生难忘的美丽焰火下，他俩依偎在一起。

这一刻，拥抱着罗依的他真切地看到了有一种幸福，一种笃定此生的幸福，在明亮的夜空中震颤着，彻底驱散了心底对于不确定未来的种种忧虑。

下　篇

  2025 年，美国新泽西州普林斯顿大学。这是个阳光明媚的周五下午。欧阳初晴一个人待在办公室。在准备完一个教案后，感到有些倦怠的他起身推开了窗，眯缝双眼望着窗外光线明亮的校园——这多年了，他仍不太适应美国西海岸过分强烈的阳光。六年前，他离开潮湿多雾的英国来到普林斯顿任教，他的妻子罗依也跟随他来到了美国。四年前他们的儿子出生了。此时已步入中年的恬静生活就如同天际那一溜溜舒卷的云朵，波澜不惊，缓慢延续……长久地，他静静享受着这阳光下慵懒的思绪，直至视线中出现的一个黑点将他从遐想中拉了回来，他注视着这个晃动的黑点越变越大，很快成了一艘深绿色军用直升机。

  最终，直升机低鸣着降落在了他办公楼前的草坪上，从上面疾步走下了两位军人。几分钟后，两人出现在了他的办公室。

  "欧阳教授，请原谅我们的贸然造访，我们受命带你前往戴维营，此刻克莱尔总统正在等候着你。"其中一名银白头发的中年军官开口直截了当地说道，他那如镂刻于硬币之上的冷峻脸庞凝聚着某种讳莫如深的神情。

这怎么可能？他用力揉了揉太阳穴，总统怎么会找到他？他只是大学校园里一名普通的理论物理副教授，业余写写古典风格的科幻小说，而眼前的这一幕更像是他笔下的小说情节。但最后，尽管心中满是疑惑，他还是给罗依打了个电话，告诉她自己晚上无法回家吃饭，接着匆匆登上了直升机。

一个小时后，在一间富丽堂皇、能看见窗外风景的办公室里，欧阳初晴见到了总统克莱尔。他礼节性地与欧阳初晴握了握手。此刻的他看上去比电视上时刻充满威严与活力的形象要显得疲惫苍老了很多。

房间中还站着另一位神色凝重的中年人，欧阳初晴认得他，他是国会的科学顾问卡拉文。

"欧阳先生，我读过你的那些科幻小说，充满了真正激动人心的想象力。"克莱尔脸上的微笑很是僵硬，这应当是秘书事先为他准备好的客套话吧，欧阳初晴暗自揣测道，他究竟想要告诉自己什么？"但今天，我们的宇宙正在发生的一切已经远远超越了我们的想象……"

"总统先生，你知道，我们的地球，乃至整个宇宙，早已在科幻的历史中以各式各样匪夷所思的方式轮番毁灭过多次，"欧阳初晴斟酌着开口道，心中仍有一种挥之不去的不真实感，"所以，即使大众再难以置信的末日危机，我们都早已先行经历过了。有话尽管说吧！"

"好吧,你应该很清楚宇宙背景辐射温度的各向同性?"之前一直在一旁若有所思的卡拉文冷不丁地开口说道。

"这是个常识,也是支撑大爆炸理论的最有力的证据,无论我们朝天空的哪个方向与区域测量,宇宙大爆炸的余烬——背景辐射温度都应为 2.7K,辐射强度的涨落小于百万分之五。这是因为从宇宙诞生以来各个方向上的膨胀速度是大致相同的。"欧阳初晴小心翼翼说着,不知为何,这一确凿无疑的结论此刻从他口中说出让他很是不安。

"但是过去的二十年中情况发生了变化,我们所在的宇宙的背景辐射温度,在某些时间、某些方位上呈现出剧烈起伏的形态。"

"你是说……我们宇宙中的某部分物质一直在震荡?"

"你看——"

卡拉文伸出手指在空中点了点,房间立刻暗了下来,数不清的螺旋状星云浮现在了他们周围。欧阳初晴注意到有一种淡红的微光闪烁着萦绕在了整个空间中——他熟悉这个模型图,这些幽灵般潜行的红光代表着宇宙无处不在的背景辐射。如果模拟出宇宙整个演化历程,最初弥散在狭窄宇宙中的必将是无比炽烈的深紫色强光,其象征着宇宙初始超过几十亿度的创世高温。在接下来的几十亿年中,伴随着宇宙不断膨胀,能量消散,这些光亮将逐渐减弱,颜色由紫转蓝、转绿……最终蜕变为此刻房间中那象征 2.7K 温度的异常微弱的淡红色。

"这是普朗克 II 探测器记录下的某段时间中赤经 11.5h 方向上的星图，欧阳，你注意观察其中背景辐射的变化。"

欧阳初晴使劲睁大眼睛注视着空中，波澜不惊的光亮看上去并没有什么异样，但慢慢地，他视野中的一片区域的颜色渐渐变得浓稠起来，令他的心随之一颤，同样不可思议的是，那块变为深红的区域竟像是灯塔迸发出的、摇晃于黝黑海面上的一束灯光，正在幽暗的空间中缓慢地移动！

"背景辐射的跌宕起伏最大到了 2、3K，波动区域以某种规律迅速移行。"卡拉文有气无力地说道，房间中如梦似幻的红色光亮倾泻在了他的脸庞，让他的表情充满了一种不可名状的幻灭感。

欧阳初晴陷入了思考，是什么样的可怕力量在宇宙尺度上操控了宇宙的伸缩？

"暗能量……"欧阳初晴犹豫着说道。这是他唯一能想到的答案了，在这一时刻，他所看到的宇宙一隅，主宰宇宙膨胀的暗能量正在疾速消退……消退的能量或许转化为了实实在在的物质，而这些凝聚下来的巨量物质所产生的万有引力又驱使宇宙局部迅猛向回坍缩。

是的，他能想象，在模型所呈现的这片广袤而狭长的星域中，两股恢宏的力量正在激烈角力,此消彼长……

"你能想象——"此前一直瘫坐在豪华沙发上的克莱尔突然站起身,目光失焦地望着他,"你所看到的这些背景辐射温度陡然增强的星域,正是'韦伯'镜头的视野扫过的方向。"

"你是指人类的天文观察导致了——"宇宙冷酷的真相颤然闪现,他禁不住将目光转向了不远处的窗户。透过玻璃窗他看到了横贯天穹的"韦伯",这条隐约可辨的细线水渍般映现在夏日午后蔚蓝洁净的天空中,静静散发着淡薄的银白色光亮。恍然间,他脑海中浮现出了十几年前那段荒诞而纯真的岁月。

经典意义上的宇宙至此终结了。

"你现在应该明白我们找到你的缘由了吧?多年前你的博士论文提到了……"他听到克莱尔气若游丝的声音。

"是的……我知道。"他缓慢地闭上了眼睛。

具有意识的生命体的观察,使得充盈于宇宙各处缥缈的暗能量蜕变成了实在的物质,而暗能量的不断消融则意味着终有一天宇宙整体将向回坍缩,背景温度将重新升高。

正如惠勒所言,观察者即参与者,我们的观察参与构建了宇宙的历史。宇宙并非人们过往认知的那样具有明确独立的历史,相反,其是一个复杂、无数种可能性相互纠结的整体。每一个局部无不弥散着庞繁的动态量子波——暗能量,这即是当年令他困惑不已、隐匿于不确定态中的宏大能量。由此一来,整个宇宙构成了一个自激反馈回路:生命体对于宇宙的每一次观察行为:大型天文望远镜探测,发射星际探测器,抑或是群星映现在人类瞳孔的丝丝微光,都能或强或弱地令叠加在遥远天体上的量子态瓦解,坍塌成为明确、单一的经典状态,从而缔造出这些天体唯一明晰的过去,同时还伴随着暗能量转化为经典物质的过程——这一作用是在整个宇宙量子层面进行的,因此具有瞬时、超距、不可逆转的特性。

一个月后,欧阳初晴与罗依漫步于秋日的纽约街头。在时代广场,他们迎面与一只声势浩大的游行队伍相遇了。

"我们的宇宙只有一个,别让该死的'韦伯'继续抬升宇宙背景温度,点燃我们的宇宙,毁掉我们的未来——"游行的人群中各形各色的人齐声呼喊着。在他们高举的一块块标语牌上,"韦伯"的图像被狠狠地画上了黑色骷髅头,而NASA出品的一张张五彩斑斓的星空图片则被画上了道道触目惊心的红色大杠叉;熙攘的人群中,一个有着东方面孔的瘦高年轻人吸引了欧阳初晴的目光,他手中的牌子上分别用中英文书写着:"远方,除了遥远一无所有。"

远方,除了遥远一无所有……欧阳初晴在心中感慨万千地念道。他生命过往几十年时光所追寻的远方,依旧漫涣不清、摇摆不定，如今却又变得更加支离破碎、危机四伏；人类就犹如一群天生渴求光明的孩子，在黑暗中不断摸索，可谁又曾想到过一旦光线乍然亮起，整个宇宙又将脆若蛛丝，将会在人类的注视下纷纷扬扬地破碎掉。

可是，人类心底与生俱来的探索欲望又如何抑制得了？

喧闹的游行的队伍渐渐远去了，他仍默然无语地站立在高楼的阴影中。在阴沉天空映衬下，四周灰色的纽约大街恍若一幕色彩剥落、静止不动的舞台布景，他找不到丝毫真实生命的质感。不，仅有的生气来自于依偎在他身旁的罗依。他欣慰地发现，她一直安静地拉着他的手，闪亮的大眼睛一眨不眨地注视着远去的人群，像是害怕被情绪激越的他们席卷进去似的。

在料峭的寒风中，他握紧了罗依的手，她的手掌纤柔而冰凉。他只期望这紧握的双手永远都不会放开。

2036年，午夜11点。纽约昏暗的夜色中，欧阳初晴惊慌失措地驱车往家疾驰，他刚经历了一起未遂的抢劫，几名全副武装的劫匪试图攻击他的车。这几年来他一直在联合国任职，负责应对世界范围内"暗能量坍缩"事件所带来的影响。他也弄不清刚才发生的是不是一起单纯的抢劫，反正此时的社会秩序已经崩坏到了极点，整个世界就像一只不断积累怨气的皮球，不知道哪一天这个皮球会砰然爆裂。当然，事件最大的影响还是在精神层面上，林林总总的宗教门派泛起，人们在各式各样惊世骇俗的学说中寻求心灵慰藉；而更多的人则选择了网络，毕竟在他们心中，相比令人难以捉摸的现实宇宙，他们更情愿退缩在一个让他们感到心安理得的规则世界中。

凌晨时分他终于费劲地回到家，儿子已经睡着了，而卧室里罗伊还一个人沉溺在网络的世界。惊魂未定的他虚弱地瘫坐在了沙发上，怔怔地望着罗伊头戴虚拟头盔、不时身躯摇晃的背影。此刻的他是多么渴望和她说上几句话。

"罗伊，罗伊——"他无力地轻声呼唤着她。

终于，罗伊听到了他的声音，她回头向他挤出一丝勉强的笑容，但很快又重新转身回到了网络的刺激浪潮中。

这一刻，一股不知从哪儿生出的怒气，让他猛地起身，气急败坏地伸手想要去按下虚拟终端的开关，但就在那一瞬，他还是克制住了这从未有过的可怕冲动。

然而已经迟了，罗伊察觉到了他的举动，她摘下头盔，浑身颤抖地站起身来。

"罗伊……对不起，你知道我那让人心烦的工作，以及刚刚经历了一场事故……"他手足无措地嗫嚅着，"可是，我弄不懂你为什么会终日沉迷于这虚幻的世界中。"

她没有开口，只是冷冷地注视着他，目光中充满了让他感到如此陌生的愤懑与隔膜。

"你有什么资格说网络虚幻？"罗依突然激动地尖声说道，在虚拟终端屏幕发出的幽幽荧光中，脸色苍白、长发散披的她活像是从她游戏世界走出的女巫师，"什么是真实？虚拟世界远比你那些星星来得真实。你那些该死的星星，把所有人的生活都毁掉了。这个宇宙已足够病态了，我们还不能为自己寻找一个灵魂的出口吗？"

他们长久地对视着，他们无法相互理解对方的世界。事实上，这几年来"暗能量坍缩"事件沉重的阴影一直裹挟着欧阳初晴，让他身心交瘁，已经很长时间他和罗依没能坐在一起，平心静气地交谈了。

"可是生活还得继续，每个人都应该尽自己的职责——"他艰难地开口。

"我永远无法像你那样超然，绝大部分人也不会。人生苦短，与其生活在一个秩序混乱的、水深火热的世界中，不如选择一个自己能够掌控的伊甸园，自由自在地生活其中……欧阳，其实我一直想找机会告诉你，在这个荒谬的世界中，我唯一想要抓住、唯一想要依靠的，就是你和我们的孩子了。你知道，我早为我们一家三口申请了阔大的网络空间，只是你一次都不曾光顾过。"她缓慢地说着，他默不作声地听着，他能感觉到她的语气在逐渐变得柔和起来，她似乎在试图弥合僵持在他们之间的紧张气氛。

"可是目前整体上传意识是非法的——"他迟疑着说道。

"欧阳，你应该比我更清楚，信仰危机加速了意识上传技术的研究，到今天上传在技术层面已经成熟，剩下的也仅是捅破一层薄弱的旧有道德的束缚。你难道感觉不出来，现实社会挨不了多久就将分崩离析，到那时，不论你是否愿意，人类很快都将走上整体意识上传的道路。"

"不——"他绝望地喊道，他绝不相信这是人类在这个宇宙中的最后归属。

他转身闷声离开了房间，一个人走到阳台，失魂落魄地凝望起了迷茫的夜空，"韦伯"早已从中消逝了，冬日的星星闪烁着寒冷异常的光亮，一种彻骨寒心的孤独感笼罩着他。时至今日，地球上像他这样敢于仰望星空的还有几人？尽管精确的科学模型已经得出明确的结论：单纯人眼观察对于邈远暗能量的作用微乎其微……

夜已越来越深，他身后房间的灯依然明亮，可他的心仍是一片空落落，好几次他都想返身回到卧室去吻吻罗依，与她重归于好，然而心底莫名的坚持让他没有这样做。他在想，如果真如罗依所说，未来哪一天他也将意识一股脑上传，此刻心中的苦闷、挣扎、渴求、煎熬，是否就能一并消失得无影无踪呢？

三个月后的纽约，联合国举行的新闻发布晚会现场。

偌大的会场聚齐了各路人马：政客、军人、科学家、宗教人士、记者，而现场画面将向各国大众同步直播。讲台上，联合国秘书长科里克正代表各国政府向全世界宣布一系列改变人类未来的举措。在众人忐忑的目光与此起彼伏的闪光灯中，这个新西兰人的语调悲戚而又不失感染力："……十一年前'暗能量坍缩'现象被大众知晓以来，我们不得已放弃了探索宇宙未知疆域的努力。可我们自身的社会却如同一列失控的过山车，以我们所无法掌控的方式翻滚向前。人类旧有的道德认知体系雪崩般瓦解，各种新奇的思潮在迅猛涌动。而面对这汹涌而来的一切，我们甚至无力去评判其对错。人类是否拥有选择自己栖息地的权利？近几年来经过各国政府反复而慎重的磋商，以及全世界范围公民的投票，各国政府决定今后将不再禁止意识上传网络。同时一旦时机成熟，我们会推动全体人类的意识上传，在无垠的赛博空间上构建我们更为高效的社会……"

"在科学刚启蒙的年代，我们曾满怀憧憬地以为人类的未来必属于我们头顶上那遥远而神秘的星辰；而20世纪后期，随着生物技术的突飞猛进，我们又将对未来的期许转向了体内那些音符般绝妙的 DNA 中；但直到今天，历经诸般曲折的我们或许才算真正认清前方的道路：人类的未来不在别处，而就在我们自己一手缔造的虚拟网络中。"科里克缓慢地结束了讲话，他最后向台下深深地鞠了一个躬，这一刻全场一片肃静，所有人都站了起来，很多人眼中都闪泛着泪光。这当然不是一个令所有人都满意的结局，但毋庸置疑，悄无声息间，人类在所熟悉的那个真实世界所扮演的角色就此谢幕了。人类整体将以一个全新、面目全非的姿态继续衍续在这诡异的宇宙寒冬中。

接下来的时间里，各项目负责科学家轮流上台，向大众呈现庞大而详密的未来计划的细枝末节：在此后的数十年中，漫布于太阳系各处的空间站将重新启动，其使命并不是观察深空，而是收集漫移于星际间的暗物质，一旦汲取够足量的暗物质，人类将运用这些暗物质为地球增添上一个硕大无朋的"盖子"，严严实实地包裹整个地球，彻底屏蔽宇宙中除引力外其他基本力对人类的作用。与此同时，为使人类活动的能耗降至最低，暗物质盖下的地表将被冰冻至接近绝对零度。到那时，一个依靠地热提供能量的网络处理器会高速运转于地心深处。可以想象，在这样一个宽阔而旖旎的网络矩阵中，获得永生的人类尽可以随心所欲地更变形体，选择自己喜爱的生活形式。他们每天所需要做的仅是学会如何挥霍无尽的时光，他们甚至仍可以发展科技，比如研究构筑网络世界更新、更炫的数学算法，只是，这样的科技完全建立在已知理论的基础上，与外面纷扰的宇宙再无半点儿关系。

欧阳初晴默默地站在会场的一个角落，作为被大众媒体称为的"旧势力"的一员，他必须承认他们已经失败过时，虽然他们竭力捍卫过，但最终还是被狼狈地赶下了舞台。不过，这又何尝不是一次彻底的解脱？既然你无力去改变这一切。现在他最应该做的就是主动与罗依和解，结束旷日持久的家庭冷战，和她一同迎接新纪元的到来。想到这里，顿感轻松的他不由信步走出了会场，在外面空阔的露天酒会中找了个空桌子坐了下来。

清爽怡人的夜风中,他悠然品味起杯子中的威士忌来,四周轻松谈笑的人们在朦胧的灯光下绰约生姿,让他恍然忆起了大学时代读到过的一段诗句:"我们拥有的尚未拥有我们,我们不再拥有的却拥有着我们。而后,我们必须在献身中得到解救。"是的,每个人都应该在放弃、献身中重获新生。他暗自微笑着,向着深沉的夜空举起了酒杯。

"欧阳——"他忽然听身后一个浑厚的声音在呼喊自己。

他转过身,一位上了年纪的中年男人站在他的面前。"天啊——"他喜出望外地惊呼道,来者竟是艾根,他们差不多有十多年没有见面了,尽管偶尔圣诞节他们会通通电子贺卡。他只知道艾根在他离开英国后去了欧洲宇航局,而此后他也弄不清楚他究竟在鼓捣什么。不过,他应该料到他也会出现在这个历史性的场合才对。

在一个久违的英国式拥抱后,他微笑着打量起艾根来,艾根仍如记忆中走出的一身嬉皮风打扮:松垮的棉制蓝白色T恤,硕大闪亮的白银项链,带裂口的牛仔裤,只是岁月在他依旧清瘦的面孔增添上了几笔刀刻般的深深皱纹,而他的目光仍是那样炯炯有神。

"怎么一个人待在这儿独自品味苦涩?"艾根微笑着给自己

倒上了一杯酒。

"没有什么可苦闷的。对于我们来说,铁幕已经落下。"欧阳初晴平静地说道。

"难道你真愿永远浑浑噩噩地蜷缩在一片只存有已知的世界中?"艾根苦笑了一下,温和的目光在转瞬间变得锋利起来,在他高大的身躯后,欧阳初晴看到了缀满天穹的星斗谜一般漫涌闪烁,当年,正是这些未知而神秘的星斗将他俩引向了宇宙的可能解。

艾根沉默着,过了好一阵才又重新开口道:"你有没有想过有一天去冲破这让人窒息的铁幕?"

"你是说——"欧阳初晴禁不住退后了一步。他惊惑地望着艾根,这一刻,他分明看到满天星辰的光在他眼中扭曲地燃烧。

"这么多年来,你应该也思考过'暗能量坍缩'背后的深层意义吧:意识存在的目的究竟是什么?意识是否是作为一个不可缺席的观察者参与了宇宙的演化?冥冥之中,宇宙怎么会孤立无援地在看似平凡无奇的地球上衍生出生命?而事实上,早在三十几亿年前,当地球上最初的生命微沫——那些简单至极、漂游于太古海洋的单细胞有机物,隔着翻涌深广的海水,它们已开始游丝般改变着地球上空混沌未开的天穹,而后沧海桑田,斗转星移,又进化出人类这般拥有强大探知宇宙能力的奇特物种——"

"你想说,某种诡秘的力量在暗中推动我们的成长?使得羽翼渐丰的我们一步步走向浩瀚的宇宙深处,进而梳理宇宙纠结不清的历史?可为何如今,这种力量却又如死循环一般,让我们陷于进退维谷的境地?"欧阳初晴忍不住打断了艾根。

"谁也不知道答案。我们种族的使命,抑或是一次考验、一个契机,或许人类的提升之路需要这样的一个成人礼才能获得最后的真相。"深浓的夜色中,已不再年轻的艾根将杯中的威士忌一饮而尽,熠熠星辉印耀在他满布皱纹的脸庞上,时隔多年,他冷静的话语仍充盈着直抵人心的震撼感,"可是今天,目光短浅的大众却选择了向着怯弱的内心不断退缩,愚蠢至极的他们竟打算给地球套上一个大'盖子',屏蔽一切,作茧自缚,企图永远割断自己与真实宇宙的联系。"

"可事已至此,我们还有能力改变这一切吗?"

"我们只有孤注一掷,向着宇宙的各个方向发射大量探测器。这些探测器搭载着人类的意识,呈放射状地向宇宙的尽头飞奔。随着探测器抵达疆域的急剧扩张,意识的观察将使宇宙涣散的量子态递次凝聚成经典物质,与此同时当膨胀的宇宙达到某个平衡点后又将在引力作用下向回坍缩。终有一天,我们的探测器将与宇宙回缩的边界迎面相遇。想想那一刻我们会看到什么?"

"你疯了——"欧阳初晴惊呼道,那时地球上的人类将如同沸腾水中的青蛙,可事实上,艾根所描绘的这疯狂而又瑰丽的一幕曾不止一次地出现在他的梦境中。"你的计划如何实现得了?

所有的天文项目都早已冻结，载人飞船也都荒弃了多年，更何况以我们现有的宇航技术仅有蜗牛般的几十分之一光速。"

"我所说的这一切如今已不是空想，你也许不相信，多年前我们就悄悄动手了。此刻在太平洋的海底已不为人知地矗立起一列列火箭发射架。我们的成员来自社会各阶层，从普通公民到各国政府核心阶层，但更多的还是像你我这样的科学家与退役宇航员，大家怀揣相同的梦想自发会聚到了一起。如今，我们的力量就如同燃烧在地表下难以遏制的地火，只待磅礴而出的那一刻。今天，联合国做出的决定意味着我们不得不提速计划，我们必须赶在人类合拢天空窗口前起程。

诚如你所言，我们的航天技术稚拙低效至极，然而一旦我们的探测器上路，漫长的旅程中我们尽可以源源不断地吸纳未知的信息，在浩渺、包罗万象的宇宙中不断学习与提升——"

艾根深深地吸了口气，他泛红的眼中盈满了滚烫的希冀，他继续哽咽地说道："无论最后我们会揭晓什么样的谜底，这已不再重要，是的，已不再重要，重要的是，我们曾经出发过——我们曾用自己的意识触抚过宇宙的模样，我们曾用自己的方式塑造过宇宙的过去、如今、未来。欧阳，我们永远不会独行，响应内心的呼唤吧，加入我们——"

欧阳初晴怔怔地站在原地，一时间脑中一片眩晕。他定定地望着艾根。纽约城璀璨灯火的光华倾泻般斜射在他两鬓银白的鬓发上，好似给年迈的他加冕上一顶辉煌的光环。艾根描绘的图景重燃起他心底渴望的灰烬，尽管他并不接受艾根的理论，因为他并不喜欢宇宙之外还存在着一个人类无从理解的、高高在上的主宰，但在这个扑朔迷离的宇宙中，他同样热切地需要去追寻一个真相，一个不让自己生命飘散的真相。只是，他隐约清楚追寻真相所须付出的代价，他并不惧怕那永无止境的虚空跃进以及遥不可及的时空边界，让他真正害怕的是随之而来的与罗依以及他们的孩子的可怕离别。不，是诀别——一种深重的负罪感排山倒海地向他袭来——他又如何能忍心离开他们，独自踏上茫茫的探求之路？

此刻，在这夜色迷惘的命运交叉点，他仍像是当年那个优柔寡断的年轻人，他究竟该何去何从？

2041年秋天。作为最后的告别，欧阳初晴一个人驱车横穿了整个英国。充满寒意的秋风一路缓缓吹拂着他。他沿途所见到的已不再是他所熟悉与缅怀的那个风情万种的英伦大地，大地上的一切都在无可挽回地走向凋敝：记忆所及的那一座座充盈着灵性的秀美山麓、清澈纯净的湖泊，如今随处都充斥着烧焦的树木、呛人的浓雾、死去的动物尸体，而庞大的城市则是一片腐朽死寂，人烟稀少——绝大部分人都已将意识上传至网络，还有一年光景暗物质的沉沉帷幕就将落下，遮天蔽日，到那时地球表面将彻底不再适合生命的存活。

夕阳西下时分，欧阳初晴来到了伦敦温布利大球场。不知什么缘故，这座曾经宏伟的球场看台此刻已沦为了一片残垣断壁。荒芜的球场草坪上尽是碎裂的砾石、腐烂的塑料垃圾，只有两扇锈迹斑斑的球门还孤零零地伫立在球场两侧。他径自走向了球场一侧的球门，二十多年前，足总杯决赛点球决胜最后一轮，曼联队的摩德里奇就是在这儿罚失了点球，而利物浦的苏亚雷斯则罚进点球成为最后的胜利者。

恍然间，记忆与现实在暮色中缤纷交叠。

他缓步走进了禁区，在禁区草坪上他竟找到了一只还算完好的足球，在片刻的踌躇后，他将球端放在了罚球点上。

四周空旷的球场一片静谧，在当年同样的金黄色落日下，他如刻如镂地感受着苏亚雷斯罚球前那种犹豫抉择，该将足球射向哪个方位，是选择保守可靠，还是冒险刁钻的踢法？一旦罚失就意味着全盘皆输的巨大可能——当年的他甚至不敢睁眼目睹苏亚雷斯的选择。

可正如他的精神导师惠勒所说的那样，我们观察到什么，取决于我们用什么方式提问。无论未来如何悬而未决，他都应该勇敢地踢出自己脚下的足球。他退后了几步，缓慢助跑，用力地踢出了足球。

软绵绵的足球在空中划出一道弧线，缓缓地，从右侧立柱与横梁交接处钻进球网。

是时候离开了。

夕阳最后的一抹余晖中,他抵达了剑桥大学,这是他肉身在地球上的最后一站。

在他所熟悉的卡文迪什实验室的一个房间中,他进入到了催眠状态。

一片绝对虚无的黑暗中,他昏沉的意识倏地融会进了一条恢宏的五光十色的光流中,在跳闪的光流簇拥下急速向前。他感到自己脑海深处的那些驳杂的记忆、在岁月中已变得无法分辨的琐碎情愫,就犹如一股股微细湍急的支流,在飞一般地离他而去。渐渐地,他的意识变得支离破碎,不再连贯,而轻盈起来的意识继续在光流中欢快地浮沉,激进,这让他感到了一种从未有过的畅然。就这样,他的意识在不断剥离中重获新生……

猛地一刹,四周斑斓炫目的光流消失不见了。

他慌忙睁开眼睛。

在逐渐清晰的视线中,他发现自己置身在了一片陌生的色彩亮丽的开阔大地上,一棵开满粉红色花朵的大树挺立在他身旁,这棵形状超现实的大树遒劲的树枝向着净蓝的天空飞速地曲折生长,更远处,华丽恢宏的高尖顶城堡、白雪皑皑的山巅被阳光镀上了一层辉煌的金色。略感失重的他能感受到弥散于清新空气中的芬芳，他不由怔怔地伸出右手，顷刻间，一簇闪耀的光亮如蜜蜂般震颤着环绕在他的手臂四周，飘飞的花瓣雪花般轻柔地拂过他的指尖……

这里就是梦幻一般的网络世界。

恍惚间，他注意到眼前透明的空气中还有一个人形正在雾气般缓缓浮现，没过多久，一位年近暮年的男人伫立在了他面前。欧阳初晴注视着这张似曾相识的面孔，他过于肃穆的脸上有着太多瞬息变幻的情感：苦涩、眷恋、宽慰、释然……这似乎与记忆中镜子里某一刻的自己很像……不，他就是自己。

他幡然醒悟了过来：他的上传过程与所有人都全然不同。他的意识就如衍射实验中的单个光子，在穿过光栅的一刹被一分为二，各自飞向了截然相反的宿命轨道。眼前的"他"正是具有探求意识的那部分自我，"他"将会搭乘冰冷的探测器飞向宇宙恒河的彼岸。而自己，则是剩下的另一半自我，如同童话的完美结局——"王子和公主从此快乐地生活在一起"，在此后漫长无尽的时光中，他会与罗依自由地生活在这片生机盎然的网络天地中。

两个世界都浓郁得让欧阳初晴难以割舍，难以放手，于是他只得将自己的人格劈成了两半。

这就是他最后的抉择。

"嗨,你好!"他呆呆地站在原地,望着另一个自己,不知道该说些什么。

"嗨!"对方也嗫嚅着。

两人又沉默了。离别的风笛声飘扬在他们之间。"我会怀念你的。"作为梦想的那部分的"他"突然开口说。

"谢谢,你是我所有的梦想。"作为现实那部分的"他"感伤地回答道,总有一天,对方终将见证外面那个广阔宇宙中最壮美的奇景。不过从心底,他仍庆幸自己能成为这样一部分的"欧阳初晴"。

"我想我该离开了,好好照顾罗依。""梦想者"最后抬眼望了望四周漫天落英缤纷的界面。

"我会的……一路珍重。"他声音哽咽地说道。

"再见——""梦想者"向他挥了挥手,晶莹的泪水闪烁在"梦想者"眼中。

这时,四周斑驳的光线遽然摇曳起来,脚下褪色的落叶如一圈圈涟漪般翻滚起来。

紧接着,"梦想者"消失在了一道强光中。

过了许久,他才从恍惚中回过神。不知何时,重获青春的罗依伫立在不远处的一方芳草间,在明媚的阳光下,一脸灿烂笑容的她静静地凝望着他,正如记忆中那个稚气未脱的天使。

他不由微笑着,步伐轻快地走向了她。

此时,沸腾的宇宙早已跨过临界状态,由开放转为了封闭状态,整个宇宙背景温度变得炽热无比。

"梦想者"继续不停息地跃迁于日渐萎缩的宇宙,纷至沓来的喧嚣的新信息让他应接不暇,也让他飞速成长。

也不知道过了多久,时间之轴终于抵达了某个时刻,他察觉到自己已然来到了宇宙的边缘,这一刻,他禅定如磐石的心境激荡起了层层波澜。

亿万光年外的太阳系如今是怎样一番景象?人类是否还安然沉醉于冰封的地球内层?这一切,"梦想者"已无从知晓。遥远的往昔记忆,在他苍老而博大的思维网络中浮光掠影地掠过,身后远离自己的星星光点缓缓地幻化成了记忆深处那双碧波摇漾的眼眸。直至这一刻,他才意识到,其实这双碧眼一直都在默默注视着自己,伴随着自己前行,是在她的支撑下自己才能逾越这近半个宇宙,来到了这片时间与空间的尽头。此刻,他是如此怀恋地球上的碧海蓝天,怀恋作为"人"所经历过的所有声色光影。

于是,带着深深的眷恋,"梦想者"穿越了扑面而来的那道闪亮光洁的膜,他的意识豁然开朗起来。

一掷赌生死

上帝的骰子

王晋康

飞船摩纳哥号。

女士们，先生们：

这里是拉斯维加星。我们热忱欢迎来自母星的移民。自从地球人定居在本星球后，你们是第一批来自故土的亲人。拉斯维加星上已经准备了面包、盐、哈达和桂冠来欢迎尊贵的客人，也为你们准备好了房间和热水，让你们洗去一路的征尘。

以下介绍本星球的概况：拉斯维加星是地球第一个成功的太阳系外殖民地，距地球 324 光年。1200 年前，巨型亚光速飞船轩辕三光号载着 88473 名富有冒险精神的勇士，开始了人类第一次无预案飞行（注：指没有预定目的地的飞行）。飞船历时 989 年（注：指飞船外静止时间）后，幸运地遇到了与地球状况极为相似的本星，并在此定居。经过 211 年的开发，这儿已经建成了先进的拉星文明，人口发展到 1480 万。

拉星的公转和自转周期与地球极为接近，为避免时间换算上的不便，在拉星文明建立后，已经用人工方法把上述周期调整得与地球完全同步。所以，你们到达拉星后将有宾至如归的感觉。

再次热烈欢迎你们。拉星的 100 辆太空巴士已经出发，10 分钟后将与摩纳哥号会合。顺便播送一个通知：贵船摩纳哥号已经被拉星政府征用，经过一月左右的维修和加注燃料，将立即开始新的飞行，它将是又一次生死未卜的无预案飞行。船员初定为80000人，将从拉星居民的259万报名者中以抽签方式选出这些幸运者。贵船乘客如果愿意继续旅行，也可报名参加抽签。为了表示东道主的心意，对所有贵船乘客凡在着陆前报名者，抽签时给予三倍的加权系数。拉星政府博彩登记人将乘第一辆太空巴士抵达贵船，受理登记事宜。

摩纳哥号是轩辕三光号起程之后从地球出发的第28艘飞船，这28艘中有2艘已经确认为失事，其他26艘则杳无音信。有可能它们安全抵达了某个星球并在那儿扎根，但因种种原因未能与母星建立联系，不过这种可能性几乎为零。所以从这个角度上说，摩纳哥号，还有1200年前的轩辕三光号，都是蒙幸运女神特别眷顾的。

摩纳哥号是在轩辕三光号699年之后出发的，历时501年（注：指飞船外静止时间）到达拉星，速度比它的兄长快得多。尽管如此，501年仍是非常漫长的时间，所以途中乘客仍采用休眠方式。不过乘客们的思维并没有休息，在休眠前，所有乘客的思维被导入飞船SWW（思维网）中，一直在学习、交往、娱乐，包括虚拟的恋爱、结婚、生子。

现在，摩纳哥号已经泊在拉星近地轨道上。当来自拉星的问候在摩纳哥号的船舱里响起时,大部分乘客还没完全醒过来呢!值班船长已经提前三天启动了休眠复苏程序,然后把SWW网中与各人有关的记忆分离,再分别回输到各人脑中。不过,复苏得有个生理上的滞后期,回输的巨量信息也得有一个消化过程,所以,等拉星的几位博彩登记人匆匆进入飞船、用带着拉星口音的地球语言开始喊话时,飞船乘客的神经反应都赶不上他们的语速:

"拉斯维加星欢迎来自母星的客人!有参加本飞船后续飞行的请即刻报名!三倍的加权系数,相当于一个人可以参加三次抽签!优惠期到太空巴士着陆后即截止!本登记人有国家颁发的正式资格证书!……"

摩纳哥号上的80050名乘客每50人分为一组,被分散到拉星社会中。刚明军所在的小组内有他的四个熟人:朴智远、朴智英兄妹,他们的父母朴云山夫妇。刚家和朴家在登上飞船前就是邻居,旅途中三个年轻人在SWW网中又是须臾不离的玩友。不过,小刚的父母刚书野夫妇在旅途中已经去世了。

拉星政府的安排非常周到,每个小组内配了一位导师,在一年时间内与小组成员生活在一起,帮助他们尽快融入本地社会中。小刚所在小组的导师是谢米纳契先生,今年150岁。拉星人平均寿命为210岁,所以150岁正好相当于古地球人的"知天命之年"。谢米纳契先生非常尽职,而且友善宽厚,小组成员立刻就喜欢上他了。第一次见面时,他先在组员中找到了刚明军:

"首先向刚先生表示慰问。你的父母在旅途中不幸以身殉职,他们将英名永存。拉星政府已经将他们的名字载入探险英烈榜中。"

小刚看着窗外低声说:"他们是自杀,不是殉职。"

谢米纳契温和地反驳:"我看不出两者的区别。我知道当值班船长的艰难,长达100年的枯燥旅行,窗外是一成不变的宇宙背景,舱内是休眠如僵死的同伴,太孤单了,非常容易造成值班者的心理崩溃。所以,我认为他们二位就是殉职。"

刚书野夫妇是摩纳哥号第一任值班船长及值班科学官,他们尽职地工作了100年,然后唤醒第二任值班船长,与他做了详细的交班。但卸职后的两人并没有进入休眠,而是随即自杀了。这是401年前的事,小刚在SWW网中早就知道了这个噩耗,他简单地说:

"我已经是18岁的成人了——或者519岁,如果加上网络年龄的话——我自己会处理这件事。谢谢你的慰问,不过请谈其他事吧!"

谢米纳契先生深深地看小刚一眼,把话题转开了。

他用一天的时间详细介绍了有关拉星社会的ABC。随后他说:当然不可能光凭纸上谈兵就完全了解拉星社会,得有一个实践的过程。你们以后不论遇上什么问题尽管找我,我会尽力相助。他发给每人一张银行卡,此卡在一年内可以"无限透支"。一般来说,一年后新移民就会基本熟悉拉星社会，那时可以自由挑选一个职业，也就有稳定的收入了。

他的第一期辅导就要结束了，他停顿片刻，郑重地说：

"下面我要谈的仅是我个人的意见。因为拉星社会保障信仰自由，政府不好对以下问题公开表达什么意见，但我想以个人身份郑重提醒大家。正如你们已经看到的，拉斯维加星上已经建立了非常先进的文明、非常强大的科技，但光明之中总会有阴影。这100年来，各届拉星政府最头疼的事情就是势力强大的'上帝之骰教'……"

几个组员同时问："什么教？上帝什么教？"

"上帝之骰教，即赌博中'掷骰子'的'骰'。"

智远奇怪地说："这可是个奇特的名字。"

"往下听你就不奇怪了，这个名字和它的教义是密切相连的。该教派信徒数量达到拉星人口总数的百分之二十，即近300万。他们每个周日举行献祭仪式，与会人数为20万以上，以掷骰子的方式选中100个'升天者'，被选中者当场献出自己的生命。每周日都是如此啊，据政府统计，从这个教派兴起至今，已经有522100人丧生。"

"五十万！"朴云山震惊地说，"在地球上它肯定会被定性为邪教，被政府取缔。"

谢米纳契摇摇头："我们不愿称它为邪教，因为这些信徒确实是为了实践自己的信仰而不是出于邪恶的目的。这个教派没有常任的领导人，每周用掷骰子的办法选出一个领导者，称为庄家，负责下一星期的宗教活动。该庄家的生命也就这七天了，因为，在下一星期的100个升天者中他是当然的一员。所以……他们的献身狂热十分可怕，确实可怕，5000多代庄家接踵赴死，从没中断。"

听他辅导的50个组员都不寒而栗。

"它是一种极其危险的毒品，只要接触一次就有百分之二十的上瘾率，并且上瘾后基本不能摆脱，因为它的教义暗合了人类的冒险天性。"谢米纳契叹了口气，"你们应该知道，人类的赌徒性格是根深蒂固的。所以，要想避免陷进去，唯一的办法是彻底躲开它，远远地躲开它，不要被好奇心所害。"他再次强调，"你们一定要记住我的话！"

他特意拍拍小刚的肩膀："小刚你要记住我的话啊！"

其实他心里清楚，尽管他苦口婆心，反复劝诫，仍然会有抑制不住好奇心的人。这是由天性和概率所决定的，非人力所能扭转。比如这位小刚，如果他的性格和他自杀的父母相似，很可能就属于那百分之二十的范围。

谢米纳契已经通过SWW网查到了他父母自杀的真正原因。

英子紧张地问:"谢米纳契先生,你让我们避开这些人,我们也愿意按你说的去做。可是,怎样从人群中辨认他们?"

"这倒是非常简单的。首先,信徒们都比较瘦,即使胖人在入教后也会拼命减肥。因为据他们说,升天时要通过的'天之眼'是相当狭窄的。"

"噢,那我们在交往中会首先警惕瘦子。"

"还有一个更容易的辨认办法:信徒们在周日参加献祭仪式时,一定会戴上这么一个徽章,喏,就这样的。"

他取出一个小小的徽章,图案是一枚六面体骰子,每个面上有从1到6的不同点数,与地球上赌徒们用的骰子完全一样。徽章是用高科技方法制成,图案中那个骰子并不是死的,而是不停地跳动着,依次展示着不同的点数。在它背后是无限广袤的、缓缓变化的背景。小刚从他手里拈起这个徽章,好奇地观察着。看着它,就像是透过飞船舷窗看深邃的宇宙——或者是有一只独眼正从宇宙深处看他,这要看你站在哪个角度上了。但无论是哪个角度,这个徽章确实令人入迷。他央求谢米纳契先生:

"这个徽章真精巧。先生,让我玩几天吧,我要拿它去和教徒们的徽章做比较。"

谢米纳契不忍拒绝这个孤儿,挥挥手,答应了他的央求。

小组成员们对谢米纳契的警告印象深刻，大伙儿都答应一定牢记他的关照。小刚捏着口袋里硬硬的徽章，心想，这么一个每周杀死100人的邪教，它的活动方式竟是如此明目张胆啊！

每位移民都得到了自己的房子，彼此留下联系电话，分散回家了。朴氏夫妇很同情失去父母的小刚，劝他住到朴家来，但小刚婉辞了，他想用自己的方法走出对父母的思念。随后的一个月内，小刚和朴氏兄妹几乎没有正经在家里待过。想想吧，一张可以无限透支的信用卡！无数地球上没见过的新鲜玩法！三个年轻人绝不会放过这个天赐良机的，连朴家父母都在外边玩得乐不思蜀了。

三个朋友最爱玩的新玩意儿，一个是空中滑板，形状和地球上的陆地滑板相似，但能悬空滑行。它无疑也是磁悬浮作用，但能悬浮到膝盖高度，又没有明显的动力来源，无疑拉星的科技水平要远远高于地球（至少是摩纳哥号起程前的那个地球）。另一个玩意儿是"蛀洞旅行大变脸"，两个透明球由弹性管相连，管径很细，玩家要努力顶开弹性管钻过去。人钻到弹性管之后，它就开始发疯般地扭动，把其中的人扭得像洗衣机里的衣服。等好容易钻到另一个球内，那个看似透明的圆球原来暗含机关，从外边看，里边的人是原型经过拓扑变换后的形象，至于如何变换则是完全随机的。小刚被变成一个打结的人，而朴智远则更恐怖，把身体内腔翻到体外了（这是拓扑变换规则允许的），各种器官密密麻麻地悬挂着。外边的小英吓得捂住眼睛，而里边的哥哥还在急切地问：我变成什么样子了？变成什么样子了？

三个星期后，他们又发现一种新玩意儿：最高通感乐透透。摊主是一位十八九岁的年轻姑娘，年龄比小刚他们略大一些。她非常漂亮，细腰盈盈一握，彩色头发扎成两个冲天辫，吊带小背心，超短裙，身上挂满了小姑娘们喜欢的饰件。看见三人过来，她高声吆喝：

"乐透透节日大酬宾！庆祝地球飞船胜利抵达拉斯维加星！一月内八折优惠！"

小刚走过去，笑着说："那你得对我们更优惠一点儿，我们仨都是摩纳哥号的乘员。"

"是吗？你挺厉害的，不到一个月，拉星话已经说得很顺溜啦！好吧，对你们七折优惠。"她把三位客人迎进来，又加了一句，"其实对你们不必优惠的，反正新移民们都拿着一张无限透支信用卡。"

不过她还是用七折优惠让三个人玩了乐透透。是一个类似宇航头盔的玩意儿，戴上它，经过十几分钟的调谐，玩家就能得到最高的快感，是一个人在一生中所能享受的快感的综合：婴儿吃母乳时的快感；婴儿被妈妈轻抚脸蛋的快感；与恋人接吻的快感；极度饥渴时进食饮水的快感；大成功后的喜悦；享受蓝天白云、清风山泉时的喜悦，等等，当然也少不了性快感。它们综合到一块儿,成了"痛彻心脾"的快乐,同时又是很温和的,不带烟火气。三个人都沉溺其中不愿离开,但女摊主只让每人玩半个小时,说这是法律严格规定的,每天不能超过半个小时,否则它就变成最厉害的毒品了。临走时小刚有点儿恋恋不舍,倒不是舍不得这种玩法,而是离开这个漂亮快乐的姑娘。他说:

"能告诉我你的名字和电话吗?"

"当然可以。你叫我阿凌就行,我的电话在招牌上写着呢!"

小刚介绍了这边三个人的姓名和电话。"那,我能不能请你吃顿饭?"

"我当然乐意。"阿凌笑着说,"我知道你们有无限透支卡,一年内有效,所以在这一年内你尽可以多请我几次,我绝不会嫌麻烦。不过今天不行,哪天我有空的吧!"

智远说,那我们下周来找你吧,我们仨轮流请你。三人离开了这个小店,小英撇着嘴说:

"小刚,刚先生,你对姑娘们的进攻非常果断啊!"

小刚笑着说,这也属于谢米纳契先生所说的男人的冒险天性。小英反驳说,谢米纳契只说"人的冒险天性",可没专指男人。小刚笑着说:"这就对了,女人也有冒险天性的,那你干吗不对你中意的男孩子主动进攻?"

第二天，他们在街上邂逅了阿凌，她仍是那身时尚打扮，只是外面套了一件淡青色的风衣。看见三人她首先打招呼：

"喂，你们三位好。我还惦着你们的请呢！"

小刚高兴地说，那咱们现在就去饭店吧！阿凌歉然摇头：

"不行，我今天有重要的事情，抽不开身。以后吧，下周吧！"她嫣然一笑，"如果下周我们还能见面的话。再见。"

最后这句话有点儿没头没脑，未等三个朋友醒过来劲，她就匆匆离开了。小刚一直专注地望着她的苗条背影，小英有点儿恼火，用肘部推推他，说：

"小刚哥，你别看啦，你的心上人已经走远啦！"

小刚扭回头，严肃地说："你们没发现？她的风衣上戴着一枚'上帝之骰'的徽章。"

"真的？我没看见。"

智远说他也没注意到。小刚说："我看见了，不会错的，就在她风衣的翻领旁。今天是星期几？对，是星期日，她一定是参加那个献祭仪式去了。刚才她说什么来着？她说'如果我们下周还能见面的话'——她已经做好赴死的准备了！"

朴氏兄妹相当吃惊，没想到谢米纳契的警告在不到一月中就应验了。小英恍然大悟：

"噢，你看她很瘦的，符合信徒的特征。"

小刚沉思片刻，果断地摸出那枚徽章，戴在胸前："我要跟她去，看看那个教派到底在干什么。"

"不行的，不行的！"小英震惊地说，"谢米纳契先生说得再清楚不过了，那沾不得的，一沾上就会上瘾。"

智远也竭力阻止他，但小刚不在意地说："我总不至于没有一点儿自控力吧？我一定要去，这么一个灿烂快乐的年轻生命，我不能眼看着她送命。"

他拔步追上去，朴氏兄妹紧跟在后边，努力劝他，小英急得要哭，但小刚一点儿不为所动。那件淡青色的风衣在人群中时隐时现，三人一直追到一家大游乐园，密密的各种游戏摊点中夹着一个不大起眼的电梯门。这会儿门前已经排起长队，来这儿的人仍然络绎不绝。三人注意观察，来人果然都戴着那种徽章。电梯门开了，阿凌和众人走进去，门又合上，门边的红箭头开始闪亮。小刚拦住他的两个朋友，不让他们再跟着，因为两人没戴徽章，再走近可能引起怀疑的。然后他用力握握两人的手，走近电梯门。

这是那种循环式的电梯，此刻方向只能向下。门又打开了，小刚和前边的十几个人走进去。他心里忐忑不安，生怕被人认出是冒牌货，实际上根本没人注意他。电梯里的人都微笑着用眼神互相致意，但却一言不发。电梯嗡嗡地飞速下沉，似乎已经来到很深的地下。它终于停住了，门打开，人们鱼贯而出。

眼前的景象大出小刚的预料。他原以为这个献祭之地一定阴暗诡秘，或者庄严肃穆令人敬畏，谁知他看到的仍是一个大游乐场。这是一个大溶洞，空间极为广阔，穹顶几不可见。场内彩灯辉煌，笑语喧天，大分贝的音乐轰鸣着，几万个（或者是几十万个，小刚对这么多人在数量上没有概念）盛装的男人女人在尽情地玩闹，跳街舞、恰恰、伦巴、芭蕾；抖空竹翻筋斗，打醉拳舞太极；反正一句话，是把地球上的全球狂欢节挪到这儿了。阿凌早就消失在人群中，就像溶入大海的一滴水，根本甭想找出来。

小刚在密密的人群中困难地穿行，观察着四周。他原来担心这里戒备森严，其实即使不戴徽章也不会有人注意的。他挤到了广场中间，惊奇地发现这儿有一个魔幻般的玩意儿：一个黑色的球状物，静静地悬空飘浮着，黑球黑得非常深，似乎有无形的黑浪在里边不停地翻滚。小刚想，这就是谢米纳契先生说的"天之眼"吧？信徒们要通过它来升天。小刚在科学世家中长大，从不相信世界上有什么超自然的灵物，便想挨近去仔细看。但在距离黑球相当远的地方，他被一道无形的屏障阻住了。屏障是半球状的，把那个悬空的黑球严密地包在里面。这当然不是上帝的法术，无疑是某种高科技的东西。

小刚入迷地看着这个悬空的黑球，抚摸那道无形的屏障。他想，眼前的这一切绝非儿戏。

音乐声突然停止,世界就像在这一瞬间突然停住了。狂欢的人们停止了动作,气喘吁吁地看着上方。从几不可见的穹顶上打来一束耀眼的光柱,打到广场中央的一座高台上。高台边有一支乐队,已经准备就绪。一个男人走到光柱中,向众人举起双手,大声宣布:

"我,上帝之骰教第5222任庄家,现在主持本次升天仪式。请大家就位!"

地灯亮了,把场地分成无数个棋盘格。下边一阵骚动,每人都做了轻微的移动,站到一个格子里,小刚也学大家占到一格中。

庄家再次扬起手:"孩子们,向万能的上帝祈祷吧!"

下边响起一片吟哦声。小刚赶紧学起东郭先生,哼哼哝哝地应付着。他很快就听清了大家念的祈祷词,原来翻来覆去只是一句话:

"我向万能的上帝祈祷,望上帝之骰能完成你老人家无力完成的事情。"

小刚怀疑地咂摸着:这句祈祷词怎么不是味儿。信徒们不像是在膜拜上帝,倒像在调侃他老人家!没错,小刚注意地看看四周,吟哦的信徒们远远说不上肃穆虔诚,他们眼里都闪着顽皮的光芒。

祈祷结束，庄家庄严地发问：

"孩子们，你们都做好升天的准备了吗？没有做好准备的请退出圈外！"

下边像小学生一样整齐地回答："我——们——做——好——准——备——了——"

这会儿小刚真想退出圈外——他可不想参加什么"升天"，把自己的命搭在里面。但他不想引起怀疑，咬咬牙，站在原地没有动。

庄家开始掷骰子了。在他脚下的高台上放着一个精致的金属盘，银光闪亮。投光设备把它投影到天幕上，显示出其上密密麻麻的棋盘格，这些格子和众人所处的格子是一一对应的。庄家拿出一个黑色的骰子，上面有 1 到 6 各个数字，不过小刚随后知道，在这种掷骰方法中，点数实际是无用的。

第一次投掷开始。庄家把骰子投进金属盘里。骰子跳动着。它的弹性极好，跳了很长时间才停下来，静止在某个格子上。立时，与此格对应的广场中的那个格子唰地亮了，耀眼的光柱由地上射向穹顶，光度之强，似乎把格中那个人熔化了。乐队立即奏乐，鼓声钹声响成一片。乐声停歇后庄家宣布：

"向第一个幸运者祝贺！"

那是个 30 岁左右的男人,他兴高采烈地向大家挥手,离开原位走到高台上。下面是如涛般的欢呼声。

掷骰依次进行,几十个幸运者陆续聚到高台上,有男有女有老有少,不过以 20 岁左右的年轻人居多。下一次掷骰子出了点儿麻烦,骰子停住后,鼓声钹声响起来,但广场上有两个棋盘格同时亮起又同时熄灭。下边响起一片"咦"声。庄家低头在金属盘里查看一番,笑着宣布:

"噢,是一次巧合。骰子完全均等地压到两个格的中间线上,其均分的精度超过了仪器所能分辨的限度,无法四舍五入。现在怎么办?如果宣布此次掷骰无效,对这二位无疑是不公平的,我想应在二人中选一个。但是该如何选,是由大伙儿投票决定,还是让他们二位单独对决?"

下边响起一片声浪:"由大家投票决定!投票决定!"

庄家同意了,请那两人上台发表竞选演说,但只能说一句。两人中那个男的先走上台,向大家行了礼,简短地说:

"当然应该选我,请大家回忆一下地球上有史以来所有探险家的性别!"

下边轰然响起叫好声,当然主要是男声。演讲者得意地向四周鞠躬致谢。那位女的随即上台,说:

"那么我也请大家回忆一下地球绅士的高贵传统：女士优先！"

又是轰然的叫好声，这回男声女声都有。庄家说：

"下边开始投票。凡是赞成这位女士的就请拍拍手，凡是赞成这位男士的就请跺跺脚！"

众人兴高采烈地拍手跺脚，天幕上的投票数字飞速上升。不过，显然有些捣蛋鬼暗地里达成了某种共识。这会儿天幕上的数字变换放缓了速度，一边数字蹦上去几个，紧跟着另一边的数字就蹦上去几个。投票终于结束了：134293 对 134293，一票弃权。人群中轰然笑起来。在鼓钹声中，庄家为难地说：

"又是一个平局！只好让他们二位单独对决了。当然不是用剑，仍然用骰子。我宣布规则如下：一掷定胜负，大点为胜。二位请吧。"

两人走近金属盘，女的从庄家手里接过骰子，撒到盘里。骰子蹦了一会儿，定住了，6 点！鼓钹声响成一片，姑娘激动地跳起来说：

"上帝偏爱我！"

小伙子看来要输，但他仍气度从容地掷出骰子。骰子跳动着，似乎要停到 3 点上，但它在最后一刻又弹了一下，把 6 个黑点停到上面。小伙子大声笑道：

"上帝对我也不差！"

不过毕竟上帝对那姑娘更偏爱一些，在第二次掷骰中，姑娘赢了。她兴奋地走到高台上幸运者的队伍里，小伙子则懊丧地回到台下的原位。

在热热闹闹的仪式中，小刚几乎忘了自己也是参与者。所以，等到第 99 次掷骰，他脚下的方格忽然亮起时，他没有一点儿心理准备。在众人的欢呼声中，他几乎是无意识地走上高台，排在队的末尾，并没决定一会儿自己是否跟别人一块儿"升天"。

第一百次掷骰子不再是选升天者，而是选下一届的庄家，这次选中一位须眉皆白的老人。本届庄家拥抱了下届庄家，做了简单的交接，然后向大家挥手告别：

"永别了，愿幸运与我同在！"

他走到幸运者队伍的第一个位置，开始脱衣服。后来小刚知道，每人成功通过天眼的概率与其信息总量（粗略地讲就是体重）的指数成反比，所以升天者除了尽量减肥，还要去掉所有身外之物。赤裸的卸任庄家已经站到那堵无形的屏障前，刚才它曾经阻止小刚往前走，现在它暂时打开了，庄家一闪身走进去。下面的场景让小刚目瞪口呆，因为那具身体一越过那道无形的界线后，就立即悬浮起来，朝上方的黑球飞过去，或者说是被黑球吸过去。

他的速度越来越快，眨眼间已经被黑球吞没。在吞没前的瞬间，可以看出他的身体已经被黑洞潮汐力拉得相当细长。

小小的黑球吞没了这个人，照旧不露声色地悬浮在场地中央。

到这时小刚才意识到，他所目睹的并不是闹剧或魔术。不管刚才的掷骰子程序是否有猫腻，反正信徒们的死亡是货真价实的。头顶飘浮的这个黑球无疑是个货真价实的黑洞，而拉星的科技水平已经能激发并控制这样的黑洞了。

排在队伍第二位的升天者也脱光了衣服，安详地向台下人群挥手，然后跨过那道死亡之线。大厅中的人群跟随升天者的告别辞，平静地吟哦着：

"永别了，愿幸运与我同在！"

"永别了，愿幸运与我同在！"

……

不过小刚觉得，这刻意的平静下涌动着悲凉的暗潮。

黑洞吞吃了几十个人，仍然无喜无怒，用它的黑色独目冷眼看人。

小刚飞速地思索着。他不知道眼前看到的东西有多少是真的、多少是假的。至少他对一点有所怀疑，自己第一次走进这座大厅就被选中,"运气"未免太好了吧?要知道这是268586人中选100个,只有2685分之一的概率啊!也许——有人发现他是窥探者,故意在骰子上捣了鬼?对于拉星的高科技来说,这是再简单不过的事……身后的老庄家轻轻推推他,原来,前边的99个人都已经"升天"完毕,轮到他了。他可不想糊里糊涂把性命送到这个黑洞中,仓促中他脱口喊道:

"我不愿升天!我不愿死!"

全厅愕然!20多万双目光汇到他身上,快把他点燃了。他想愤怒的信徒们马上会怒吼着扑上来,把自己撕碎,不过这一幕并没有发生。人们只是盯着他,目光中充满轻蔑不屑。他身后的下任庄家,那个老人,更是真诚地不解。他走过来轻声问:

"你既然不愿升天,刚才庄家在做'最后询问'时,你为什么不退到圈外?"

小刚面红耳赤,没法儿回答。好在有人及时打破了他的尴尬——是阿凌,她一直隐在人海中,这会儿露面了。她匆匆跑上台,对大伙儿说:

"我认识他,他是从摩纳哥号来的新移民,不知道咱们的规矩。其实他根本不能参加升天的,他肯定没通过提升呢!"

小刚不知道什么叫"提升",但阿凌的救场显然缓和了大家的情绪。老庄家怀疑地看看小刚身上佩戴的"上帝之骰"徽章,不过没有再难为他,只是温和地让他退到台下。小刚狼狈地退下来,虽然他没脱衣服,但这会儿觉得自己是赤身裸体,无数目光烙在他的后背上。

老庄家回头面向大厅:"这可是5222次升天中头一次碰见的意外,我只好提前进入庄家的角色了。现在咱们怎么办?我想应该再掷骰子选一个,我们不能留下一次不完美的升天。"

下面立即有人喊:"不用再选了!不用了!"那人快步走上来,原来是刚才二选一被淘汰的小伙子,他对大伙儿说:

"你们一定没忘记刚才那个不幸的落选者吧?他曾与对手战成三次平局,在最后一关不幸被淘汰。仁慈的教友们哪,为什么不把这次机会赐予他呢?"

下面轰然同意,老庄家也慈爱地点了点头。于是,这个落选者脱去衣服,跨过生死之线,高兴地喊道:

"永别了,愿幸运与我同在!"

老庄家宣布这次祭礼结束,26万人如水泻般井然有序地散去,只剩下小刚一人,孤零零地站在空旷的大厅内。本来他很怜悯这群愚昧的教徒,但这会儿他觉得该怜悯的倒是自己。没说的,在大家眼里,他是个临阵脱逃的怕死鬼,被万夫所指万人所骂。这一切都是他自找的。大厅里的灯光忽然熄灭,这儿变成绝对的黑暗,黑得连他自己的肢体似乎都不存在了。只能看见那个黑洞仍在原地悬浮着翻滚着——之所以能看见它,不是因为它会发光,而是因为它比四周的黑暗更黑。小刚慌了,一步也不敢迈。他焦急地喊:有人吗?有人吗?但声音被无边的黑暗吞没了。

忽然灯亮了,电梯门随即打开,阿凌匆匆跑出来,笑着说:

"电脑统计显示少上来一个人,我心想肯定是你了。来,跟我走。"

她拉着小刚走进电梯。电梯平稳地上升,耳边是轻微的嗡嗡声。在电梯上升的途中,小刚非常尴尬,他想向阿凌做一番解释,但试了几次都张不开口——他根本没办法为自己的行为辩解。倒是阿凌体会到他的心情,平淡地说:

"没关系的,我知道你并不是信徒,只是溜进来玩的,误打误撞被选上了。你不想升天是可以理解的,没人说你是胆小鬼。"

小刚只有苦笑。

电梯停了,门打开,智远和智英焦灼地守在那儿,一看见小刚就惊喜地大叫起来,甚至不敢相信自己的眼睛,拉着小刚又是捏又是摸的。在他们看来,小刚身入"魔窟"竟然能全身而退,简直不可思议。阿凌立在旁边,笑眯眯地看着三人,等他们的情感发泄告一段落,她过来说:

"我要走了,再见。以后去找我玩——还有,别忘了请我吃饭。"临走她补充一句,"小刚,你以后不要戴那枚徽章了,我是说,在你没成信徒前不要带它。这在拉星社会中是犯忌的。"

小刚一下子面红耳赤。

阿凌走了,小刚向两个朋友详细讲了进洞后的经历,讲了那个神秘的黑球,讲了100个人奇诡的死亡方式,也讲了自己临"升天"前的退缩。英子是个怀疑派,认为小刚被骰子选中肯定是有人捣鬼,是想除掉他这个"间谍"。小刚摇摇头,说:

"我曾经这样想过,现在不这样想了。如果真是这样,恐怕他们不会轻易就放我一马。"

而小远的怀疑集中在另一个点上:"这些信徒们为什么甘愿赴死?即使是邪教,也得有个说得过去的提法吧?小刚,咱们去问问谢米纳契先生。"

小刚不想问,他知道谢米纳契会生气的,不过最终他还是把电话打了过去。果然,得知小刚去参加了升天仪式,谢米纳契先生非常恼火:

"你这个孩子,为什么不听我的嘱咐?"他叹了口气,"也好,也好,也许这是好事。既然你能在升天前决然退出,也许以后你就有免疫力了。"

小刚一个劲儿赔笑:"是的,是的,以后我肯定有免疫力了,再不会受它的蛊惑了。所以,你可以把'上帝之骰教'的真相全部告诉我了,没关系的。"

谢米纳契没有上当,冷冷地说:"这次你没有送命,该感谢上帝的恩典了。听我的话,再不要和他们有任何接触,更不要打听它的教义。"

他挂了电话。小刚无奈地说:只好找阿凌问了,想来她不会隐瞒的。电话打过去,阿凌打趣地说:

"是小刚?是不是请我吃饭?感谢你经历了生死之劫后还记得对我的承诺。不过今天我还是没时间,明天摩纳哥号就要出发了,我父母都是它的乘员,我要和他们共度最后的一天。"她补充道,"他俩是飞船第一任值班船长和值班科学官,和你的父母一样。"

三个朋友十分吃惊。这种无预案飞行生死难料,而且即使摩纳哥号能顺利找到一个可移民的星球,反正阿凌和她的父母是不可能再见面了,此次生离即为死别。所以,移民者一般都是以家庭为单位的,她的父母为什么不带女儿一块儿去呢?不过他们没有谈这件事,不想搅乱阿凌的心情。小刚只是说:那我们就不打扰了,明天我们也去发射场去送行。

第二天他们赶到发射场,100架太空巴士已经准备完毕,齐齐地排在那儿。电磁加速轨道像一把长剑,斜斜地伸到天外。阿凌及其父母在第一辆巴士附近,阿凌向父母介绍了三个新朋友,父母拥抱了三个人，同他们道别。从他们脸上看不出生离死别的悲戚，阿凌爸反倒安慰小刚，问他是否已经走出父母去世的阴影。又说，在飞船离开后，希望三个朋友多到阿凌那儿陪陪她。英子一直在为阿凌难过，忍不住问：

"伯伯，阿姨，你们为什么抛下阿凌？你们至少应该带她一块儿走的。"

这句问话不能说很得体，有点儿"专往痛处捅刀子"的味道。小刚和智远都有点儿尴尬，拿眼色制止英子。阿凌妈笑着说：

"孩子，阿凌不愿同我们一道去的。我们宁愿早走一步离开她，也不愿见到她先离开我们啊！"

她说的阿凌"先离开"无疑是指"上帝之骸教"信徒的升天。这句话里多少透露了夫妇两个的悲戚。

出发时间到了，他们最后一次拥别，阿凌父母走进第一号太空巴士，穿上抗荷服。指挥台一声令下，太空巴士在电磁力的加速下，嗖嗖地射出去，消失在蓝天中。不久，空巴士返回，从屏幕上看到轨道中的巨型飞船开始加速，离开拉星，飞向无垠的宇宙。

一切都是1200年前第一批太空移民离开地球那个场景的重演。

小刚父母自杀前在 SWW 网中同儿子（当然是虚拟的电子小刚）有过一次长谈，坦率地讲述了他们决定自杀的心路历程。他们说，人类对未知的探索，或者说是人类的冒险天性，从另一个角度看实际上是逃离，是对某种囚笼的逃离。猿人学会直立，从树上走下来，是对森林囚笼的逃离；学会用火和工具，是对蒙昧囚笼的逃离；学会说话，是对无声囚笼的逃离；发展了医学，是对疾病囚笼的逃离；从非洲向其他地方迁徙，直到走出地球，是对地理囚笼的逃离……整个人类文明史就是这样一次又一次成功的逃离。但科学家最终发现，有一个囚笼是绝对无法逃离的，那就是宇宙本身。宇宙必然灭亡，人类所有的文明之花都会在那时枯萎，即使在我们的宇宙之外或之后仍有新宇宙，也不可能把人类文明的种子播撒到那里。人类在成功逃离一个个囚笼、自信心空前膨胀之后，却发现她仍处在一个最大的笼子里，一个和宇宙一样大的笼子，绝对不可逾越……

"孩子，请你原谅，你的父母都是懦夫。在100年枯燥的旅途中，这个念头一天比一天更重地压在我们心头，让我们心灰意冷、沮丧悲怆。既然最终的宿命不可更改，我们的奋斗又有什么意义呢？最后，我们只好以死亡来逃离这个心理的囚笼。

"军儿，爹妈对不起你！我们走了，留下你一个人去面对陌生的世界。希望你不要做爹妈这样的懦夫，而要成为一个勇士，勇敢地活下去！"

"很可惜，你爸妈如果活到飞船抵达拉星就好了，在这儿他们会知道，那个宇宙之笼并不是绝对不可逃离的。"阿凌兴致勃勃地说。这是摩纳哥号起程之后,她和三个朋友坐在一家饭店里。"相信到那时候,你爸妈一定会成为'上帝之骰教'最虔诚的信徒。"

"你是说,宇宙之笼也可以逃离?"

"对。当然老宇宙会灭亡,这是毫无疑问的,再先进的科技也无法改变。但科学能在母宇宙中激发出一个婴儿宇宙,就像是在橡胶薄膜上吹起一个小泡泡。小泡泡逐渐长大,最终与母宇宙脱离,形成一个封闭的新宇宙。告诉你们吧,拉星人在100年前已经激发出一个婴儿宇宙,而且能让它与母宇宙之间保持一个始终相连的蛀洞。这种蛀洞的进口是黑洞,出口是白洞,小刚那天在地下溶洞中看到的那个空中悬浮的黑球,实际就是蛀洞的进口。""你们……'上帝之骰教'的升天……是在逃离这个宇宙,向另一宇宙迁徙?"三个朋友都十分震惊,七嘴八舌地问。

阿凌笑了:"别性急,你们得听我慢慢讲,这里边的事儿非常复杂哩!虽然拉星人已经能让两个宇宙通过蛀洞相连,但不幸的是,我们也同时确认了'宇宙不可通'的金科玉律。它是什么意思呢?浅显地说是这样的:两个宇宙之间如果能有任何信息的传递,那两者之间仍然是一体,有同样的命运,会在同样的时刻灭亡;真正独立的婴儿宇宙则完全关闭了与母宇宙的信息通道,不可能有任何的信息传递过去。你们知道,任何生命,任何文明,其实质就是信息。所以,这个'宇宙不可通'定律,其实也关死了人类逃离母宇宙的任何可能的通路。事实确实如此,凡想通过蛀洞到达新宇宙的任何有机体，都会在蛀洞中被彻底打碎，回到最原始的物质状态，再从白洞中喷出去。所以，组成你的物质虽然到了新宇宙，但和原来的你已经没有任何联系了。"

小刚非常失望，拉长声音说："噢，说了半天，还是不可能啊。"

"你又着急了不是？你再打岔，我就不给你讲了。"三个朋友连忙保证再不打岔，阿凌才继续说下去，"但这时万能的量子力学来救驾了。量子力学说，宇宙中任何不可能的事都是可能的，只是概率的高低而已。所以一个有机体也可能通过蛀洞，带着完整的信息到达新宇宙，只是机会非常非常小。这个概率与通过蛀洞的信息总量有关，粗略地说与该有机体的质量有关。经过计算得知，如果人来进行蛀洞旅行，存活的概率是一万亿分之一。"她看见小刚张张嘴想说什么，忙说："你一定说这违犯了'宇宙不可通'的定律，不，并没有违犯。虽然一个人连同他脑中的科学知识（这同样是信息）可以到达新宇宙，但这只是理论上的可能。实际上，他究竟能否活着抵达，抵达后会变成什么样子，能否在新宇宙繁衍生息，等等，在母宇宙中是永远不可知的。于是，量子力学与'宇宙不可通'定律以这种奇怪的方式保持了统一。"

英子困惑地问："哥哥，你听懂了没有？"

智远尴尬地摇头："听懂了一点儿，但不全懂。"

"小刚，你呢？"

小刚听懂了,但听懂的同时也不寒而栗。他喃喃地说:"一万亿分之一的概率。每星期有 100 人升天,大致是两亿年之后能凑够一万亿人。那时才可能有一个人活着抵达新宇宙。"

"你算得没错。当然这只是概率数,实际上可能今天已经有一个人活着抵达了,甚至可能第一个人就活着抵达了,但也可能 200 亿年后还没有一个成功者。"

小刚敏锐地说:"而且这边永远不会知道!正如你说的,可能今天已经有了一个成功者,也可能 200 亿年内都没有成功者,但老宇宙这边永远不会知道的。所以,不管这种升天的成效如何,你们只能晕着头继续升天,让概率数的分母一天天增大,尽量加大成功的可能。"

阿凌微笑着说:"这正是'上帝之骰教'信徒们的信念。我们有勇气来实践自己的信仰。"

朴氏兄妹终于听懂了,也像小刚一样不寒而栗。一万亿分之一的概率!"上帝之骰教"的信徒们前赴后继地"升天",只是为了这一万亿分之一的成功率,而且这是个永远无法验证的概率。这些赌徒们的胆量未免太大了。阿凌知道三个朋友的心思,笑着说:

"这有什么嘛。这不过像地球人买彩票,中头彩的概率是几十万甚至几百万分之一,绝大多数人买一辈子也不会赢一次的,但这些失败者们仍然会前赴后继。"

"那是几百万分之一,你的概率可是万亿分之一啊。"

"这是上帝在掷骰子,想赌赢当然会更难一些。小刚,就拿你父母说吧,他们肯定乐意成为'上帝之骰教'的信徒的。他们死都不怕,还怕跟上帝打一个赌?"

三个朋友无话可说了。智远不好意思地问:"我想问一个问题,可能是个傻问题。既然通过蛀洞的概率与质量的指数成反比,为什么不拿低等生物先做实验呢,像病毒啦、细菌啦、昆虫啦、青蛙啦,它们肯定容易通过蛀洞。"

"谁说我们没做?正像上帝造万物的日程一样,一星期中有六天是在造其他生物——向蛀洞的入口中大量倾倒各种低等生物,只有最后一天才是'造人'。你说得对,低等生物成功通过蛀洞的概率比人大得多,所以,等哪天终于有一个人成功抵达那儿时,他可能发现那儿已经是个热热闹闹的生物世界了。当然,人类绝不会只让低等生物占领新宇宙而让自己缺位。你可以回忆一下,人类在刚刚迈出宇宙航行的第一步时,就急于让人类登月。那和今天是一样的道理。"

第二天谢米纳契先生找上门来了,是朴氏夫妇把他喊来的,他们从儿女那儿知道了三个人同阿凌的交往,非常担心。而且——不知道为什么,他们最担心的是小刚。他们认为,如果三个年轻人被"上帝之骰教"所蛊惑,肯定小刚首当其冲。

谢米纳契也是同样的看法，找到三人之后，他的矛头首先是对着小刚的。他生气地说："你们把我的关照全扔到脑后了。小刚，你辜负了我的心意。"

小刚尴尬地说："对不起，谢米纳契先生。不过我们已经知道了，'上帝之骰教'并不是邪教，相反，他们都是最虔诚的科学信徒，是最勇敢的探险家。"

几天前谢米纳契曾说"上帝之骰教"是邪教，但这会儿他说："他们不是邪教，也与邪教相差无几了。你们已经知道，成功通过蛀洞的概率只有一万亿分之一。这个概率是通过理论推算的，咱们可以相信。但即使一个人能够到达新宇宙，他在那儿活下去的概率又是多少？他可能在通过蛀洞时变成一个傻瓜或失去四肢五官；他可能落到恒星的核火焰中而灰飞烟灭；或掉到一个氯化氢的气态星球上，找不到可食用的食物和可呼吸的空气；更别说找到配偶来繁衍生息；等等。总的来说，他即使能成功到达，活下来的可能也只有一万亿分之一。两个万亿分之一相乘，结果又是多少呢。"他叹息着，"我不怀疑量子力学对那个概率的计算，我知道那是经过多少科学家验证过的，非常严格。但——严格的科学最终却演化到这一步，不得不让成功的希望建立在掷骰子上，岂不是莫大的讽刺。科学发展到这时已经不是科学了，是走火入魔。"

小刚辩解道："阿凌说了，凡是参加升天的人，事前一定要经过严格的提升,也就是学会在一个新宇宙中生存的技能,比如,用克隆方法繁衍,或者从无机物中制造食物。"

谢米纳契哼了一声:"那只是画饼充饥罢了。对于一个根本不了解也永远不能了解的世界,你所做的训练有什么用?说好听一些,那只是一种心理安慰。"他摇摇头,加重语气说,"小刚,虽然可能为时已晚,我还要再劝你们一句:赶紧中断与阿凌的来往,否则你们很难逃过'上帝之骰教'的蛊惑。"

小刚说:"谢米纳契先生,我想劝阿凌退出那个组织,我不忍心看着她送命。"

"你能办到吗?你对她的影响能超过她的父母吗?如果她父母能够劝转她,也就不会报名参加这次无预案宇宙航行了。无预案宇航也是冒险,但毕竟是可以预测的冒险。"

小刚犹豫着没有回答,英子着急地说:"小刚,咱们应该听谢米纳契先生的话。先生,伯伯,我们一定听你的话,不再与阿凌来往了。"

谢米纳契长叹一声:"但愿如此吧!"其实他已经不抱什么希望了,像小刚这样的人,一旦陷进去,很难再脱身而出。因为——公平地说,在"上帝之骰教"中洋溢的那种激情,非常纯洁的殉道者的激情,对热血青年们是很有诱惑力的。

三个朋友倒是认真听取了谢米纳契先生的劝告，在第二个星期里直到周日，小刚没有去找过阿凌，更没有参加他们的升天仪式，虽然这么做很难，因为——想想吧，当你躲在一边玩耍、聊天和吃喝时，那枚"上帝之骰"可能已经落到阿凌头上了！

……鼓声和钹声再一次响起，阿凌站的那个格子里的灯光忽然亮了起来。她从耀眼的光柱中走出来，笑着向大家招手，走向高台，回过身大声说：

"永别了，愿幸运与我同在！"

然后脱去衣服，就要越过那道无形屏障。她忽然停住，向四周寻找，喃喃地说："小刚呢，智远和英子呢，我想在死前再见见我的朋友。这是我唯一的心愿了。"

小刚这时在岩洞之外远远地看着她。小刚知道她其实不想死，她很留恋这个世界的。他想回应她的呼唤，想跑过去把阿凌拉回来，但不知道为什么，他被魇住了，一动也不能动，只能眼睁睁看着阿凌，看着她失望地回过身，越过了那道屏障，立即被黑洞的引力撕碎……

小刚猛然惊醒，冷汗涔涔。

他想自己再也不能躲避了，明天一定要去找阿凌。至于找到阿凌做什么，他心中还没数。第二天，他硬拉着智远兄妹去找阿凌，智远和英子努力劝阻他。正在这时阿凌的电话先来了，她说她不上班了,不再管那个"最高通感乐透透"的摊点了,想和三个朋友痛痛快快地玩一个星期。英子还在犹豫,但小刚立即答应了。

四个朋友在游乐场见面。一见面,阿凌就喜气洋洋地说:

"告诉你们一个好消息,昨天的升天仪式上,我已经被选为这一周的庄家了!"

小刚的脸唰地白了,英子和智远则愣了片刻才悟出阿凌的话意——她已经被选为"上帝之骰教"的庄家了,下个周日她就要主持本周的升天仪式,然后第一个投身到那个吃人不眨眼的黑洞中。怪不得她要"痛痛快快地玩一星期",这也是她待在这个世界的全部时间了。三个朋友都一言不发,锥骨剜心一样地难过。英子忍不住,大颗的泪珠子滚出来。阿凌喊起来:

"干吗呀?干吗呀?你们该为我庆祝的,怎么哭起来了?"

英子抽噎着说:"阿凌姐……你真的……不害怕?你……不留恋……这个世界?"

阿凌想想,老实说:"我当然留恋,要不我干吗约你们痛痛快快玩一星期呢?不过,从加入'上帝之骰教'那天起我就做好了准备,那是我应负的责任。"她笑着说,"也许我去的那个世界比这儿更好玩呢!"

智远忍不住说:"我们昨天见了谢米纳契先生,他说……"

阿凌打断了他的话:"我知道,我知道,他说的一切我都知道。但我,和所有的信徒们都相信一点:你如果不去做,连那万亿分之一的机会也不会有;如果去做,毕竟还有非常小的成功机会。在我们看来,'非常小'和'零'是有天壤之别的。"

她笑着告诉三个朋友:她已经怀孕了,当然是人工受孕,医生在她体内植入了两个没有亲缘关系的受精卵。如果她能平安抵达新宇宙中,把这两个儿女生下来,他们将成为新宇宙中人类的始祖。英子很不理解,问:

"那以后呢?这对兄妹长大以后可以结婚,因为他们实际是没有亲缘关系的。但他们的后代去和谁结婚?"

阿凌放声大笑,说,英子,你考虑得真长远啊,不过这件事实际根本不必担心的,地球上已经有先例——想想亚当和夏娃的后代和谁结婚就行了。

英子和智远无话可说,都看着小刚。这一阵小刚一直没有说话,独自在愣神。这时他开口了:

"阿凌,我已经考虑好了,我要和你一块儿升天,一块儿去新宇宙——你别打断我的话,我知道你们的升天是由掷骰子决定的,但无论地球或是拉星上,都允许夫妻,或家庭,作为一个单位去参加抽签,你父母就是这样嘛。我们可以在这一星期内结婚,然后共同出发。如果能够到达新宇宙,两人的力量毕竟比一个人大,彼此也是个照应。"

智远兄妹没料到小刚能做出这个决定，一时愣了。阿凌也愣了片刻，再次放声大笑，走过来，结结实实地吻了小刚：

"谢谢你的情意，太让我感动啦。这说明，古典的骑士精神是长留天地间的。"她收起笑谑，认真地说，"小刚，真的感谢你，但你说的事情是行不通的。首先'上帝之骰教'并没有这样的规定，即使有也不行。咱俩如果作为一体去升天，成功的概率会大大降低——你知道的，成功概率与通过虫洞的信息总量的指数成反比；还有，你还没有经过提升，没有能力去面对那个全新的世界。"

小刚平静地说："你说的这些道理我全都知道，不过——你刚才说过的：如果不去做，连那万亿分之一的机会也不会有；如果去做，毕竟还有非常小的成功机会。在我看来，'非常小'和'零'是有天壤之别的。"

阿凌摇摇脑袋："原来你在这儿等着我哩！"不过她仍坚决地拒绝了，"不行，我决不会同意你的想法。"

"我不光是为你，也是为了我的父母，是替他们行这件事——'逃离母宇宙之笼'。他们如果知道有这个'万亿分之一的机会'，也一定会来赌一赌的。"

"很高兴你能这样想。那么，作为本届的庄家，我欢迎你参加'上帝之骰教'。但你必须经过正式的提升——大概需要一年的时间，然后参加升天仪式中的正式遴选，靠那枚'上帝之骰'决定你的命运。"

"一掷赌生死？"

"对。"

小刚想了想："好吧。喂，阿远，英子，咱们不说这个话题了，好好陪阿凌玩吧！"

一星期的时间很快就过去了，这些天他们玩得很痛快，谁也没有提及与"升天"有关的话题。周日，阿凌要走了，三个朋友陪着她一块儿到了那个溶洞里。智远兄妹是第一次来，对这个奇大无比的溶洞，对那个在空中悬浮的鬼魅似的黑球，还有20多万快快活活的人们（要知道他们都是来这儿一赌生死的），都充满了好奇。

升天仪式开始了，阿凌同朋友们告别后，走上高台，照老规矩开始主持升天仪式。她领着大家念诵了那段祷辞："我向万能的上帝祈祷，望上帝之骰能完成你老人家无力完成的事情。"然后大声问：

"孩子们，你们都做好升天的准备了吗？没有做好准备的请退出圈外！"

智远兄妹乖乖地退出圈外。虽然由阿凌这个小姑娘称呼信徒为"孩子们",让他们感到好笑,但在肃穆的气氛中,他们笑不出来。英子焦急地问:小刚呢,他怎么没退出圈子?他们在人群中找到了小刚,他已经把那枚徽章戴到衣服上,像大伙儿一样,静静地站在一个方格里,等着那 2600 分之一的幸运降到他头上,这样他就可以同阿凌一块儿出发了。在台上主持仪式的阿凌发现圈外只有两个人,稍稍犹豫,在惯常的主持词中加了一句:

"孩子们,你们都经过提升训练了吗?没有经过提升的请退出圈外!"

她扫视着下面的人群。虽然她没有看见小刚(在 20 多万人无法找到他的),但站在下边的小刚感受到她锋利的目光,只好乖乖地退出来了。阿凌高兴地笑了,开始向金属盘中掷骰子。

随着骰子的一次次掷出,99 个幸运者陆续来到高台上,最后一掷选中了下周的庄家,阿凌同新庄家做了交接,向大家挥手:

"永别了,愿幸运与我同在!"

她开始脱衣服,忽然发现一个人匆匆走上高台,是小刚,胸前戴着那枚"上帝之骰"的徽章。小刚走过来同她拥抱,大声说:

"等着我,一年之后!"

阿凌笑了:"我会等着你,一年之后!"

当然他们不可能再见面了。一个人成功抵达新宇宙的概率只有万亿分之一,两人同时抵达的概率又会有多少呢?再说还有一年的迟滞,它也许意味着在新宇宙里 100 亿光年的空间距离或 100 亿年的时间距离。何况,一年只是对小刚进行提升所需的时间,提升后他可以参加遴选了,但那枚"上帝之骰"不知道何时才能垂青他呢!总之一句话,两人重逢的机会虽然不是绝对的零,也是非常小、非常小的。不过两人都说得很随意、很笃定,就像一对去海滨度假但没有同时出发的夫妻,约定若干天后在某家饭店会面。

小刚长久地抱着她,舍不得放手。鼓声钹声响起来,台下人群中也泛起一波波声浪,大家都在为这对恋人祝福。后来阿凌吻吻小刚,从他怀里挣出来,脱去衣服,迈过那道无形的屏障,然后飞快地投身到那个黑洞中。

为促进中国本土科幻文学更好发展，《虫》MOOK系列图书面向全球华语科幻作者、书迷广泛征集科幻短篇、中篇、长篇原创作品。

我们郑重承诺，对于来稿每稿必复。

投稿邮箱：bfwhzf@163.com
科幻作者、读者交流群：QQ群1：16812541
QQ群2：28184811

扫一扫走进科幻，关注《虫》MOOK更多资讯。